家裡蹲
吸血姬的鬱悶
小林湖底
illust：りいちゅ
Hikikomari the Vampire Countess no Monmon
7
U0028726

[0] 序章

Hikikomari the Vampire Countess no Monmon

「翎子，妳看，冰雪之花正在盛開呢。」

這裡是天仙鄉的京師。

是神仙所居住的華美桃源鄉深處。天子愛蘭弈詝指著從白極聯邦調度而來的「雪花石」，笑得跟個孩子一樣。

「這是在天仙鄉看不到的貴重物品。只要像那樣放著，這樣東西就會散發白色的魔力，看起來就很像冰雪之花盛開一樣。可是這樣還不夠——聽說核領域那邊有更珍奇的石頭。」

此人的年齡已經逼近兩百歲。可是他的一言一行都隱約透露著稚氣，令人不忍逼視。於是翎子再也忍不住了，她開口朝著對方說了這麼一句話。

「陛下，熱愛自然固然是很棒的事情……但如今您是不是該稍微關心一下朝廷的事。」

天子對於女兒說的這番話似乎感到很意外，還用那樣的表情看她。

「妳這究竟是怎麼了。」

「再過不久就要展開朝議，還請您務必親臨。」

「沒那個必要。」

有雪片從天空中紛飛飄落。

他將那樣東西放在手掌中擺弄，臉上浮現不懂事的稚氣笑容。

「只要都交給丞相就沒問題了，這麼做對夭仙鄉來說才是最好的。」

不管說什麼都沒用。

聽說他從前還是個器宇軒昂的夭仙。到底是什麼讓他墮落到如今這般地步，翎子並不曉得。可是經歷了這番墮落，愛蘭朝那長達六百年的歷史即將拉下帷幕。去防止這種事情發生，那將是她這位公主責無旁貸的義務。

「容我說句話，那個丞相才是會害愛蘭朝傾覆的始作俑者吧。」

「話可不能這麼說。世快不是一直都做得很好嗎？」

「那是陛下您對外面的世事疏於關切。您知不知道丞相做了多少的壞事——」

「——哦！是在說我都做了什麼啊!?」

不知道是什麼時候來的，一名身穿官服的男子已經站在翎子背後了。

這個人就是夭仙鄉的丞相——骨度世快。

他有一對像滿月一樣的圓眼睛，眼下正散發銳利的目光，還是一位神仙。被那超脫於塵世的目光緊盯，翎子不禁變得渾身僵硬。那眼神很像是在荒野中流浪的小丑所有。

「喔喔世快！」只見天子發出有些滑稽的叫聲。「不嫌棄的話，要不要去參觀我的庭園？」

「啊啊！真是極盡風雅，這樣的庭園實在是太美妙了！怪不得在街頭巷尾都將您傳成『風雅天子』！哎呀——美妙美妙。」

「你也這麼覺得？那你先坐到那張椅子上。我讓人送茶來。」

「請容我拒絕！」

翎子當下一陣錯愕。那種話實在不像為人臣子該對天子說的。

可是會擺出這樣的態度，正好如實道出丞相骨度世快握有多大的權勢。

「感謝您的邀約。但我是來這邊迎接公主的——來吧翎子殿下！跟我一起暢談那受薔薇色妝點的未來吧！」

「咦……」

「我是在說朝議，朝・議！這場會議將會決定國家的未來！」

丞相當場抓住翎子的手，強行從中庭離去。

就連天子說出的「等等」也當作沒聽見，在走廊上快步前進。

從那裡通過的官吏一發現他們兩個，全都驚得跪在地上。所有人都懼怕丞相。這樣的心情，翎子也非常能夠體會——因為她自己也對這個男人害怕得不得了。

「——翎子！真是太讓我驚訝了！沒想到妳居然會背著我說出那種話。我覺得胸口有種被荊棘尖刺刺到的感覺。難道說妳很討厭我？是不是這樣？」

這時丞相停下腳步，對著翎子大呼小叫。

他的用詞語氣比剛才更加沒大沒小。都是因為天子不在這邊的關係。

「哎呀真是令人意外。難道在我面前都是在扮演猶如新生兒的純潔美姬嗎？」

「……很抱歉。」

「啊啊！這是足以成為範本的『形式上謝罪』！若是尼爾桑彼卿聽見了，她可是會大發雷霆喔。因為她曾經說過，在人際關係上，信賴是不可或缺的。」

「不是的。這是……」

「不要跟我頂嘴。」

對方那凶神惡煞的聲音打亂翎子的思緒。等到她回過神，丞相的臉龐已經近在她眼前了。

「原來如此，看在妳眼中，我是在這個王朝中肆意橫行的人啊——但妳可要把耳朵挖乾淨聽好了。在樹葉的摩擦聲中，妳依然能夠聽見吧？聽見人民讚揚我的聲音！」

© riichu

彷彿陷入自我陶醉的境界，世快張開雙手叫喚。

「換句話說！啊啊！都是因為有我，愛蘭朝才能維繫那條命脈！」

「是……」

「雖然天子是個風流之人，但是他又不願意看清現實。而妳是個美麗的人，卻看不清現況。就是因為你們皇族都是這副德行，我才要像拉馬車的馬匹一樣，一直在那賣命！妳就跟妳的父王一樣，去熱愛那些花就好了。在接下來的季節裡，櫻花都要變得美麗起來了吧？」

「可是，我畢竟是三龍星……」

「呼！」對方看似嘲弄地吐了一口氣。「……哎呀失禮了！妳還真是會說笑！這個夭仙鄉主打的可是文官至上主義，軍人就形同沒什麼職責好擔待。妳就努力去參加那些如同兒戲的戰爭，等待我們成婚的時刻到來即可。我很快就會讓妳幸福。」

翎子緊緊握住的雙拳開始陣陣發抖。

這個男人果然正企圖奪取這個夭仙鄉。

知道天子對政治漠不關心，他就趁虛而入恣意妄為。

扭曲法律、扭曲倫理，還要獨占國家的財富。

已經享盡了這個世界的榮華富貴，這樣的人接下來究竟會想要追求什麼呢？

她覺得恐怕是壽命或健康之類的。

雖然還沒掌握確切證據。但是骨度世快似乎為了某種野心在進行人體實驗，已經有這樣的傳聞出現了。在京師發生了好幾起人們忽然消失的事件——根據翎子的隨從梅芳所做的調查指出，丞相有涉案的嫌疑。

「——來吧翎子！我們就來召開足以安撫天下的會議吧！」

等翎子注意到的時候，他們已經來到舉辦朝議的講堂。

所謂的朝議，照理說應該是在早上召開的會議。可是太陽早就已經升上南邊的高空。自從世快就任丞相以來，朝廷的風紀也跟著大亂。在那扇門的對面，可以聽見卑鄙下流的笑聲。大概是那些姍姍來遲的大臣在吵鬧吧。

看不到希望，完全是一片黑暗。

光靠她自己的力量，根本就回天乏術。

正因為如此——他們才需要足以顛覆世界的救世主。

這個人就是黛拉可瑪莉．崗德森布萊德。

自從翎子造訪姆爾納特帝國後，時間已經過了一個月左右。

那個女孩是否能夠將愛蘭翎子從黑暗深淵中拉上來？

☆

三月也來到中旬了。

這個世界正一直線朝向春季發展。感覺第七部隊的吸血鬼最近好像變得更加精神抖擻、殺氣滿滿。好吧，有句話說天氣一旦變暖和了，變態也會變得更加有活力。

可是一位稀世賢者就另當別論了。

不管是哪個季節都不重要，我是會關在自己的房間裡譜寫故事的生物。

因此我今天也面對桌子拿筆寫字——

「…………」

雖然我拿起筆了，卻寫不出小說。

這不是遭遇瓶頸。照理說那個瓶頸已經透過溫泉旅行解決了。那這樣說來，要說究竟發生什麼事——那就是在我心裡，有個不得了的魔物棲息。

我想起上個月與某人的邂逅。

對方是夭仙鄉的三龍星——愛蘭翎子。聽說她的國家即將被壞蛋毀掉。翎子希望能夠扭轉這樣的狀況，才會來跟我求救。

——不是要妳現在幫我。而是希望等到時機到來的那一刻，妳能夠伸出援手。

她最後留下這段話就離去了。

既然人家都這樣拜託我了，那我就想盡全力提供協助。她都用那麼真切的眼神看我了，我怎麼可能只說一句「那妳加油」就了事。於是我決定要成為翎子的助力，可是——決定是決定了。

卻不知道為什麼，翎子的臉一直停留在腦海中揮之不去。

她那苦惱的表情，一身寧靜的氣息，還有看起來酷似孔雀的綠色衣裳。

最近還做夢了，夢到有無以計數的翎子臉龐出現，像萬花筒一樣轉來轉去。這已經是末期症狀了。

「這是什麼……難道這真的是戀愛……？不對，我要冷靜……也有可能只是單純的會錯意不是嗎？想到那個女孩就會心臟狂跳，這是心臟在跟我求救的關係。因為翎子是能夠讓心臟爆發的超能力者……你的心情我很懂，心臟……」

總而言之趁現在來寫小說吧。只要投身於故事中的世界，應該就能夠忘卻俗世帶來的煩憂——在這樣的感覺下，我的目光落到原稿稿紙上。

這才發現不知為何已經寫了一大堆文字了。

嗯？這是什麼？是我的手在無意識中動起來的關係？

那我到底寫了什麼——

翎子

「唔哇啊啊啊啊啊啊啊啊啊啊啊!?」

害我嚇到從椅子上向後翻跌下來。

我的腦子完全停擺了，看來我的右手獲得了自動筆記機能。啊哈哈，好方便喔。

「不對……不是這樣啦！這只是在練習寫文字而已！讓我照順序把大家的名字寫一寫吧！接下來是薇兒。薇兒薇兒薇兒薇兒薇兒薇兒薇兒——」

「唔哇啊啊啊啊啊啊啊啊啊啊!?」

「您在叫我嗎？可瑪莉大小姐。」

害我控制不了從椅子上跌個四腳朝天（今天第二次）。

神不知鬼不覺間，變態女僕已經站在我背後了。

「嗯……怎麼了!?找我有什麼事嗎!?如果要找點心，我已經放在櫃子裡了。」

「我不需要點心。剛才可瑪莉大小姐充滿愛意，連續呼喚我的名字對吧。」

「這都是誤會！為了在快嘴說話選拔賽中獲得冠軍，我在做發聲練習……」

「隱藏也沒用，可瑪莉大小姐的愛意已經傳達出十二分了。這次就換成我來傳達愛意吧。可瑪莉大小姐可瑪莉大小姐可瑪莉大小姐可瑪莉大小姐……」

「夠了啦啦啦啦啦啦啦!!別黏著我————————!!」

去解說事情的原委太麻煩了。是說那些也沒辦法拿出來解釋。

我們兩個的攻防戰持續了一小段時間，之後薇兒總算消停了。

她似乎沒有繼續發瘋下去。看準這個時機，我要自己盡量擺出認真的表情。

「……對了薇兒，有件事情想找妳商量。」

「是什麼事情呢？如果是想要找我商量戀愛方面的問題，看看要怎樣攻陷時常跟在身邊的親近女僕，我可是非常歡迎喔。」

「我只是在舉例喔。假設……找到喜歡的人了，薇兒會怎麼做？」

「……什麼？」

薇兒的語氣聽起來是真的很驚訝。

「不是啦，我問這個沒什麼奇怪的用意。只是想拿來用在小說裡面，才想要跟薇兒打聽一下妳的意見。」

「這還用多說。一旦找到喜歡的人，我就要抱住她，表達出我的愛，就像這個樣子。」

這下薇兒活脫脫成了會模仿嬰兒哭泣的老爺爺妖怪，將我緊緊抱住。但我覺得薇兒這樣的案例算是比較特殊。

假如我突然過去抱住翎子，不曉得會怎樣？

對方可能會很厭惡我吧。啊……被拒絕的影像浮現出來了，害我有點受傷……

不對不對，我在想些什麼!?我根本沒必要拿翎子來做想像啊!!

「可惡……好苦惱喔……」

「既然那都是小說了，按照您的妄想寫下去就好了——嗯??」

薇兒在這時盯著原稿的稿紙看。那上面寫了一大堆的「翎子」。

糟糕被看見了！——當我浮現這個念頭時，一切都已經太遲了。

「……可瑪莉大小姐？這是什麼？」

「沒什麼啦！我是想要參加全國性的書法大賽，才想要練習寫字，只是這樣而已。」

「剛才妳還說要參加快嘴大賽之類的，那個也是說謊吧？還有這些『翎子』——」

「這是……那個……其實是那樣啦！我在想愛蘭翎子小姐的事情！因為她拿很重大的事情來拜託我……」

來自薇兒的疑惑目光就這樣射了過來。

就因為這傢伙是變態，她的直覺才特別敏銳。就連前些日子我裝作若無其事問她：「有什麼想要的東西嗎？」她也瞬間會意過來，知道我是在問她生日的事情，她就回答：「想要可瑪莉大小姐。」順便說一下，薇兒的生日是三月十二日。上個禮拜大家才一起替她慶祝過。

「……但唯獨可瑪莉大小姐，是不可能出現那種狀況的。」

「那種狀況？這是什麼意思……？」

「其實這也沒什麼。話說愛蘭翎子大人看起來確實真的像是走投無路了呢。因為她會來找幾乎沒什麼交情的我們求救。」

「嗯，若是能夠成為她的助力就好了……」

「根據翎子大人所說，夭仙鄉好像被窮凶極惡的丞相支配。還說那個丞相骨度世快企圖奪取整個王朝，諸如此類的……感覺就很像在看阿爾卡王國的翻版。」

「是在說翎子所處的立場就跟納莉亞很像嗎？」

「這我就不知道了。可是有傳聞指出骨度世快是比馬特哈德更加陰險許多的人。舉例來說——請您看看這個。」

薇兒拿了一張紙給我。

「……喂，這不是《六國新聞》嗎？」

「是的，如今崗德森布萊德家都有在定期訂閱。」

「現在馬上跟他們解約啦!!」

「現在還不是解約的時候，請您先看看這邊。」

「現在就是解約的好時機！欸妳看……在『今天的可瑪莉閣下』專欄這邊，不是還放了我伸懶腰的照片嗎！現在立刻下令回收——嗯？」

被薇兒指出來的部分映入我的眼簾。

上面記載了這樣的一則新聞。

『夭仙鄉的愛蘭翎子殿下即將閃電結婚!?對象是丞相骨度世快先生。』

「……這是什麼？」

「看來翎子大人要跟丞相骨度世快結婚了呢。」

「為什麼!?」

「我也不曉得。大概是丞相的陰謀那類的吧。看來那個骨度世快似乎想要從內部逐步破壞夭仙鄉的政府。」

我知道自己的手在發抖，眼睛一路追著那些新聞看下去。

結婚。婚訊發表宴。結婚的契機——這些帶有強大刺激性的字眼飛入我的眼中。

而且上面還刊登了翎子和骨度世快（疑似是那個人）並肩站在一起拍下的照

片。

裡頭那個她臉上帶著華美的笑容。

看起來好開心，還跟丞相手牽著手。看起來好開心，對著丞相展露笑容。

「或許現在出手已經太遲了。這不是我們在找藉口……可是自從之前見過面後，他們都沒有主動來聯繫我們，於是我們也沒辦法採取行動。」

「啊……啊啊……」

「可是看了這張照片會發現愛蘭翎子大人看起來好像很開心的樣子，雖然她也很有可能是被強迫的。」

我想起來了。跟翎子初次見面的時候，她曾經說過「要跟人辦結婚典禮」。是不是那個時候早就已經定案了？

「不僅如此，事實上人們對骨度世快的評價非常好。甚至還稱他為重振夭仙鄉的稀世名宰相。刪減政府的多餘開銷，減輕國民的納稅負擔，導致人民對他的支持率急速攀升，聽說還有這類傳聞。就這點來看，似乎跟翎子大人的見解有些出入呢。」

若是我能夠早點跟翎子要好起來就好了……不對，翎子不是還在笑嗎？

但這張笑臉是出自真心的嗎？還是就像薇兒說的那樣，她是被人強迫的？

我不知道……不明白到都想突然跳起舞來……

「嗚……嗚嗚……嗚……」

「我們要不要先試著聯絡翎子大人看看？目前還不清楚實際狀況，有必要確認一下——可瑪莉大小姐？」

「嗚哇啊啊啊啊啊啊啊啊啊啊啊啊啊啊啊啊啊啊啊啊啊啊啊啊啊啊啊啊啊啊!!」

我將那份報紙揉爛，嘴裡發出尖叫聲。

這是什麼。這算什麼啦。我感覺自己的心臟好像快爆炸了。

眼看翎子即將落入十惡不赦（疑似）的丞相手中，我覺得好不爽。

可是——在同一時間，「翎子要結婚」這項事實也在搖撼著我的腦袋。

再加上照片裡的她看起來好開心，這給了我致命一擊。

她連面對我都不曾露出這樣的笑容……!

「——薇兒！我們現在要馬上過去翎子那邊！」

「什麼？怎麼突然說這個？」

「我都撞見這樣的畫面了，怎麼可能還悶不吭聲！翎子她……翎子搞不好會跟丞相結婚啊！」

「話是這麼說沒錯，但這樣的反應好像不太像可瑪莉大小姐會做的吧？」

「既然她都沒有跟我們聯繫，那代表通訊手段都被人截斷了！現在一定要馬上過去……！」

我拉住薇兒的手，打算離開房間。

可是卻被女僕用那比馬匹還要強大的蠻力制止了。

「請先等一下，可瑪莉大小姐！我認為現在採取行動還為時尚早。」

「明明就太遲了吧！快——點——行——動——！」

「不，我是不會行動的！總之請先揉我的胸部，讓大小姐您冷靜冷靜！」

「誰要揉啊!!我對那種東西一點興趣都沒有!!」

「太過分了！在睡覺的時候，明明都拋棄節操揉了又揉……！」

「不要因為我不記得就捏造事實！好了啦，我們要趕快外出，薇兒！」

「您究竟是怎麼了！如果是平常的可瑪莉大小姐，早就放話說『我絕對不要到外面去！』然後被我綁架，面臨如此悲哀的命運！這樣一來不就反過來了嗎！」

「原來妳一直覺得我在面臨很悲哀的命運喔!?總而言之我要去夭仙鄉那邊就對了——！」

就像這個樣子，我跟女僕展開激烈的鬥爭。

當下從窗戶射進來的陽光忽然變暗了。

於是我漫不經心地看向窗外——

喀啷————————!!

窗戶上的玻璃居然粉碎掉了，有某種東西飛進房間裡。

「可瑪莉大小姐，危險！」

「哇啊啊啊啊啊!?」

被薇兒用身體撞到，我口中發出「咕唔！」的叫聲。不對，妳突然過來衝撞我還比較危險吧——雖然這樣想，但她是在保護我，我覺得為這種事情抱怨不太對。

被薇兒壓住的我，視線看向周圍。

是不是第七部隊那幫人在外面玩棒球……？

「唔……失禮了。是我失策……」

到最後，出現在那的是一名似曾相識的少女。

雖然我對她沒有殘留太多印象——但她是跟翎子待在一起的夭仙隨從。

她被玻璃弄得滿身是傷，同時還倒在地面上。

「妳……妳還好吧!?話說妳怎麼會在這邊……!?」

我正想要幫助她起身，卻在這時注意到一件事情。

她身上流出來的血液，並非全是被破掉的玻璃弄出來的。仔細看會發現她身體各處都有疑似受人攻擊產生的傷口。就在那個時候——我忽然感受到一股氣息，一雙眼睛朝著窗外看去。

就在藍天的彼端，有人輕飄飄地浮在半空中。

那些人一發現我在看他們，馬上就匆匆忙忙飛往不知名的方向。

© riichu

「從那身衣服來看，應該都是夭仙鄉的軍隊人馬。」透過望遠鏡觀看的薇兒如此說道。「他們來這邊究竟是做什麼？一看到可瑪莉大小姐的臉，那些人就嚇到逃之夭夭了，看起來好像是那樣……」

「……那些人是衝著我來的。」

翎子的隨從——梁梅芳搖搖晃晃地站了起來。

她身上的血液滴滴答答地垂落。害我不由得發出悲鳴，「咿！」地叫了一聲。

「黛拉可瑪莉……有事情想拜託妳。希望妳可以拯救翎子……」

「在那之前，妳先擔心一下妳自己啦!?喂薇兒！就沒有繃帶之類的嗎!?」

「總之能夠派得上用場的東西，我通通去拿過來好了。」

薇兒用盡全力衝出房間。我打算來照顧梅芳——雖然是這樣打算的，卻不知道該如何著手。這裡沒有夭仙鄉的魔核在，她身上的傷口遲遲沒有治癒的跡象。而且這裡想必處處都找不到像光耶醫師那樣的醫生。

「翎子她……會落入丞相手中。若是真的變成那樣，愛蘭朝就完了……為了防止這種事情發生，我才會出面奮戰……可是卻無法跟丞相的手下抗衡……」

「妳不要再說話了！需不需要幫妳做心臟按摩!?」

「不用了。這些傷也沒什麼大不了的……」

她眼中有著強烈的使命感，還擁有希望拯救某個人的純粹「意志力」。

眼下她直視著我，對我發出懇求。

「黛拉可瑪莉・崗德森布萊德。我知道這樣做很失禮，但我想拜託妳一件事情。請拯救翎子——」

對方的話說到一半就中斷了。

因為梅芳被扔在地上的薇兒內衣（!?）害到腳滑了一下。

為什麼會有內褲掉在這種地方啊!?——這句哀嘆並沒有真的被我說出口。

但她還真不愧是三龍星的隨從。身體很快就恢復平衡，成功用膝蓋著地跪下。

太好了。就在我鬆口氣之後，緊接著又有事情發生。

由於梅芳剛才差點跌倒，導致有血液飛沫飛向我這邊。

那些鮮紅色液體就這樣噴進我毫無防備的口中。

當我嘗到黏糊糊的鮮血味道，就在那個瞬間——

撲通。

我的心臟發出跳動聲。

緊接著下一刻，整個世界都染上彩虹般的色彩。

☆

「可瑪莉大小姐，我剛才突然想到了，那就是我們只要【轉移】到核領域就可以了。我有拿可以用來做這件事的魔法石過來——可瑪莉大小姐？您怎麼了？」

這時薇兒回來了。

我搖搖頭，人還站了起來。

梅芳正用感到不可思議的表情抬頭仰望我。

也許剛才有血液跑到嘴巴裡，這件事是我錯覺也說不定。但剛才有那麼一瞬間，我感覺有一股奇妙的魔力在體內竄過，只是如今的我依然還是那個冷酷又冷靜沉著的稀世賢者。

我握住梅芳的手，同時回頭張望。

「——謝謝妳，薇兒！我們現在就過去魔核效果可及的地方吧。」

「是，梁梅芳小姐也能夠接受這樣的安排吧？」

「？——可以。抱歉了……」

薇兒接著靠近我們，並且發動【轉移】用的魔法石。

我的房間頓時充斥著刺眼的光芒。不管品嘗過多少次，依然讓我無法習慣的飄浮感包覆全身。

天仙鄉那邊目前正發生什麼事情，這我不是很清楚。可是我希望成為翎子和梅芳的助力。

總之就先去核領域那邊，聽聽看對方怎麼說吧。

還有隨便亂丟內衣褲的薇兒，我晚點要好好罵罵她——就在我左思右想的時候，我的身體也飛向某個遙遠的地方。

Hikikomari the Vampire Countess no Monmon

1 這就是戀愛嗎？

核領域・法雷吉爾溫泉小鎮。

前陣子發生了殺人事件，還舉辦生日派對，在紅雪庵那邊出了不少事情——待在休息室裡，我們雙方互相面對面。要找一個能夠靜下心談話的地方，能想到的也只有這間旅館了。

「……謝謝。多虧妳們，我才得救。」

在喝熱可可的時候，梅芳似乎也找回平靜了。

另外還有一件事，就是她身上的傷已經透過魔核全數治癒了。

「梅芳小姐，到底發生什麼事了？剛才來到崗德森布萊德宅邸的人，看起來很像是夭仙鄉的士兵。」

薇兒說這些話的時候，嘴裡還在吃「巧克力甜饅頭」。不是吧，我說妳……大家明明在談很嚴肅的話題，妳不要狂吃溫泉名產好不好。這樣會害我也想吃耶。

「……那些就是夭仙鄉軍隊的士兵，他們是想要除掉反抗骨度世快的我。不對，說得更正確一點，是打算把『翎子的夥伴』全部都靠武力消除掉。」

「為什麼他有必要做到那種地步啊？」

「這還用說。都是因為那傢伙打算將翎子所有的力量奪走。因為翎子將會是下一任的天子……只要讓她失去所有的力量，自己就能夠獲得她擁有的地位，那個人似乎是這麼想的。」

「可是聽說骨度世快不是在民眾之間很受歡迎嗎？還減輕稅負，充實福利制度，正在發揮他的才幹。就連《六國新聞》都有確實寫到——『國民都在讚揚丞相的豐功偉業，在各地建造石碑或石像等等的，而且很崇拜他。』據說是這樣。」

「丞相那麼受歡迎，都是無辜之人的鮮血換來的。強行要人做出那麼大的犧牲才獲得這樣的支持率，妳們認為這有任何價值嗎？」

「這具體說來是怎麼一回事啊？」

「只要能夠獲得權力，那傢伙可是不惜做出一切的犧牲。就是因為這樣，翎子的支持者們……還有翎子自己才會……！總而言之不能再對他放任不管了！」

梅芳說到這邊正打算站起來。

我趕緊制止她。

「喂，先等等啦！若是在毫無對策的情況下橫衝直撞，妳只會受傷啊!?」

「受傷根本就不重要！既然妳們不願意提供協助，那麼我就一個人孤身面對！——咦、哇，等等……不要突然抓住我啦!?」

梅芳這時紅著臉將我扒開。

嗯？感覺她的反應很微妙。

好吧算了——剛想到這邊，有個人就靜靜地說了一句「可瑪莉說得對」，出言指正。

「就算那麼著急也沒用吧。首先不是應該要先將情報理出一個頭緒嗎？」

就在我身旁，坐了一個擁有桃紅色髮色的翦劉種。

這個人就是納莉亞・克寧格姆。是我的朋友，同時也是阿爾卡共和國的總統。

梅芳變得很狼狽，人再度坐回椅子上。

「失禮了……話說阿爾卡的克寧格姆總統怎麼會在這邊？」

「我原本就想來見可瑪莉一面。可是既然都說碰到緊急狀況了，我就想另外找機會——但最後還是打消念頭，直接過來見她了。反正我正好也想談夭仙鄉的事情。」

事情就像她說的那樣。當我跟梅芳一起來到法雷吉爾這邊的時候，納莉亞跟我們聯絡，還強硬表示：「今天可以見面嗎!?可以見面對吧!?謝囉我現在就過去!!」

等到我發現的時候，那個「月桃姬」已經來到紅雪庵這邊了。

納莉亞從剛才開始就一直在摸我的頭，而且還把自己手中的巧克力甜饅頭分一半給我。這傢伙是不是搞錯了，把我當成妹妹之類的？實在太遺憾了——但這件事就先不管了，巧克力甜饅頭好好吃。

納莉亞還用布巾替我擦掉沾在嘴角上的巧克力，同時繼續說了一句：「對了梅芳。」

「夭仙鄉的丞相很受國民愛戴，可是背地裡卻做著沒人敢說出口的壞事——以上是妳的見解對吧？」

「對。」

「我看妳應該沒想錯。」

薇兒這下看似傻眼地聳聳肩，嘴裡回道：「這是在說什麼啊？」

「最好不要單憑臆測就隨口亂說，還有請妳遠離可瑪莉大小姐。」

「這不是臆測——最近我有在整理馬特哈德時代的機密文書。看來那傢伙有在跟夭仙鄉的骨度世快從事非法交易。」

納莉亞說完取出某種資料。

「具體來說，馬特哈德提供了在罪犯收容設施夢想樂園內培養起來的技術，還走私非法神具給對方，甚至買賣許許多多的非法藥物。換句話說，馬特哈德跟骨度世快私底下有在聯手。」

「這是真的嗎!?」這下梅芳驚訝到整個人湊了過來。「如果是這樣的話……果然不能對他放任不管！其實早就有傳聞指出骨度世快會誘拐人做人體實驗。搞不好是夢想樂園的延伸……」

「有可能，所以我是不會對夭仙鄉坐視不管的。」

帶著認真的表情，納莉亞手裡還在揉我的肩膀。快住手啦。這樣也太舒服了吧。

「再說那也是阿爾卡前政權搞出來的東西。要說我一丁點責任都沒有，那可能說不過去——因此有必要進一步詳細調查丞相的事情。」

「居然能夠獲得克寧格姆總統的協助，太感謝了……！」

感覺好像有個同盟背著我成立了。

總而言之就先來把那些話整理一下吧。首先夭仙鄉這邊有個很受人民愛戴的丞相。但實際上他背地裡做了不少壞事。因此繼續這樣下去的話，那個國家的未來堪慮。再說——還有一個可憐的少女因為這件事情遭殃。

「那翎子……翎子會變怎樣？」

「翎子現在被幽禁在宮殿裡，看來是要奪取她的自由。」

「奪取自由!?」

「很可恨的是……一旦世快和天子一族結合，那就再也找不出能夠阻止他的手段了。他大概會逼著天子禪讓，讓王朝改朝換代吧。若真的變成那樣，翎子將會永遠失去自由。」

我的心臟「撲通」地跳了一下。

既然這樣——那我可不能坐視不管。

光是想像翎子和丞相結婚，我的心就變得好痛。應該是說我自己就有很想跟翎子結婚的感覺。不對不對，這樣真的好奇怪。我很擔心翎子，也不能原諒丞相，到這邊都還很合理，可是我又覺得自己的心並不只被正義感驅策。

那麼這果然是……戀愛？那怎麼可能。

「……抱歉，黛拉可瑪莉。」

「咦？」

疑似察覺到什麼的梅芳擺出苦澀的表情。

我不是很懂。眼下納莉亞突然開開心心說了一句：「那就這麼決定了！」

「阿爾卡、姆爾納特和夭仙鄉要集結成對抗骨度世快的同盟。總而言之，行動方針就讓我來決定。因為這次好像有必要慎重行動。」

「這麼做的用意讓人不解。只要可瑪莉人小姐透過烈核解放大展身手，事情應該就能在一瞬間收拾完畢。」

「那樣不行的啦。骨度世快擁有絕大的支持率，如果我們想要靠武力擺平他，反而會招人反感。換句話說，我們必須掌握對手做壞事的證據，再將那些公開才行。」

意思是說沒辦法像馬特哈德時代那樣，用那種方式解決？

「可瑪莉妳也覺得可行對吧？老師不是有給妳留下訊息嗎？——跟妳說『救救夭仙鄉的人民』那類的。」

「嗯……是有啦。」

翎子被人搶走，我不喜歡那樣，這是出於私情。眼看夭仙鄉有可能遭到蹂躪，我沒辦法視而不見，這是出自我身上那點小小的正義感。而且在溫泉旅館那邊曾經遇到影子基爾德，她轉達了媽媽要跟我說的話——這些通通加總在一起，促使我看見目標。害這次我不能再說「好想當家裡蹲～！」

「那好！我們就為了翎子努力一番吧！首先要對夭仙鄉——」

「——這些話都讓我聽見了!!」

我還懷疑是不是自己聽錯。

就連梅芳跟薇兒都嚇了一跳，紛紛轉頭張望。

在那裡的人是——來自《六國新聞》的狗仔隊成員。

「看來閣下是打算投身參與壯烈的戰鬥是吧!?太美妙了!!簡直美妙得不得了!!機會難得，我是不是可以來一場貼身採訪!?」

「貼身採訪什麼的麻煩死了，一定不會給加班費啦，我想回去了，真是的。」

「妳給我閉嘴，蒂歐！我們工作不是為了錢，而是為了工作背後的價值！——剛才是我們失禮了，崗德森布萊德閣下！首先就讓我們拍一些照片吧！」

梅露可開始毫不客氣地「喀嚓喀嚓」狂按相機快門。

我慌慌張張躲到納莉亞背後，可是卻被她推到前面。

「喂納莉亞！有入侵者啊!?不用把她們趕出去嗎!?」

「是我叫過來的，因為這兩個人派得上用場。」

「是要用在哪邊啊!?如果想要吃西瓜看熱鬧，《六國新聞》確實會變得像是至寶啦。」

「說得沒錯，我們就是被人當成至寶的《六國新聞》！」

那個蒼玉種少女「咻！」地靠近我。

還是老樣子，她在跟人的距離感上抓得很詭異。不存在跟人保持社交距離的概念。

「在這個世界上，人們都覺得骨度世快是個有能力的宰相，原來他背地裡還有另外一面，實在太讓人驚訝了！剛才克寧格姆總統提到『機密文書』，能不能幫忙將那些資料公開一下!?另外還有愛蘭翎子殿下不曉得會有什麼下場!?就在剛才那一刻，阿爾卡、姆爾納特和夭仙鄉似乎締結同盟了，那妳們今後的方針是什麼!?是不是能夠解釋成崗德森布萊德閣下接下來要殺進夭仙鄉!?」

「可以這樣解釋。」

「哪裡可以了，薇兒妳在亂講什麼啦!!有在聽人說話嗎!?」

「我們倒是都沒有聽到！因此要麻煩妳們詳細說明一下！」

「都說這樣離我太近了——」

「妳們這些狗仔稍安勿躁。若是黏得這麼緊，小心會被可瑪莉討厭喔？」

納莉亞在這時伸出援手。可是我心裡明白，只是像這樣隨便說幾句話，這些喜歡造假的新聞記者根本不可能乖乖收手。於是我打算用美味的點心賄賂她們，請她們收手，於是就準備拿出吃到一半的巧克力甜饅頭——

「——哎呀！這真是失禮了！原來強行採訪會遭人忌諱呀！」

當下梅露可笑咪咪地退了一步。

咦？這傢伙有那麼乾脆？還是因為總統威能起作用的關係？這算什麼，我也好想當總統。

「呵呵，用不著那麼著急。我會給妳們超棒的情報。但相對的，之後還有要利用到妳們的地方。」

「吼吼——！那真是令人期待呢！也就是說這是一場交易囉。」

「梅露可小姐，最好不要跟她做交易。我們會被啃食到連骨頭都不剩，而且還會像蚊子那樣被人殺掉，這才是真的。但如果梅露可小姐無論如何都執意要做，我也不會阻止妳就是了。相對的我要去泡溫泉，然後早早打道回府，之後的事情就拜託妳了喵!?」

「妳閉嘴，這個軟腳蝦!!這可是能夠獨占獨家新聞的好機會，居然要放手，妳連腦漿量都跟貓一樣嗎!?」

「我真的是貓啊!?」

蒂歐被梅露可扣住頭，嘴裡發出「喵喵喵!?」的慘叫聲。

雖然我覺得莫名其妙，但是納莉亞跟梅露可之間好像在彼此試探些什麼。

「……我說薇兒，這些人是在想什麼啊。」

「她們一定是集結成偷拍可瑪莉大小姐可恥畫面的同盟了吧。」

「原來是那樣!?這些人也太扯了吧……！」

我心驚膽戰。這個世界上就只有變態存在，我對這一點再度有了體認。

而納莉亞在這時說了一句「總而言之」，又換了個話題。

「我們的目的就只有一個——那就是將丞相做的壞事公諸於世，藉此彈劾他。到時候翎子的婚約也會取消，皆大歡喜。」

「那這些新聞記者就是要來當廣播電臺，讓整個世界都知道丞相做過什麼壞事是嗎？」

「就是這樣。因此在這場作戰行動結束之前，希望妳們可以先停止捏造不實報導——妳是不是叫做梅露可‧提亞？這樣決定，妳可以接受嗎？」

「當然可以！」

梅露可臉上笑容滿面。

蒂歐則是碎碎念說著「我不能接受」，然後她的頭就被人打了。

「人家都給出那麼大的甜頭了，那我們也只能稍微安分一點啦！暫時就照總統說的去做吧。這麼做也是為了完成這筆買賣，那能讓世界變得更美好。」

「什麼啊——原來她意外是個明事理的傢伙。」

喂！納莉亞，不能相信這種人。一個沒弄好，她們還會連妳也拿來做文章寫新聞稿，例如「總統的興趣居然是打造女僕少女!?」若是真的變成那樣，受害人有可能會集結成一個自救會出來抗議喔。

「——那接下來，首先我想要曝光骨度世快的為人。」

「那傢伙毫無疑問是個壞蛋。」梅芳用很唾棄的語氣接話。「就連天子陛下都是被他操控的。因為那傢伙胡作非為，朝廷都大亂了……不知道翎子是不是平安無事……」

我心深處有種揪緊的感覺。

翎子被人關起來了，不曉得她有沒有獨自一人哭泣。

「梅芳妳有辦法見到翎子嗎……？」

「已經有半個月都沒見到她了，因為我被人流放到國外。」

「可惡，好在意翎子的事情……」

「沒錯，那我來去問一下吧。」

「……？要找誰問？問誰的事情？」

「去找丞相，問翎子的事情。」

話說到這邊，納莉亞從懷中取出魔法石。

上頭散發綠色的光輝，是看起來很高級的一流貨。薇兒在這時說了一句「那難道是——」，還一臉驚訝地張開嘴巴。

「那個是……用來跟首腦熱線的嗎？聽說各國首腦都有一個。」

「嗯，所以我才打算直接問問看。」

納莉亞對著通訊用礦石注入魔力。

咦？她說要直接問是認真的？這個真的有辦法接通？——就這樣，大家都驚呆了，陷入幾秒鐘的沉默境地。後來礦石的另一頭就傳來歡快的嗓音。

『來了！我是夭仙鄉丞相，同時也是身兼星辰大臣的骨度世快！』

…………

……他本人出來接聽了耶？這樣真的沒問題嗎？

『不知您有何貴幹，克寧格姆總統!?居然還特地聯繫我，這是我的榮幸！能夠像這樣和您對話，都是因為有仙女們引導我們來場命運的相逢吧!?』

「那些都不重要啦，只是有件事情想確認一下。」

『——吶哈哈哈！我懂了，原來是跟梁梅芳有關啊！』

世快用很嘲弄的方式笑言。

『我還聽說她逃到姆爾納特那邊了！哎呀幸好幸好，她平安無事！沒有丟掉寶貴的性命真是太好了！到頭來妳是去拜託阿爾卡是吧!?』

「丞相……！你這個混帳……！」

『啊啊！我聽到猛獸的低吼了。真不知是想對著誰露出獠牙啊。話說總統想問我什麼事情呢？如果要問夭仙鄉的風景名勝，想知道多少都能夠告訴妳喔。』

「我聽說你都在幹壞事。」

看來納莉亞根本不知道客氣這兩個字怎麼寫。她直接單刀直入問了。

「聽說你打算奪取愛蘭朝，是真的嗎？還誘拐那些國民，繼續開設夢想樂園，這也是真的嗎？更要人在全國上下打造石碑，讓人們都崇拜你，這些是否都是真的呢？」

『問這些還真是咄咄逼人。可是那每一則都是子虛烏有的消息，這是在造謠毀損我的名譽啊！我粉身碎骨賣命，都是為了讓夭仙鄉變得更好！』

「哦——……先換人聽一下。可瑪莉說她對你有點意見。」

納莉亞說完就將通訊用礦石拿到我這邊。

咦？為什麼變這樣？——還在感到困惑時，我就聽見礦石另一頭有聲音傳來。

『可瑪莉？莫非是在說崗德森布萊德將軍？』

「對——對啊！」

現在不是裹足不前的時候。我緊握成拳頭的手變得更加用力，同時發出叫喊。

「翎子是不是安然無恙!?我可是聽說你對翎子做了很過分的事情喔!?」

『剛才我已經說過那些都無憑無據吧？又沒有證據證明我要加害翎子殿下！怎麼會說我幽禁她？啊啊！我不可能做出這麼可怕的事情吧！』

「可是現在翎子不是都不能外出嗎！」

『這真的是很可悲的事情！翎子殿下最近身體狀況欠佳……再說翎子殿下跟我有婚約！若是有人會用不正當的方式折磨自己未來的老婆，那樣的人簡直不是人！』

梅芳聽了咬牙切齒，納莉亞則是用冷淡的目光看著通訊用礦石。

世快的態度充滿了挑釁。從他說的話裡，根本感受不到對翎子有任何體恤之意。

「翎子什麼時候說過她想跟你結婚!?根本就只是你強迫她吧!?」

『怎麼可能！翎子殿下是靠著自己的意志選擇了未來！妳是不是都沒有在看新聞？什麼，妳真的都沒有在看？報紙上面都刊載她笑得很幸福的樣子了，請去確認一下吧！啊啊！那是多麼美麗的笑容啊！美妙極了！』

我有種心臟被人緊緊掐住的感覺。搞什麼啊，還講什麼美妙極了，你是白痴啊。

可是……照這樣說來，翎子確實在世快身旁面露笑容。

『翎子殿下已經打算與我長相廝守了。她似乎認為這樣對國家比較好。最重要的是她並不恨我！這可是難以動搖的現實！』

「也……也有可能是你擅自解讀吧!?」

『沒那個可能！翎子殿下已經說過她「愛我」了！』

「什麼!?聽你在說謊!!那都是妄想、妄想!!」

『我還有用魔法石錄音起來。你們聽聽——這聲音美到就像小鳥在唱歌！』

『我愛你。』

從通訊用礦石之中，傳來翎子的聲音。別去錄那種聲音啦，你是變態啊，這句吐槽卡在喉嚨深處，就是出不來。

我愛你。我愛你。我愛你——我的腦袋都快溶化了。聽到翎子用她的聲音說出那種話，會讓人變得怪怪的。心臟快要爆炸了。不對，不是那樣。

翎子她——翎子真的希望跟世快結婚嗎……？

『昨天翎子還親手做餐點給我吃！』

「啊啊啊啊啊啊!?」

『我因為操煩政務變得很疲憊，她還摸摸我的頭！』

「啊啊啊啊啊啊啊啊啊啊啊啊!?」

『什麼，你們說這是妄想？哎呀呀！這只說對一半！這不是妄想，是在開玩笑。結婚之前怎麼可能做出這種事情呢？沒想到妳的反應意外的有趣呢。』

「滿口胡言欸你!!不要害我那麼鬱悶好不好!!」

「請問……可瑪莉大小姐？」

「妳的反應是不是怪怪的？是不是被丞相牽著鼻子走了？」

個人私情和止義感交錯在一起，在我心中點燃一把火。

我果然還是不希望翎子被這種男人搶走。結婚更是沒得商量——再加上骨度世快已經對我下了決定性的挑戰書了。

『說到這邊才想到！我們預計下個星期要舉辦結婚慶祝宴！我看就招待各位來參加好了。』

「什麼——」

『難得有這個機會，就把各國的重要人士都招待過來，盛大慶祝一番吧。實在是太美妙、太美妙啦！』

「一點都不美妙!!你們離婚啦!!」

『呵。我們都還沒有結婚，更不可能離婚。但只要跟我結婚，翎子將會擁有安穩的未來——換句話說，結這個婚也是為了她著想！啊啊！我這個丈夫未免也太溫柔了吧！』

什麼叫做未來會過得很安穩。一旦結了婚，翎子就沒辦法再回頭了。而且夭仙鄉也會完全落入丞相手中吧。若是真的變成那樣，最後的事情發展很有可能會變得跟蓋拉·阿爾卡共和國一樣殘虐。因為這傢伙正在進行夢想樂園的翻版。

「不可原諒……我不會放過你的……！」

『可不可以原諒，這是由老天決定。妳沒有決定權喔。』

這下我再也忍無可忍。

「咚！」的一聲，我站起來的力道大到差點把椅子掀翻。

對於腦袋中浮現的臺詞也沒有多加斟酌，就直接講出來了。

「——翎子才不要跟你結婚！她曾經來拜託過我！說丞相對她做出很過分的事情，希望我可以救救他們！她的眼神是認真的！報紙上面捕捉到的笑容都是假的！翎子是屬於我的！你給我洗好脖子等著！什麼結婚慶祝宴，到時候看我——」

『哎唷我突然想上廁所！那就先這樣啦，崗德森布萊德將軍！拜～』

「喂!?我的話還沒——」

噗滋。對方毫不猶豫地切斷聯繫。

這時我的手背上突然萌生一股刺痛感。那個淡淡的烏鴉型胎記到現在都還沒有消除。印象中好像是翎子來過姆爾納特宮殿後，馬上就浮現出來了，雖然已經過了好一陣子，但還是——反正現在沒空去管那個。我將通訊用礦石塞給納莉亞，嘴裡發出喊叫聲。

「——我絕對!要把翎子帶回來!」

「好吧，丞相的態度確實讓人很火大，這個我懂。不過這次可瑪莉特別有幹勁呢。」

「豈止是有幹勁而已。剛才可瑪莉大小姐還說『翎子是屬於我的』，不禁讓人懷疑是不是耳朵聽錯。那是不是我的幻聽呢？」

「肯……肯定是幻聽啊!」

薇兒接著回道：「什麼啊——這麼說也對啦。」嘴裡呼出一口氣。

「總而言之!我們不能對夭仙鄉放任不管!」

「對啊!那我知道了!」納莉亞這時笑嘻嘻地站了起來。

「感覺丞相那邊應該已經看出我們想做什麼，不過——我們還是快點殺進夭仙鄉吧!」

梅芳聽了眼中泛淚地呢喃：「謝謝妳們。」

「還好有來拜託崗德森布萊德閣下……翎子果然沒有看錯人。」

「妳就放心吧，梅芳。只要有薇兒和納莉亞在，她們的力量可是一人抵百人。」

「好，若是出什麼狀況，閣下也會幫忙把那些敵人打跑吧……」

「…………………………」

也不是啦，再怎麼說我都想用和平的方式解決事情。

可以的話希望可以跟對方談談，不然就是去賄賂——就這樣，我的心情開始變得很微妙，這時再次有按相機快門的聲音出現。是梅露可太興奮了，一直在那邊攝影。

「這是何等的英勇姿態呀！其他的國家正要遭到奸臣蹂躪，卻因為俠義心腸挺身而出！這樣才像要把整個世界做成蛋包飯的黛拉可瑪莉·崗德森布萊德！」

「這麼說沒錯，可是我不記得有說過要把這個世界做成蛋包飯。」

「總之阿爾卡、姆爾納特和夭仙鄉同盟已經要跟骨度世快宣戰了對吧!?哎呀光是這點就足以構成大獨家！到時報紙肯定會狂賣！」

「新聞稿內容要先讓阿爾卡政府檢視過。可不要寫些奇怪的事情喔？」

「謹遵吩咐！」

梅露可在回話的時候，那表情根本就跟詐欺犯沒兩樣。

就這樣，圍繞著夭仙鄉的全新戰爭揭開序幕。

「我們可是清廉又潔白的新聞社！就只會報導事實而已！」

※

《六國新聞》　三月十八日　早報

『可瑪莉閣下宣稱「翎子是屬於我的」

【帝都——梅露可・堤亞】姆爾納特帝國七紅天大將軍黛拉可瑪莉・崗德森布萊德小姐和夭仙鄉丞相兼星辰大臣骨度世快先生進行了一場會談。骨度丞相表明他將要跟夭仙鄉三龍星愛蘭翎子殿下結婚，崗德森布萊德將軍卻跟他唱反調。將軍說：「翎子是屬於我的。絕對不會交給你。」明確表達出搶婚的意願。而且下星期二十一日當天預計要舉辦結婚慶祝宴，她還宣示要闖進去奪走新娘子。關於崗德森布萊德將軍要跟誰配對，在專家之間依然持續激烈爭辯，如今事情發展到此，令人意想不到的黑馬逐漸現形。或者是說對將軍而言，愛蘭翎子殿下才有可能是她的真命天女。即將把整個國家都捲入泥淖的戀愛喜劇值得各位期待。』

☆

「這……這……這是什麼啊！？！？！？」

啪嘶啪嘶啪嘶!!——將報紙撕破的同時，薇兒放聲大叫。

這裡是夭仙鄉的京師・華之都。

我嘴裡發出嘆息，眼睛看向窗戶外頭。

那裡有一大片豪華絢爛的東洋風大都市景象。

一看到櫛比鱗次的朱紅色建築物，我就有種彷彿跳進另外一個世界的錯覺。原本在我的想像裡，我還以為會是跟東都差不多的城鎮，沒想到景象有著很大的差異。

說起天照樂土的「花京」，處處都建造著低矮的和風建築，城鎮景象優美。

另一方面，夭仙鄉的「華之都」接連不斷都是華美的樓閣和高層建築，一間接著一間，街上的景色看起來很壯麗。而且分別都有被拱形的架橋四通八達連結在一起，形成一座立體的中華都市。

如今我們已經成功入侵夭仙鄉的京師，正在伺機而動。

不對，用入侵來表達或許不是那麼恰當。沒想到世快居然將慶祝宴的邀請函送過來了。而且還連旅館都安排了，簡直是禮數周到。

他甚至都不把我們當成威脅看待了吧——那好吧，反正還有更重要的事情。

「不可原諒不可原諒!!現在馬上就派喜歡自爆的恐怖分子去《六國新聞》母公司那進行抗議吧！然後在燒成一片的火海中，建造我跟可瑪莉大小姐互相親吻的銅像，用這個來誇耀我們之間的愛和武力吧！」

「不對，妳冷靜一點啦!?為什麼妳要這麼暴走啊!?」

「還不是因為這則新聞是捏造的!!」

「平常不就這樣了嗎？」

等到吐槽完了，我才察覺一件事。那就是薇兒已經氣過頭失去理智了，但我的心靈反而很平靜。面對《六國新聞》，我明明應該要怒氣騰騰才對。

不——真的是那樣嗎？

不知道為什麼，看了這則新聞，我的心臟撲通直跳。比起遭人捏造事實的不適感，「害羞」這種感情反倒是有越來越強烈的趨勢。跟先前碰到那些假新聞的時刻相比，這樣的情感有著微妙的不同。

「我們趕快把那兩個新聞記者叫出來，對她們處以大鍋烹煮的極刑吧。為了維持世界秩序的安定，這也是不得不做的犧牲。還有讓這種新聞過關的克寧格姆大人，我們也要去找她抗議。」

「太誇張了吧，現在哪有空做那種事情。」

「都已經看到那種東西了，您還說得出這種話？」

順著薇兒手指指的方向看過去——前方有著抱腿坐在地面上的佐久奈。

她拿釘子噗滋噗滋地刺著被剪下來的報紙紙片，全身都散發出不明所以的鉛色氣息。每次抓了新的釘子，她就會喃喃自語說些意義不明的話，像是「好奇怪、好奇怪，整個世界都錯了。」那到底是什麼情形啊？

「佐久奈是不是做了什麼惡夢？」

「這樣的說法似是而非。因為那不是在夢裡，而是身處於現實。」

這下我更不明白了。這時突然聽見有人用惶恐的聲音說了一句：「請問！」

對方是一名少女，特徵是有著紅褐色的頭髮——她就是艾絲蒂爾・克雷爾。

「薇兒小姐還有梅墨瓦閣下，我覺得那件事情應該不用過分擔憂。」

「妳這話怎麼說？若是聽完那些還不擔心，那可是有辱可瑪莉鐵粉之名啊。」

「就是啊……若是放置不管，原本圈好的護城河可是會逐漸被填平的……我看還是現在就過去把她們殺掉，竄改記憶好了……」

「不、不會有問題的啦！克寧格姆總統應該是有什麼打算，才會容許這樣的新聞稿刊登出來。很有可能是——總統希望讓丞相對戰閣下的架構變得更加明確。」

佐久奈在這時抬起臉龐。薇兒則是睜大眼睛說：「我都沒想到是這樣。」

「這次的問題可不是靠魔法或烈核解放就能解決的。丞相表面上的偽裝可是名宰相。若是要靠蠻力制伏他，我們反倒會被當成壞人。這樣一來，國民的聲音就會變得更加重要。我認為總統是為了操作輿論才下這一步棋……啊！不對！我才疏學淺，那些不過是我的猜測罷了……！」

「艾絲蒂爾說的有道理。」當下薇兒已經恢復冷靜了，並且說了這番話。

「原本可瑪莉人小姐就完全沒有跟人結婚的打算。就算世間上的人都為了那則新聞起舞，跟我們也沒有任何關係。梅墨瓦大人您就不要繼續進行詛咒儀式了，快點重新振作吧。」

「好……我剛才有點失去理智了。」

佐久奈難為情地笑了，決定把那份新聞冷凍起來。

艾絲蒂爾果然很厲害。這樣的人家家戶戶都會想要生一個啊。

「那話說回來，納莉亞小姐跑去哪裡了？」

「她帶著女僕在京師裡頭到處低調打轉。好像在蒐集丞相幹壞事的證據吧——直到她主動跟我們聯繫之前，我們都必須待命。」

「不管怎麼想，這都不像總統要做的工作呢。那我們應該要做些什麼才好？」

「閣下！我們將會成為特遣部隊。」

根據艾絲蒂爾所說，她們的布局似乎如下——納莉亞、凱特蘿、梅芳和第七部隊成員（這幫人完全沒有受到招待，因此他們是徹頭徹尾的間諜。）會來當密探，在京師內奔走。我、薇兒、艾絲蒂爾、佐久奈這四個人身為特遣隊人員，必須在旅館裡面待命。一旦納莉亞她們讓丞相進行非法勾當的事實暴露在眾人眼前，接下來我們的任務就是拚盡全力將翎子搶回來。

我不由得有種想發出嘆息的衝動。

到頭來關鍵時刻好像還是要靠武力來解決。可以的話希望不要有人受傷，事情可以圓滿收場。我可不想讓那種跟隕石不相上下的超能力一再發動。

這時不知從何處憑空傳來樂曲聲。應該是樂團在為翎子的婚禮獻上祝福吧。

「這吵鬧程度就跟辦慶典沒兩樣呢，到處都在沸沸揚揚談論公主出嫁的事情。」

「結婚典禮應該是後天舉辦吧？我們能夠想到辦法嗎？」

「請問……要不要把結婚典禮現場直接炸掉……？」

「咦？妳在說什麼啊，佐久奈？」

「這是個好點子，但是不可能辦到。在結婚慶祝宴上，還會招待各國的重要人物。一旦讓那些人受傷，姆爾納特帝國就會面臨危機。再說好像還有聽說莉歐娜・弗拉特將軍跟茲塔茲塔斯基大人也會來。」

「她們還真是無所不在呢……話說回來，迦流羅沒有收到邀請啊？」

「誰知道？天津大人那邊好像在為某些事情忙碌……」

不管怎麼說，京師疑似已經成為全世界注目的焦點了。要在這種狀況下舉行結婚典禮，那也很難再說「我們還是離婚好了」，對吧——

咕嚕。

這時我的肚子叫了起來，害我的臉都跟著發燙了。薇兒聳聳肩說道：「真是拿您沒辦法。」

「可瑪莉大小姐的肚子正在主張『給我肉』。我們來去吃肉吧。」

「才沒有在主張！是說我們可以隨隨便便外出嗎……？」

佐久奈在這時笑著說：「我覺得應該沒關係。」

「因為我們是受到丞相招待的客人。不用像之前侵入聖都那樣，隱藏蹤跡行動。他們總不至於突然出手對我們發動襲擊吧……」

「說這種話就很像在預告事情會發生一樣，可不可以不要那樣講啊？」

「不用擔心那種事情！我會負起責任，擔任各位的護衛——但是比起我，閣下還要強上一千億倍吧……！說這種話很對不起……！」

「事情就像她說的那樣。京師這邊好像有各式各樣的山珍海味，很令人期待呢。」

「嗯，是嗎？既然是那樣，去逛逛也不是不可以……」

於是如此這般，我們決定要去京師閒逛一番。

☆

天子居住的城堡就聳立在夭仙鄉京師中，名為「紫禁宮」。

在一段距離外還屹立著巨大的塔。據說為了關押那些和王朝作對的人，從前有位天子建造了這座設施。然而如今其中一個房間卻是用來幽禁身為王朝要人的翎子。

「為什麼……」

抓住窗戶上的框條，翎子咬緊牙關。

眼下是一大片繁雜的京師景象。

四處都洋溢著祝福的氛圍，甚至還有人高聲稱頌丞相骨度世快的德政。在紫禁宮正門上，甚至還掛著歌頌他的七言律詩匾額，讓翎子都快招架不住了。

骨度世快是人面獸心的奸臣。

那些願意支持翎子的夥伴都被他關進監獄。

一想到這些人是因為她才紛紛受到傷害，翎子就心痛得不得了。

「骨度世快，我是不會輸的。」

「啊啊！居然直呼我的名字，真是太光榮了！」

神不知鬼不覺間，他本人已經站在翎子背後了，害她嚇了一大跳。這才想起這座塔之中設置了可以單方向通行的門。就算對方突然【轉移】過來也不奇怪。

「塔內的生活如何啊？意外的舒適對吧？」

「……哪裡舒適了？這裡是用來關罪人的場所吧。」

「哎呀好過分吶。我明明是想要守護妳免受不公不義的天命危害。每天都有供應三餐，連下午茶時間的點心也附上了不是嗎？還有什麼不滿的？」

要說有什麼不滿，說多少有多少。

像是梅芳的事情，還有王朝的事情，再加上結婚的事情。但就算翎子把這些都說出口，可想而知對方也只會呼喊「太美妙了！」在那顧左右而言他。這個男人根本就沒有把翎子看在眼中。他只對翎子身上的附加「價值」感興趣。

「嗯」了一聲，世快將雙手交疊在胸前，還笑了一下。「看樣子粱梅芳去找幫手求救了。」

「!?——梅芳她沒事嗎!?」

「她沒事啊。再說妳認為我有可能去危害夭仙嗎？若是妳真的那麼想，那就太過分了。妳明明可以對我多點信賴的。妳也不曾看過我傷害任何人不是嗎？」

「………」

「無所謂。聽說粱梅芳去跟姆爾納特帝國和阿爾卡共和國求助了。《六國新聞》

上面也是這麼寫的，最大的重點是，我們這邊實際上也有收到宣戰通牒，肯定沒錯。」

「宣戰通牒……？」

「看來黛拉可瑪莉・崗德森布萊德想要把妳奪回去。」

翎子當下心中為之震撼。

並湧現出希望、歡喜。同時也有罪惡感湧上心頭。

她都明白——透過梅芳的烈核解放改造，她已經變成「很喜歡翎子的人」。

「吶哈哈哈！妳真的很受到眷顧呢。說到這個黛拉可瑪莉・崗德森布萊德，她可是拯救世界的大英雄。聽到那種人說出『要搶走新娘子！』一般人早就委靡了吧。」

「這話的意思是……你跟一般人不一樣？」

「那當然！我身為丞相，已經做出確切的成績！而且國民還給予我絕大的支持！」

「可是……大家都不知道你背地裡做了些什麼……」

「背地裡怎樣不重要，只要他們實質上是真的開心就好了——這點就跟小蓋拉不一樣囉。他有點暴力，做過頭了。正所謂『民為貴，社稷次之』。『水能載舟，亦能覆舟』。明明就已經傳授他各式各樣的金言，他卻沒能有效運用。」

「小蓋拉」指的是阿爾卡前任總統馬特哈德吧。

這個男人果然是跟蓋拉．阿爾卡串通好了，一直在做些邪惡勾當。

「……你想表達什麼。」

「我想說的是即便受到黛拉可瑪莉．崗德森布萊德脅迫，我也沒必要感到動搖。還說什麼要奪走翎子？想要拚盡全力？若是真的那麼做！不管是何等的大英雄，夭仙鄉的神仙種都會看不起他，這點簡簡單單就能想像得到了！」

這個男人果然是做得滴水不漏。

明明就沒有半點戰鬥能力，卻很擅長掌控人的情感。

「翎子，我看妳也差不多該放棄了吧？公主跟三龍星的地位一點意義都沒有，那就很像是束縛妳的枷鎖。愛蘭朝給了妳什麼？什麼都沒有給不是嗎？不對——妳身上應該被下了凶惡的詛咒吧。這些全都是王朝帶給妳的。」

「就算是那樣……也不應該去傷害他人。」

「吶哈哈哈！妳好純真好美麗呀。」

翎子懊惱到緊緊咬牙。

難道她將要就此待在牢獄中終了一生嗎——

「——嗯？原來是尼爾桑彼卿啊？」

世快在這時取出通訊用礦石，好像是大臣跟他聯繫的樣子。

忽然間，翎子感覺京師的城鎮開始變得騷動起來。

她不經意朝向窗戶外面看去，結果看到各處都有某種東西在爆炸。那不是禮炮之類的，疑似是某兩派人馬在戰鬥。是不是有暴動產生？——當她心生狐疑，很快地在下一刻有了動靜。

翎子不寒而慄地起了雞皮疙瘩。

有一股強大的魔力出現，還有足以覆蓋一切的濃烈殺意。

有某種東西接近這裡了。

「妳說什麼!?是黛拉可瑪莉她……」

世快難得說話變得這麼焦躁。

翎子覺得心情變得高昂起來了。跟六國大戰當下感受到的龐大力量幾乎一致。她能夠猜到的答案只有一個，這是——來自黛拉可瑪莉．崗德森布萊德的烈核解放。

「哦！就跟傳聞中的一樣，她似乎是個激進分子呢！照理講她應該知道武力不是根本的解決之道啊！——翎子！看樣子她已經來迎接妳了呢。」

就在下一瞬間。

一股黃金色的陣風朝著牢獄吹襲過來。

☆（稍微往回倒轉）

跟帝都相比，京師散發著極為熱鬧的氛圍。高聳的建築都快直入天際了。不管是空中還是地面，夭仙們都在那之中來來去去。或許是中午時分到來的關係，四面八方都飄散出好吃的味道。

「可瑪莉小姐，妳有想去光顧的店嗎？」

「咦咦~？好猶豫喔。我是很想吃蛋包飯，但這次吃那個好像不對呢……」

「可瑪莉大小姐，那裡有在賣中華鱉的生血喔。」

「那個就不用了。」

「上面寫著能夠讓身高變高呢。」

「我才不會上當呢！」

就算想騙我也是沒用的。我已經決定只相信牛奶了。

「話說我們把納莉亞撇在一旁跑來觀光，這樣好嗎？她應該有為很多事情努力過吧？」

「不久前克寧格姆大人有跟我們聯繫。她好像也跑到京師一級地段的高級飲茶店吃午餐了。甚至跟我炫耀，說吃到美味的餃子，好吃到臉頰都快掉下來了。」

「怎麼這樣，好狡猾喔！我也想吃！」

「為了跟她對抗，我們來吃一些驚世駭俗的料理吧——喔？那邊的店好像有在賣熊掌和雞爪喔。我們趕快去店裡看看吧？」

「薇兒海絲小姐……可瑪莉小姐臉上的表情好像很不願意……」

「不好意思，我有個提議！」

這時艾絲蒂爾客客氣氣地舉起手，她好像依然無法擺脫注重禮節的一面。

「觀光指南有說選擇一家叫做『天竺餐廳』的店鋪就不會錯了。那間店鋪剛好就在那邊而已，各位意下如何……？」

「這本書是怎麼了啊？上面貼了好多標籤耶。」

「這本是旅遊指南！我聽說要潛入京師，就事先做些調查了！」

真不愧是艾絲蒂爾。跟其他第七部隊成員都不一樣，好伶俐喔。就連薇兒那傢伙也一臉佩服的樣子，一直在點頭說：「那我們就去那邊用餐吧。」這個女僕常常會安分聽從艾絲蒂爾的意見。要是她也能乖乖聽從我的意見就好了。

既然大家都沒有異議，我們就決定前往「天竺餐廳」。

等到店員帶我們到用餐的席位上，我立刻就把菜單打開來看。

這裡有餃子、饅頭、冷盤，加上湯品，還有各式各樣的麵類——每一個看起來都很好吃，難以抉擇。

「您請看這個，可瑪莉大小姐。上面有一道菜叫做『超辣岩漿風味麻婆豆腐』。只要吃下去就會在嘴巴裡面發生大爆炸，原本應該有牙齒生長的地方都會夷為平地。」

「如果妳想吃，可以吃沒關係。」

「那個……根據旅遊指南指出，這裡好像有必吃的套餐。若是沒辦法決定，要不要選那個呢？」

「嗯，既然是艾絲蒂爾的選擇，那就沒錯了。」

「這種說話方式好像在說我的選擇都是錯的一樣。」

薇兒的抱怨被我跳過，我決定按照艾絲蒂爾的推薦點餐。

等了一下子之後，五顏六色的菜餚被端了過來。

我用筷子夾起熱騰騰的包子咬下去。肉汁在嘴巴裡面「噗嘩」地爆開，實在太幸福了，說這才叫做旅行的醍醐味也不為過。不對，我們又不是來旅行。

「好好吃喔……夭仙鄉真是不能小看……」

「可瑪莉大小姐，您的嘴角有肉汁流下來了，我來替您舔一舔。」

「不要舔啦!!」

「可瑪莉小姐，要不要也吃吃看我的餃子？」

『咦？嗯。要吃要吃。』

佐久奈用筷子把她吃一半的餃子夾過來。我直接一口咬上去。

在嘴巴裡面咬啊咬的。好美味，未免也太美味了吧。晚點要來去跟納莉亞炫耀一下——才想到這邊，薇兒就鼓起臉頰，眼睛緊緊地盯著我，嘴裡還說：「可瑪莉大小姐。」

「我之前就常常在想，為什麼梅墨瓦大人給您的食物，您在吃的時候都不怎麼抗拒？從前我要讓您吃青椒，您卻嚎啕大哭，大吵大鬧。」

「看來妳還不明白，這個世界上的人分成兩種。」

「閣下！這邊這一道乾燒明蝦也甜甜辣辣很好吃喔。」

「真的嗎!?我看看……」

「請先等等，可瑪莉大小姐。您說世上有兩種人是什麼意思？」

「那個啊——其實就是分成變態或不是變態，二選一。按照我的體感來看，全世界的人類有九成都是變態吧。可是佐久奈和艾絲蒂爾是能夠劃分進剩下那一成的稀有品種。所以我才能放心讓她們餵食。」

「艾絲蒂爾就算了，難道您還不清楚梅墨瓦大人的本性？這個前恐怖分子可是一天到晚在偷拍可瑪莉大小姐——」

「我已經沒在做那種事囉!?這樣是在抹黑我！」

佐久奈紅著臉否認了，也難怪她會生氣。

以前她的房間確實貼滿照片，但現在應該都已經拔下來了。前陣子艾絲蒂爾說她有到佐久奈的房間遊玩，她現在表情變得好僵硬，應該是我想太多了吧。

薇兒接著氣呼呼地說了句：「不公平！」

既然妳會那麼想，那妳就重新審視自己的行為啊。不要未經許可入侵我的被窩啦。

在心中抱怨的同時，我不忘品嘗夭仙鄉的菜餚。

不管是佐久奈、艾絲蒂爾還是薇兒，大家感覺都很開心的樣子。總而言之我就好好享受這個幸福的瞬間吧——正當我們一行人和和樂樂，某人卻在這時跟我們搭話。

「——失禮了，這裡的位子可以坐嗎？」

一個身穿黑色衣服的女人出現，人就站在那。

我朝著四周東張西望。好像沒有其他空位了。

「不好意思。這張桌子可以坐六個人，我們卻坐了四個而已，好像太浪費了……請坐。」

「多謝多謝。沐浴在妳的仁風之下，彷彿連我的心都被漂白了。」

那個女人嘴裡說著艱澀的話語，人坐到我的隔壁。

她跟我的距離意外地靠近，害我嚇了一跳。是不是會抽菸的人啊？——她身上有淡淡的煙味。話說她的服裝好黑，外在氛圍感覺起來很不像夭仙，但好像又不屬於其他的任何種族。

「不好意思，請給我超辣岩漿風味麻婆豆腐套餐。」

這個人是認真的嗎？吃辣也沒問題的人，會讓人感到尊敬呢。

雖然覺得驚訝，但我還是繼續吃飯。當我偷偷斜眼觀察，發現店員還真的拿了賣相很像岩漿的麻婆豆腐過來。就連佐久奈和艾絲蒂爾也都睜大眼睛觀望。

那個女人手裡拿起湯匙。很有教養地合起雙手手掌，說了聲「我要開動了」，接著就撈起還在「噗咕噗咕」沸騰（？）的紅通通麻婆豆腐。慢慢將餐點放到口中——

她一口含住吃下去了，緊接著下一刻——

「——噗喔喔!?」

一大口餐點從她的嘴裡噴發出來。

那個黑衣女人「嘔噁噁噁噁————————！」地乾嘔了好幾次，還想要伸手去拿杯子。可是杯子剛好倒下，裡面的水通通灑在桌子上。我慌慌張張地站了起來。

「妳還好嗎!?」

「一……一點都不好……好辣。太辣了。不愧是岩漿……嘔噁噁！」

「哇啊啊啊啊啊啊啊啊啊！我的水給妳喝！」

我把杯子交給她。接著她就很像在沙漠中倒下的旅行者，咕嚕咕嚕地喝乾那些水。嘴裡還說了好幾次「謝謝」，並且將杯子還給我。

「這些水真是沁人心脾……哎呀不好意思。其實我很不擅長吃辣。」

「那為什麼還要點那一道菜啊。」

「有句話說『力不足者中道而廢』。我不想要半途而廢。才想要一再挑戰，試著克服超辣岩漿風味麻婆豆腐……」

「可瑪莉大小姐，放眼全世界的人類，有九成都是變態，這樣的說法好像是真的。」

「別說那麼失禮的話啦！——可是她沒事就好。」

「幸好有妳，我才撿回一命。不好意思——請給這位小姐葡萄汁。」

「咦!?不用請我喝飲料啦。我也只是給妳喝水而已……」

「俗話說受人以禮當以禮相待。妳算是我的救命恩人——黛拉可瑪莉・崗德森布萊德七紅天大將軍。」

我心裡一陣驚訝。

店員很快就把葡萄汁端過來了。還順便拿抹布把浸水的桌子擦乾淨。突然間艾絲蒂爾從嘴裡「啊！」了一聲。

「這個人是……！夭仙鄉軍機大臣——」

「初次見面。我的名字叫做蘿莎．尼爾桑彼。是統領三龍星的愛蘭朝軍機大臣。簡單講其實等同是丞相骨度世快的爪牙。」

現場氣氛頓時變得緊張起來，也就是說這個人跟那個折磨翎子的人是同一國的。可是她卻笑著說：「喂喂，別擺出這麼可怕的表情嘛。」

「又不是所有的政府首腦陣營都在虐待翎子殿下，我反而很同情她的境遇。」

「說這種話就很可疑了，小心我把麻婆豆腐塞到妳的嘴巴裡。」

「別那樣，薇兒——這是怎麼一回事啊？」

「因為她很可憐啊？都沒有人願意聽她說話。連親生父親天子都醉心於假山庭園，是個軟腳蝦。至於那個一肩扛起國政的丞相，更是企圖奪取整個王朝的壞蛋。」

這個女人——尼爾桑彼的真實用意讓人看不明白。

她的動作和言語之間是不帶感情的，散發一種酷似死人的氣息。

「讓梁梅芳逃走的人就是我。」這時尼爾桑彼若無其事地說了這番話。「負責追捕翎子一夥人的是其他三龍星。可是我有先下令了，要他們『適可而止』。否則她也沒辦法抵達姆爾納特帝國吧。」

「原來是這樣……？那尼爾桑彼妳算是站在翎子這邊了？」

「當然當然。我雖然算是壞蛋，但好歹是個會講道理的壞蛋。像骨度世快做事情總愛耍些小手段，我不是很喜歡那種做法。」

「唔唔唔……」

「可瑪莉小姐，要不要把她殺了，確認一下記憶？」

這時佐久奈在我耳朵旁邊講起悄悄話。不是吧，妳還說要殺了她。若是真的做了那種事，會演變成殺人事件吧。尼爾桑彼的確是不能信賴，這我是明白啦。

「哎呀真是的。看樣子我們之間的『信賴』還不夠呢。那我就給妳們這樣東西吧。」

尼爾桑彼接著在懷裡摸索一陣子，並拿出一張照片。

照片上頭照到的是──

「翎子!?」

「沒錯，就是愛蘭翎子。這是她被幽禁在宮殿高塔裡的照片喔。」

薇兒她們從我後方窺視。我一直看著那張照片，看到都快在上面看出一個洞了。

翎子就坐在鐵製牢籠後方，身上並沒有明顯的外傷──可是表情充滿了絕望。

「公主已經不對外見人，政府出面說明，給的理由是『公主正在靜養』。不過這個當然是騙人的。骨度世快只是不希望有人為翎子殿下做些多餘的事情。」

照片裡頭那個少女明顯是在跟人求助。

我的心臟撲通直跳。無論如何，我都想要見到她。

「可不能因為沒有外傷就放心，畢竟這裡還有夭仙鄉的魔核在。不過骨度世快很狡猾，他應該不至於行使無用的暴力。」

「就算妳那麼說……」

「可是我有聽說一些傳聞，據說他好像有逼公主說她愛他。」

「愛!?」

「我還有聽說他揉遍翎子殿下全身上下。」

「啊啊啊啊啊啊啊啊啊!?」

「總之妳先冷靜點，喝一下葡萄汁吧。」

「咕唔唔……說得也是……」

「尼爾桑彼大人，難道就沒辦法用軍機大臣的身分出面，阻止骨度世快嗎？」

薇兒在問話的時候，語氣裡透露著警戒。尼爾桑彼則是發出嘆息，嘴裡說著：

「這個很難。」。

「骨度世快在夭仙鄉這邊坐擁絕大的權力。若是有人膽敢反抗他，那他就會毫不留情殺了對方，再把那個人關進監牢裡，是很沉不住氣的男人。給人的感覺完全就是要害這個國家滅國的宰相——因此我也只能假裝自己是阿諛奉承的佞臣。因為我還是很愛惜自己的。」

在京師各處都有張貼讚頌丞相的海報。

感覺那個變態是真的很受市民愛戴。是不是他很擅長表面一套內裡一套——帶著黯淡的心情，我喝起葡萄汁。

接著就把葡萄汁吞下去了。

「那麼您覺得應該怎麼做才好？請務必讓我們聽聽您的意見。」

「照我所想，能夠用的手段大概有兩種吧。其中一個就是找到丞相的醜聞，害他失勢。另一個則是——」

撲通。

心臟跳得越來越快。

葡萄汁裡面混雜了幾滴不明物。

這個味道我曉得。無論如何就是沒辦法喜歡，是很腥的味道——

「——另一個就是靠蠻力，面對他人的非難，依然抱持覺悟用武力鎮壓。」

「這是不可能的。我不會讓可瑪莉大小姐遭人炮火集中非議。因為心地善良的可瑪莉大小姐可能會想不開——可瑪莉大小姐？您怎麼了？」

薇兒說的話都沒有進到我耳裡。

就在下一瞬間——「轟!!」的一聲，有股魔力風暴開始狂亂吹拂。

店內有人發出慘叫聲。某個地方還傳來盤子破掉的聲音。我碰到的椅子、桌子，這些全都被轉換成亮晶晶的黃金。

沒錯。這個是烈核解放【孤紅之恤】。所有的魔力泉源都來自於我。

我還保有意識。可是在不知不覺間，開始有黃金的刀劍在我周圍旋轉。

「我……我怎麼……」

「閣下!?您是不是遇到什麼不順心的事情!?難道是我選擇店鋪的品味太差了!?對不起對不起對不起對不起對不起!!」

「不是的，艾絲蒂爾小姐！是剛才餐點裡面混入血液了……！」

「請您先冷靜下來，可瑪莉大小姐!!在那麼日常的情境中突然間覺醒，簡直前所未聞!!總之請您先和我接吻，然後清醒過來吧!!」

沒問題的。自從我長到十六歲，我就已經有所成長了。

不過是壓制隕石之力，我應該能夠輕鬆辦到。

「——亮晶晶的呢，在【孤紅之恤】之中，這個是我最喜歡的。」

無視寫著「禁止吸菸」的貼紙，尼爾桑彼為香菸點火。

除了吐出煙霧，她還從喉嚨中發出如死人般的咯咯聲。

「一到了中午，骨度世快好像就去見翎子了。他在監牢中做些什麼，我是不知道，但翎子有可能正在遭受讓人難以啟齒的對待。」

「唔！」

「那是在宮殿的二十二樓，若是要問翎子殿下所在之處的話。」

「……………」

「還不曉得啊？那個建築物的牆壁上寫了像這樣的文字。」

尼爾桑彼開始在紙片上唰唰唰地用筆寫了一些字。那些文字很像火柴人在做體操，寫成的字樣是「格空塔」。

我的情感頓時爆發開來，因為我再也忍無可忍了。

意識也逐漸變得淡薄——最終整個世界都被黃金色的魔力侵蝕。

☆

「這裡戒備森嚴呢，而且還搭設了魔法屏障。」

「那不然讓我用【盡劉之劍花】全都破壞掉好了？」

「如果是納莉亞大人來做，是有可能辦到……可是一個沒弄好，我們跟夭仙鄉政府之間的關係將會出現裂痕喔？而且要光靠我們幾個對付在那邊戒備的夭仙們，以物理性角度來看應該是不可行的。」

這裡是夭仙鄉的京師郊外。

納莉亞、凱特蘿跟梅芳這三人隱身在草叢後，一直在觀察某棟建築。

梅芳主張「那將是揭露丞相做邪惡勾當的關鍵」，是一棟可疑的建築物。

「我說梅芳，丞相那傢伙，具體來說到底有什麼企圖？」

「他好像在對意志力做調查。那傢伙有針對心靈構造做研究。恐怕就跟夢想樂園曾經做過的事情一樣，想要透過人工干涉的方式，讓人們的烈核解放覺醒。」

「哦——看樣子都沒有從馬特哈德的失敗中學到任何教訓呢。」

「根據我夥伴所做的調查，他好像都在抓京師那邊的人做實驗。假如這個消息是真的，那他就跟馬特哈德一樣了。雖然還沒有掌握決定性的證據……」

也就是說佇立在納莉亞眼前的建築物好像是實驗場所。

那是乍看之下平凡無奇的夭仙鄉風格建築物。

然而這棟建築異常龐大，威容甚至不輸給宮殿。

而且警備層級森嚴到很可怕的地步。甚至還施加了認知阻礙，讓人沒辦法從外面看進內部。不僅如此，那還是尋常人不可能會用的煌級幻影魔法。若是沒有被納莉亞用【盡劉之劍花】劈開，想來也不會有人發現這個地方吧。

「我跟翎子是偷看機密文書才找到這個設施的。可是裡頭具體而言都在做些什麼，我們就不曉得了——因為就只有這個部分的資料被抹除。」

「那代表我們就只能闖進去調查看看了吧。」

納莉亞的目的在於將馬特哈德時代的遺留物一網打盡，然後曝光丞相幹的壞事，藉此解救愛蘭翎子。為了做到這些，他們必須想辦法處理眼前這個實驗場所，

不過──

「要不要讓可瑪莉來做？就用烈核解放一口氣毀掉。」

「那樣有可能連證據都一起砸爛。」

「而且還會成為輿論公敵。明明是被招待來參加結婚典禮的，卻在那邊搗亂，將會引發大問題──」

梅芳的話才剛說到這邊。

納莉亞就感應到一股龐大的魔力，她因此回過頭。

「咦？」

這讓她不禁懷疑自己看錯。

在遠方的天空中。大約是京師主要大道一帶，有一根黃金色的柱子朝著天際延伸。某處還有緊急警報的鳴叫聲響起。慌亂不堪的凱特蘿跟著大叫：「那個是什麼!?」

就算妳問那個是什麼也沒用。因為答案就只有一個。

緊接著納莉亞還看見──散發黃金色光芒的吸血姬朝著西方的天空飛去，這樣的景象實在太扯了。

『我是阿貝克隆比。不得了了，總統。崗德森布萊德將軍好像出動去搶奪愛蘭翎子了。還在市中心那邊跟夭仙鄉軍隊進入交戰狀態。還有原本暗中調查的帝國軍

第七部隊也出面作亂，行動原因不明。他們還在狂喊可瑪莉隊呼。』
放出去進行偵查任務的部下跟納莉亞聯繫了。
根本不用等他報備。事情已經往更麻煩的方向發展了。
「——可瑪莉!?妳在做什麼啊啊啊啊啊啊!?」
那是烈核解放【孤紅之恤】——劍山刀樹，透過翦劉種之血引發的金色密技。
納莉亞鐵青著一張臉，決定返回京師中央地帶。

☆

鐵牢籠被人一鼓作氣切斷。
不僅如此，就連塔的外牆都被弄個粉碎。
狂猛的黃金色旋風讓人不由得將臉轉開。可是當她察覺有人站在背後，她又轉頭看去。在那裡的人是帶著一身金色魔力跟殺氣的吸血姬。就好像來拯救被囚禁的公主，像個王子一樣——翎子被那股熱度拉升情緒，出現了不合時宜的想法。
「把翎子——還給我。」
那女孩用刺人的目光看著世快。
被她如此對待的丞相則是——

「——吶哈哈哈哈！好有魄力的登場方式啊，崗德森布萊德將軍！」

這個人嘲弄地笑了。

對。那個男人依然處於優勢之中。

「但妳若是在這裡亂來，會發生什麼事情？我將會變成『被入侵者強行奪走新娘子的可憐名宰相』！若是把這件事情廣為宣傳，民眾都會譴責妳吧？之前妳那種誇張的暴力行為之所以能夠被人正當化，都是因為有許多人在支持妳。若是被人厭惡卻還是訴諸武力，那將會催生出新的暴君！跟蓋拉．阿爾卡並沒有任何區別！」

黛拉可瑪莉．崗德森布萊德碰上了諸多問題，一路走來都是靠意志力解決的。

而那是背負著眾人期望才得以實現的豐功偉業。反過來說——假如不是受人期望，那些事情她也就辦不到了。在沒有正當理由的情況下，她是沒辦法剔除名宰相骨度世快的。

「這樣妳應該聽懂了吧。快把那個美麗又危險的金色矛頭收起來！」

可瑪莉也只能照著他的話做。

黃金色的魔力逐漸減弱。除此之外，在周圍旋轉的無數刀劍也變成光之粒子消失了，再來就只剩下面帶錯愕表情的吸血鬼。

「奇怪？這是……」

可瑪莉轉頭朝著周遭東看西看。

窗戶都被粉碎掉了，牆壁還遭到破壞。她在翎子和世快之間交互確認——

「——到頭來還是變成這樣啊!?」

然後她就抱住腦袋大叫。世快則是「吶哈哈哈」地笑了。

「看樣子妳還沒辦法徹底控制那股力量！哎呀話說回來，好強大的破壞力呀！我都想把妳收來當部下了。妳想不想被我僱用一下啊？」

「誰要當你的部下啊！那都不重要，翎子！妳還好吧!?」

可瑪莉慌慌張張跑過去。翎子有種得救的感覺，抬頭仰望她的臉龐。

這對眼睛也太漂亮了吧。沒有像愛蘭朝的天仙那樣，生著混濁的色彩。好像快被吸進去了——當翎子不發一語看著對方，那女孩的臉就變得跟番茄一樣紅。

「那個……若是妳願意說點話，我會比較下得了臺……」

「啊，對不起……」

「妳不用道歉啦！話說妳有沒有受傷？」

「我沒事，謝謝妳。」

翎子動動嘴角做出在笑的樣子。她是真的在笑嗎？梅芳常常跟她說：「翎子妳都沒什麼表情呢。」所以她對展露笑容這件事很沒自信。

此時「啪！」的一聲，可瑪莉將臉轉開了。

「……抱歉，我笑得不好看。」

「沒那種事！我覺得……妳笑起來很棒……」

翎子的心臟跳了一下，那還是她第一次聽人這麼說。

「……嗯，謝謝妳……為什麼妳都不看這邊？」

「咦!?這是因為……是因為那個啦！我有點不太方便！一看到妳的臉，不知道為什麼，心臟就好像快爆炸一樣──」

「──妳們從剛才開始就在做什麼啊？」

世快在瞪她們兩個。這樣的互動的確不該當著仇敵的面做。

可瑪莉搖搖頭說：「沒做什麼啦！」轉頭面向他。

「骨度世快！不准你對翎子做過分的事情！」

「到底是誰在做過分的事情啊？有人來跟我報告，聽說妳帶過來的第七部隊成員好像在京師這邊大鬧特鬧？」

「那些人在做什麼啦──────!?」

可瑪莉跑向被破壞的窗口。接著就大喊：「夠了！你們給我安分一點──！不要再喊可瑪莉了啦！」

世快看了傻眼地聳聳肩膀。

「真受不了！妳是個有趣的人呢！但話說回來，還真是掃興啊。妳好像挑起那些天仙的反感，聽說有人開始對那些帝國軍抗議。」

「唔唔……對不起……」

「妳之前都跟夭仙鄉沒什麼交集。或許在其他的國家被當成英雄看待——可是那些神仙種都沒把妳當一回事。他們眼中的英雄不是來自異國的吸血鬼，而是自己母國的丞相。看樣子遍灑好幾次補助款已經奏效了呢。」

「就算你那麼說……說到底！你幽禁翎子還是不對的吧!?還扯什麼靜養！翎子明明就很有精神！反倒是被幽禁害她變得更沒精神欸!?」

「就算妳緊咬這點不放，我想找藉口還是要多少有多少——嗯？我在想該不會是那樣吧，妳喜歡翎子？」

啪唧。

現場的氣氛出現一絲裂痕。可瑪莉慢了一拍才大叫。

「我才沒有喜歡她！都是因為翎子太可憐了！我才會跑來夭仙鄉這邊。」

「可是妳剛才的反應已經讓人看出來囉？妳對翎子已經萌生了純純的愛戀！啊啊！實在是太惹人憐愛、太無辜了！」

「怎怎怎怎怎怎怎麼可能像你說的那樣啊！你要妄想也該有個限度吧!?」

「那麼說也對喔！畢竟報紙上面都寫了，說妳跟自己的女僕譜出了禁忌之戀。」

「那個根本就是捏造的!!」

「那妳就是喜歡翎子對吧？所以才不惜發動烈核解放也要來我這邊。哎呀太美妙了！好棒啊！光只是這樣，都能夠寫出一本戀愛故事了。」

世快變得像在演戲一樣，張開雙手靠近可瑪莉。

他說得都沒錯。可瑪莉已經愛上翎子了。

但那並不是正常的心靈變化。而是遭受來自外部的強制作用，才會產生這種愛戀之情。

最後丞相走到可瑪莉眼前站定，擋住她的去路。

然後一把抓住她胸口的衣服向上提，壓低音量對她竊竊私語。

「——可是我不會把翎子交給妳，她會成為我實現野心的基礎。」

他將殘虐的利牙隱藏在玩世不恭的姿態下。一旦被人這樣逼迫的話，翎子將會渾身顫抖，動彈不得。那樣就好像在體現自己的心靈有多脆弱一樣，她不喜歡。

可是可瑪莉就不一樣了，她跟翎子是截然不同的。

「辦得到就試試看啊。」

她還反過來挑釁世快。

「我才不會把翎子交給你！若是跟你在一起，翎子絕對會受到傷害！她會感到悲傷！因為你一點都沒有在為翎子著想！」

丞相的眉毛動了一下。

可瑪莉輕而易舉就對他做出宣戰布告。

「所以我——會把翎子救走！」

翎子的心緊緊揪住。

心臟好像快爆炸了。

可瑪莉那番真摯的言語，對翎子的心做出爆擊。面對惡毒的丞相，她敢跟他放話作對，那姿態是多麼勇猛——光只是看著，心跳聲就吵鬧到一再彰顯自我存在。翎子的意識都快要飛了。啊啊。原來這就是黛拉可瑪莉·崗德森布萊德。

「——啊啊！原來如此！妳還真的是一個感情豐富的吸血鬼呢！」

「唔咕!?」

維持抓住可瑪莉胸前衣服的姿態，世快將她的身體拉了起來。

他慢慢走向被破壞的牆邊。

「丞相……！等等！你想要做什麼!?」

「我的心也被打動了！真沒想到妳是那麼為翎子著想，我好驚訝啊！看在妳有如此熱情的份上，就給妳一個機會吧。」

世快對翎子說的話充耳不聞。可瑪莉胡亂擺動手腳掙扎，而她腳下——已經什麼都沒有了。在遙遠的下方，只剩下一大片漫無邊際的地面。

「我果然還是想要好好尊重他人的心意呢！尤其是愛戀之心更加需要珍惜！如今想來會覺得我單方面決定這場婚約，好像不是那麼近人情呢！所以說，我就跟妳堂堂正正一決勝負好了！來跟妳決鬥吧、決鬥！」

「快住手……放開我……！」

「來吧，戰鬥開始了。拜拜。」

面帶笑容的世快放開他的手。

可瑪莉連發出慘叫聲的機會都沒有，就這樣掉了下去。

翎子大吃一驚，在地面上縱身一躍。讓人意外的是世快並沒有阻止她。她鼓起勇氣從高塔跳了下去。朝著高速墜落的可瑪莉伸手。地面快速朝她們接近。看見可瑪莉那充滿恐懼的表情，翎子的心臟像是被緊緊掐住。

後來——翎子的手還是沒能構到她。

※

◆三月十九日　丞相府聲明

黛拉可瑪莉・崗德森布萊德七紅天大將軍拐騙了靜養中的公主愛蘭翎子，還把她綁走。就連在京師中央街道上引發的亂鬥騷動，推測應該也都是受到崗德森布萊德將軍指示所導致的。但請各位不要過度譴責她。這是因為她對公主愛蘭翎子出嫁的事情很不滿。當然不是出於政治上的原因。而是她討厭公主被別人搶走——因為抱持著淡淡的戀愛之情，才會引發這場犯行。因此丞相政府決定從寬處置。原本預計在二十一日召開丞相骨度世快和公主愛蘭翎子的結婚典禮，將要暫時中止。相對的，預計開辦丞相骨度世快對戰黛拉可瑪莉・崗德森布萊德七紅天大將軍的「華燭戰爭」。獲勝的人可以直接和公主舉行婚禮，對戰規則簡單扼要。目前還在考量該用什麼樣的方法決定勝敗，但預計要沿用百年前套用過的方式，進行「全國國民投票表決」。此外以上決定都是獲得天子認可的，特此註明。若是有人持反對意見，將會被當成跟愛蘭朝作對的逆賊，還請各位多加留意。

※

「『華燭戰爭』……？這是什麼愚蠢的活動啊？」

就在京師的小巷子裡。普洛海莉亞嘴裡吃著攤販上賣的串燒，邊閱讀丞相發出的聲明文。

這是愛蘭朝派發出來的官方公報。平常好像都只會寫些艱澀枯燥的政治文，唯獨今日，發出來的宣傳內容倒是特別轟動。

「原來黛拉可瑪莉喜歡翎子啊。好訝異喔～」

有個長著貓耳的少女用悠哉的語調說了這句話——她就是莉歐娜・弗拉特。

© riichu

兩個人是在旅館那邊碰巧遇到的。這女孩還說：「既然都來了，我們去觀光嘛！就像在天照樂土的時候一樣！」人家都這樣邀約了，普洛海莉亞才迫不得已配合她。

「妳這個誤解可大了，莉歐娜。那個吸血鬼怎麼可能對愛蘭翎子抱持戀愛之情。那樣的感情發展是不可能的。」

「這是什麼意思？還有妳嘴巴沾到醬汁囉？」

「意思就是這份聲明稿是胡亂編造的——『黛拉可瑪莉對愛蘭翎子抱持淡淡的愛戀之情。』我指的是這個部分。但那個華燭戰爭實際上應該是會舉行吧。」

普洛海莉亞用手帕擦拭嘴角，還將官方公報放到軍服內側。

書記長下指示要她「出席翎子殿下的婚禮」，這就算了——眼下情況完全不明朗。黛拉可瑪莉是否有在動腦子想些策略？

「話說回來，京師還真是和平呢。」

「嗯？」

「就算來到小巷子裡，也感受不到任何殺意。若是換成來到白極聯邦的統括府，一堆想要恐嚇取財的小混混早就聚集過來了。」

「妳這是在跟我們宣戰？那好吧，為了守護祖國孩童們的未來，我就來戰鬥吧。首先要列舉一百個統括府的優點。」

「那是開玩笑的。還是不要打架了，去逛那些美味的店鋪更開心喔。」

「我也是在開玩笑——夭仙鄉這邊的國情好像真的比較溫和。跟天照樂土有點類似，可是本質上又不同。因為這個國家少了腳踏實地的感覺。」

「也對，真的是那樣呢。夭仙們都輕飄飄地飛來飛去嘛。」

咬下最後的肉片，普洛海莉亞的目光落到小巷子的牆壁上。

那裡有很多疑似是民間團體張貼的照片。

上面寫著——「尋找失蹤人口」。

似乎從不久之前開始，京師這邊就發生人們憑空蒸發的事件。

乍看之下和平的都市依然有黑暗潛伏。也許黛拉可瑪莉她們已經察覺到什麼了——想到這邊，普洛海莉亞將串桿放進她帶來的垃圾袋中。

☆

等到我醒來的時候，人已經在旅館裡了。

落日餘暉從窗戶照射進來。看來我睡了很長一段時間——我趕忙低頭查看自己的身體。

「咦？我死了嗎？」

身上沒有傷口，也不覺得疼痛。照理說我應該已經被世快親手扔下高塔才對。夭仙鄉這邊沒有姆爾納特的魔核，就算只有擦傷也不可能好得那麼快。

「——啊啊可瑪莉大小姐！可瑪莉大小姐您醒了啊！太好了！」

「薇兒？我到底怎麼——咕噗!?」

那個女僕就像鬥牛一樣，整個人飛奔過來。而且還把我的衣服掀起來，將她的頭塞進去，嘴裡說著：「啊啊太好了可瑪莉大小姐，啊啊太好了可瑪莉大小姐。」像個變態一樣，歡喜到渾身發抖。

「一點都不好啦！妳在做什麼!?」

「我這是在確認您身體有沒有異樣。我要調查您的全身，請將衣服脫了。不對還是讓我來脫好了，您就數數天花板上的汙漬，像海參一樣一動也不動待著吧。」

「啊啊啊啊啊啊啊啊啊啊啊啊啊啊啊啊啊!!」

「快點住手，薇兒海絲。可瑪莉看起來很困擾。」

有人抓住薇兒的肩膀制止她。

是桃紅色的翦劉種——納莉亞臉上浮現出傻眼的表情。

「納莉亞！我到底怎麼了!?應該沒死吧……？」

「請您放手，克寧格姆大人！這是在性騷擾！」

「在性騷擾的人是妳才對——可瑪莉妳當然沒死。妳被人從高塔上扔下去。但是運氣很好，下面剛好有軟墊，這才拯救了妳。」

「啊？軟墊……？」

「好像是常常在宮殿出入的軟墊業者碰巧弄掉在那邊的，然後可瑪莉妳碰巧掉在那個上面。而且可瑪莉妳的身體還碰巧呈現所謂的『五點著地』姿勢，才把所有的衝擊都吸收掉。」

「這樣的巧合未免也太多了吧。」

我感覺自己好像把這一生的運氣都用完了。可是會不會太湊巧了啊？是不是神明還想讓我活下去？可別要我付出代價，明天掉個隕石下來喔？

「……大家都去哪了？好比是佐久奈，還有艾絲蒂爾。」

「去買東西了，凱特蘿在外面把風。」

「可瑪莉大小姐，先別管那個了，要不要吃點心？我來餵您吧。」

「城鎮上的狀況呢？希望沒有引發什麼騷動。」

「可瑪莉大小姐，您喉嚨乾不乾？我可以用嘴對嘴的方式餵您喝水。」

「說騷動也是有騷動啦。因為妳的關係，整個京師變得亂糟糟的。」

「可瑪莉大小姐，我是可瑪莉大小姐身邊排行第一的隨從，能不能沒頭沒腦直接抱住您。可以對吧。那我就不客氣先冒犯下去了。」

「亂糟糟？到底是什麼——薇兒妳從剛才開始就在搞什麼鬼啊!?」

那個女僕突然將臉埋進我的胸膛中。

她還用臉頰不停磨蹭，害我癢得不得了。這傢伙還是老樣子，是個無可救藥的變態！——雖然是這樣想，但是她身上散發的氣息跟平常有點不一樣。

「妳到底怎麼了？」

這下薇兒換成鼓起腮幫子。

「要跟可瑪莉大小姐結婚的人是我。」

「簡單講就是這傢伙在鬧彆扭啦。」納莉亞笑了起來，感覺像是在看薇兒的笑話。「就算可瑪莉再怎麼不情願，最後還是會演變成新娘爭奪戰。是不是看到新娘不是自己而是那個翎子，覺得很不甘心啊？」

「翎子……!?對喔，還有翎子！她沒事吧!?」

「她沒事啦——我按照順序說明給妳聽吧。」

納莉亞拿起桌子上的月餅放入嘴巴。

這麼說來，中午吃飯吃到一半就（強制）中斷了，害我現在肚子還空空的。我也來吃一下好了——原本是這樣打算的，但是納莉亞那宛如投下震撼彈的發言害我的思考迴路大爆炸。

「可瑪莉要賭上跟翎子結婚的權利，與丞相發動一場戰爭。」

我有聽沒有懂。字面上的意思聽得懂，可是除此之外通通不懂。

「首先可瑪莉妳們在天竺餐廳那邊，聽說有遇到蘿莎・尼爾桑彼軍機大臣。這傢伙根本就不是站在翎子這邊的。而是不折不扣的丞相派系人馬，還是邪惡官僚。」

「原來是那樣……!?」

「就是那傢伙硬逼可瑪莉喝下鮮血。而且還有意無意透露翎子的所在地點，讓妳前去搭救——這樣一來，可瑪莉妳就會變成靠武力奪取新娘的壞蛋。如今在夭仙鄉這邊，人們都在出聲抨擊可瑪莉跟第七部隊喔？」

「唔唔……但為什麼連第七部隊都……？」

「因為妳這個大將開始大鬧，他們才會呼應妳啦。畢竟情緒被挑起了。」

不要被挑起啦。你們是會對著警報狂吠的狗喔。

「但不用太擔心。當他們真的要暴動起來之前，我、艾絲蒂爾跟凱爾貝洛中尉都已經設法壓制住那幫人了。頂多就只有讓那一帶的店家炸掉兩三間而已。」

「那不就要給人家添大麻煩了——!?」

「對方請求支付一億兩賠償金。」

「一億兩大概是多少錢啊？」

「可以吃百萬份蛋包飯。」

「那怎麼辦，薇兒!?我沒辦法做那麼多的蛋包飯啊!?」

這該不會就是世快想要看到的吧？那傢伙是使出多麼卑鄙的手段啊。

納莉亞還說了句「不過呢」，一臉困擾地仰望天花板。

「丞相使出超乎我想像的一手。我原本還以為他會直接讓可瑪莉成為罪人——但讓人不解的是，他卻要展開爭奪翎子的『華燭戰爭』。大概是想要降伏六戰姬之中最強的吸血鬼，藉此來拉抬自己的名聲吧。」

「但我可不想跟人廝殺喔。」

「聽說好像不是要殺來殺去。」薇兒回話的時候，還在揉我肚子那邊的肉。「根據骨度世快所說，好像是要『透過對戰來決定哪一個人跟翎子更相配』。看起來應該不是單純只比拚戰鬥能力。」

「因為那個男人不是武官，而是文官。若是真的跟可瑪莉打起來，會死的人是他，這點他還是知道的吧。」

「那很有可能要比智力。我是稀世賢者，對頭腦很有自信。」

「總之要從丞相手中拯救翎子，直接參加這場戰爭好像會更快。」

就在這時，我忽然察覺一件事。華燭戰爭是新娘爭奪戰。意思是說——

「難道……贏家可以跟翎子結婚？」

「好像頂多只是獲得『跟她結婚的權利』。可瑪莉大小姐是不可能跟我以外的人結婚的，這只不過是可以用來讓丞相垮臺的戰爭罷了。」

「……這麼說好像也是啦，嗯。」

「因此可瑪莉大小姐不管是贏了還是輸了，我在想最好都跟我結婚。」

「翎子現在怎麼樣了？既然都要展開華燭戰爭，那她應該平安無事吧？」

「在上面。」納莉亞說完指向天花板。「不知道為什麼，丞相把翎子扔著不管。好像也終止對梅芳的追捕了。總之她會先跟我們一起行動。」

「那樣未免太奇怪了吧？先前明明一直把翎子困得死死的。」

「對啊，可能是想要透過華燭戰爭擊潰對手，不過——」

納莉亞這時改口「先想想別的吧」，語氣上聽起來挺傻眼的。

「她好像在屋頂上沉思喔？要不要去見見她？」

☆

旅館的屋頂已經被夕陽染成一片通紅。

是說整座京師風景都在發亮，又很像浸泡在血液之中。高層建築林立無數，有夭仙在那之間飛來飛去。我抬頭仰望這些夢幻景象，朝著前方直線邁進。

愛蘭翎子一直佇立在防止有人跌落的欄杆前面。

她好像透過氣息察覺到我了。一身好似孔雀的服裝飛揚起來，人跟著轉過頭。

「黛拉可瑪莉小姐……妳已經醒啦。」

她站立的姿態實在太過美麗，害我有種頭暈目眩的感覺。糟了。我的身體果然怪怪的。一旦來到翎子面前，冷酷的可瑪莉就會變成熱情的可瑪莉。

「嗯、嗯嗯。我才想問翎子妳有沒有受傷呢？」

「我沒事，多虧有妳。」

「——幹得好啊，閣下。都是因為妳，我的計畫才得從頭開始重新安排。」

忽然間我聽到一個聲音，對方一副很沒轍的樣子。

不知道是什麼時候來的，梅芳已經站在翎子身邊了。

「咦？妳是從什麼時候開始出現在這的？」

「從一開始就在啦!?難道妳都只有在看翎子啊!?」

「抱歉。」

的確是，我眼中就只看得見翎子。都怪她身上散發出來的氣息太過耀眼，光只是看著就覺得呼吸困難。可是又沒辦法把目光轉開，會產生一種不可思議的心情。

接著梅芳又無奈地呢喃：「好吧，這也是沒辦法的事情吧。」

「看了妳的手背就知道【屋烏愛染】還有正常運作。」

「妳在說什麼啊？」

「沒什麼。別在意——總之因為妳去拯救翎子，事情變得更麻煩了。明明我們目前都還沒找到將丞相惡行惡狀抖露出來的方法。事情演變成這樣，無論如何都要在華燭戰爭中獲勝，否則就困擾了。」
「梅芳，過度強迫他人是不好的。」
「……說得也是，很抱歉。」
梅芳低頭道歉。也許這兩個人是可以算入「剩下那一成」的稀有人類。
「這樣的請求或許很厚顏無恥，但我希望妳能夠拯救翎子。光靠我是不夠的……因為這件事情就只有黛拉可瑪莉・崗德森布萊德閣下有辦法做到。」
幫助有困難的人。讓整個世界實現世界大同。
那是媽媽託付給我的，也是我的任務。
夭仙鄉即將迎來災難，我沒辦法坐視不管。
「我知道了。我也想成為翎子的助力。」
「謝謝，妳真是心地善良呢。」
翎子有些難為情地笑了。她向下看著被染成一片通紅的京師街景，同時開口說道：
「從前在我四周的人都是壞人，我還是第一次遇到像黛拉可瑪莉這樣的人。」
「翎子妳是將軍對吧？就不能靠權勢跟世俠發牢騷嗎……？」
「三龍星跟七紅天是不一樣的。」梅芳的表情有著無力感。
「比起武力，夭仙鄉這邊更重視文采。將軍沒什麼實質權限。負責率領三龍星的，是身為文官的軍機大臣。就連翎子率領的部隊，裡頭的人也都聽軍機大臣的話。他形同是我們的敵人。」

「對——愛蘭朝這邊就只有我們的敵人。身為天子的父親大人軟弱無能。夭仙鄉都已經逐漸被人蠶食鯨吞了，他卻坐視不管。其中最極端的例子莫過於『夢想樂園的延續』。丞相會偷偷抓捕京師的人，為了找出讓烈核解放覺醒的方式，拿那些人做實驗，是有這樣的傳聞。所以我別無選擇，只能採取行動，但是……丞相卻想要削弱我手中的力量。」

在紅色的街道上，有個像是巨大熱氣球的東西飄浮著。

那個是用來宣傳丞相有多大權力的東西，因為它表皮上畫著大大的世快臉龐。這個人的自我主張慾未免也太強烈了吧。

「他把所有贊同我的人都抓起來，而且還打算奪取我的『公主』和『三龍星』地位。丞相之所以想要跟我結婚，都是為了宣示自己具備正當性。想要讓裡裡外外的人都知道他夠格繼位成為天子……這麼做還是為了奪取屬於我的一切。一旦創立了新的王朝，我將會被關在宮殿裡頭……」

想來她原本就不是很擅長說話吧，翎子說的話不是那麼流暢。

可是處處都能窺見來自翎子的強烈情感。有悲傷、憤怒、鬱悶，還有微小的希望——她接著用歉疚的語氣小聲說了一句「所以」，並回過頭。

「我希望黛拉可瑪莉小姐能夠幫幫我們。」

綠色的頭髮隨著春風搖盪。我連回應她都忘了，就這樣呆站著。

「希望妳可以跟我結婚。」

這個女孩未免太美麗了吧。我之所以會看她看到入迷，並不是外表美麗的關係——可是翎子確實就像玉一樣美麗。好像從故事裡面飛出來的妖精。

「那個……我想聽聽妳的答案……」

「咦？」

「就是說，希望妳可以跟我結婚那句……」

翎子顯得很扭扭捏捏，嘴裡還發出沙啞的聲音。

她臉都紅了。這恐怕不是夕陽照的。她剛才到底都對我說了什麼呢？——思考被一陣大浪捲走，我好像快要蒙天寵召了。這時翎子又說了一遍。

「請妳……跟我結婚！」

「蛤啊啊啊啊啊啊啊啊啊啊啊啊啊啊啊啊啊啊啊啊啊啊啊啊啊!?」

咦？結婚？剛才這個女孩是不是說到結婚？

的確，若是能夠跟翎子結婚，那每天一定都會過得讓人臉紅心跳，是該要感到歡迎才對，可是——糟了。我的腦袋故障了。誰都好，快點幫忙把醫護兵叫過來吧。

「喂翎子，妳每次說話都只說一半。」

「對、對不起！剛才說請妳跟我結婚是口誤……！我的意思是希望妳能夠在華燭戰爭中得勝！請妳把我從丞相手中搶走，是這個意思……！」

「原……原來是那個意思啊！害我嚇一跳，真是的！」

「嗯，真的很抱歉。所以……」

翎子做了一個深呼吸，讓自己的心平靜下來。

然後她直直地望著我，說了以下這句話。

「請妳跟我結婚。」

不對不對。都說了，那種說法是怎麼一回事啊，對心臟很不好耶，也該把我的心情考量進去吧——雖然是這樣想，但那些都無所謂了。我應該要做的事情就只有一個。那就是要為了她拚命努力，就只有這樣而已。

「嗯，我知道了。」

我盡量擺出能夠讓她放心的笑容，接著做出回應。

「我會好好努力，讓自己能夠跟翎子結婚！」

「——可瑪莉大小姐。」

有那麼一瞬間，我還以為自己會死。

彷彿來自地獄死者的聲音在我耳邊響起。

「可瑪莉大小姐，可瑪莉大小姐。您說要結婚是什麼意思？為什麼您會接受翎子大人的求婚？都已經有我了，難道還要搞外遇嗎？」

「等等……薇兒!?」

那個變態女僕就好像幽靈一樣，人跑到我背後站著。我感覺自己的人身安全會有危險，當下打算逃走。可是肚子突然被人抓住，害我腳下一個踉蹌。

「我們都已經是互相吸血的關係了。我常常會做蛋包飯給您吃。每天晚上都一起睡覺。也已經約定好將來要結婚，為了要當成結婚典禮上的婚禮小禮物，甚至都準備我跟可瑪莉大小姐的恩愛相片集了。但為什麼那個系列作中盤才終於有機會出場的半路登場女會把您迷走啊？」

「後半段都是妳的妄想吧!?快點放開我!!」

「——可瑪莉小姐。」

我再次有會死的預感。

腳邊好像有一股殺氣萌芽。我害怕地看向下方。

「哇啊啊啊啊啊啊啊!?」

這一看看到趴在地上爬行的佐久奈抓住我的腳踝，正在抬頭仰望我。

這傢伙是怎樣!?從地面上長出來的嗎……!?

「這樣是不行的，可瑪莉小姐。我覺得結婚還太早。可瑪莉小姐妳應該也還沒有結婚的打算吧？應該是被那邊那個人騙了對不對？」

「咦？佐久奈？妳真的是佐久奈嗎……？」

「原來是這樣啊。我明白了。那只要那個人不在，一切就解決了對吧。請可瑪莉小姐先乖乖待在這邊。我會讓妳清醒過來的……」

「喂，快點住手啦！那個蒼蠅拍是從哪邊拿過來的⁉」

「請把我放開！我不會放那傢伙××的！」

「妳冷靜一點，佐久奈——‼妳原本應該算是正常人才對吧——‼」

佐久奈正打算朝著翎子發動自殺攻擊。我抓住佐久奈的肚子不放。薇兒又抓住我的肚子。比較晚來到屋頂上的納莉亞一臉看好戲的樣子，在那邊拍手說：「妳們在做什麼啊⁉」大吃一驚的艾絲蒂爾則是抱住薇兒的肚子，嘴裡說著：「請妳先冷靜下來！」

翎子跟梅芳都變得一臉錯愕，就連我也覺得這一切都莫名其妙。

到頭來在翎子說出「我說結婚的意思是……」，給出詳細說明之前，這場攻防戰一直持續著。

梅芳自始至終都一副看到很傻眼的樣子，那一幕深深烙印在我眼中，揮之不去。

就這樣，我們開始為這場戰鬥做準備。

丞相骨度世快還身兼「星辰大臣」這份職務。

那是自愛蘭朝黎明時期就已存在的部署——工作上就是負責管理星辰廳。星辰廳是用來記錄行星運行的行政組織。但那只是書面上記載的表象職責罷了。

「嗯！看樣了進展得不太順利呢。」

☆

在夭仙鄉郊外。中午時分，納莉亞・克寧格姆曾跑去偵查某座祕密設施。

於內部廣場中，丞相骨度世快的身影現身該處。

「根據配方表來看，就還差那麼一點。若是繼續拖延下去，那這一切都會變成泡影。剩下的時間都已經不多了……啊啊！難道老天真的要亡我！」

「又還沒死掉，這樣子哀嘆是不對的。」

就在世快的身旁，一名黑衣女子出現。

這個人就是蘿莎・尼爾桑彼軍機大臣。也是丞相的左右手，在背後動手腳的謎樣人物。

她用那個宛如死人的眼球仰望天際，並且為香菸點火。

「我在紅雪庵那邊對莫妮卡・克雷爾做過實驗了。光耶醫師做得很好——有鑑於此，我已經對意志力的構造有點概念了。那個東西性質上跟魔核很相似。」

「是在說能夠無限催生能量這點？」

「是啊，意志力只要碰上一點小事就能夠恢復。不管被消盡病破壞到多麼支離破碎，都沒辦法徹底扼殺心靈。稱之為創造世界的根源還真的是當之無愧。」

「那這樣靠『寶璐』不就已經很足夠了？為什麼我們還是會一再失敗？」

「恐怕是實驗體不夠好。隨隨便便抓一些人來製作寶璐，不可能變成金丹。換句話說——必須要找意志力更強的人，拿他們來做成寶璐。好比是六戰姬，你覺得如何？她們之中的每個人都擁有強力的烈核解放。」

背後可以聽見人們的慘叫聲。為了要製作寶璐，那邊正在嚴刑拷打。若是這樣的現場被人撞見，那即便他是稀世名宰相，也肯定會因此失勢，世快在心裡想著。

「我覺得鎖定目標可以找崗德森布萊德將軍。你剛好要在華燭戰爭中跟她對戰吧？為什麼要召開那樣的活動？」

「因為我希望能夠說服翎子。若是強行將她弄到手，她還是會反抗吧？可是透過華燭戰爭來決定勝敗，她就會死心了。會忘了自己是公主、是將軍，忘了這些麻煩的身分，成為籠中鳥。美麗的公主就應該來裝飾密室，那樣才能發光。」

「原來如此。你有你自己的想法啊——但你要小心姆爾納特第七部隊。他們有可能會為了洩恨進軍。」

「吶哈哈哈！這沒什麼問題啦！若是真的做了那種事，會招致毀滅的人是黛拉可瑪莉那幫人。在這個國家裡，武力這種東西是一點價值都沒有。」

「真是這樣就好。」

慘叫聲消失了。接著就聽見被挖空心靈的人墜落到地上的聲音。

「──拿到一個了，這個可以嗎？」

一個穿著軍服的高個子女性靠了過來。

她手掌中放著發出晶亮淡光的球體。

尼爾桑彼朝那個東西隨隨便便看了一眼，接著漫不經心地給予讚賞，嘴裡說著：「不錯不錯。」

「很漂亮。想來這個人應該擁有一顆純真的心……可憐吶。話說我製作出來的《思維杖II》應該都有確實使用吧？」

「有──我要在這邊做到什麼時候？」

「直到我們達成目的為止，呵呵呵。」

看著那兩人一來一往，世快忽然間歪過頭。

「她應該不是夭仙吧？到底是什麼人？」

「她的名字叫做梅亞利・菲拉格蒙特。是從前在蓋拉・阿爾卡共和國擔任八英將的翦劉種。還是馬特哈德忠誠的部下。」

「但是我聽說舊時代的八英將除了其中一部分，其他都已經抓進監獄裡關起來了。」
「這傢伙是靠自己的力量逃獄的。正當她走投無路的時候，我把她撿回來。」
那個翦劉種女子——梅亞利「嘖！」了聲彈動舌頭，將寶璐扔出去。
尼爾桑彼趕緊把那樣東西接住。
「我只要能夠找納莉亞・克寧格姆和黛拉可瑪莉・崗德森布萊德復仇就夠了。因為妳說會給我這個機會，我才會待在這種令人生厭的地方，做著跟夢想樂園一樣的事情。要到什麼時候才能重新跟那個『月桃姬』見面？」
「『時哉時哉』——任何事物都有它要等待的最佳時刻。眼下局面仍不需躁進。現在就閉上嘴巴製作好寶璐就好。」
「但是這個叫做寶璐的東西好像沒什麼屁用吧？」
「哎呀妳都聽見了？就算寶璐沒辦法成為金丹，還是有用武之地，並非完全沒有任何意義。來吧，繼續做下一份工作。如今正是臥薪嘗膽的時刻。」
梅亞利再次發出一聲「嘖」，然後就回到實驗場所去了。
感覺阿爾卡那邊也有某種陰謀在醞釀——可是都交給尼爾桑彼處理就沒問題了吧。世快面帶笑容離開星辰廳。透過從宮廷寶藏庫拿出來的煌級幻影魔法魔法石加工，這個地方已經被施放了可以阻礙認知的法術。不管是多麼優秀的魔法師來了，想來都沒辦法發現這裡。

或許調動一些負責警戒的夭仙，讓他們去參加華燭戰爭也未嘗不可。

☆

翌日到來。明天就是展開華燭戰爭的日子，現在是早晨。

大家在座位上吃早餐的時候，梅芳說出了驚人之語。

「就讓閣下跟翎子約會吧。」

「「「啊？」」」

我正在吃蛋包飯的手不由得停擺。佐久奈則是擺出「在說什麼啊？」的表情，一雙眼睛盯著梅芳看。薇兒把茶灑到地板上，正在用抹布用力擦拭。翎子本人的臉變得紅通通的，人都縮成一團了。就只有納莉亞和凱特蘿一臉開心的樣子，嘴裡說著：「這個肉包子好好吃喔！」「真的像您說的那樣呢。」度過和樂融融的早晨。

「梅芳……沒那個必要吧。這樣對黛拉可瑪莉小姐會造成困擾。」

「不，有那個必要。必須讓京師的夭仙都知道翎子和黛拉可瑪莉很要好，這點很重要。恐怕丞相是想要藉助輿論的力量來竊取勝利。」

「這麼說也是有道理。」納莉亞回話的時候還吃著肉包子。「丞相的力量來源不是源自於武力，而是從國民那邊獲得的高人氣。若是讓世人都知道可瑪莉和翎子恩恩愛愛，那應該會很有效果。畢竟華燭戰爭聽說是透過國民投票來決勝負的。」

「「我不同意!!」」

這時薇兒和佐久奈同時大叫。

「居然把身為正牌戀人的我撇在一旁，要去跟別人約會，實在太離譜了！若是妳們要繼續幹那種像是用肚臍煮茶的蠢事，不搶奪可瑪莉大小姐穿在身上的內衣，我實在難以嚥下這口氣。」

「就是說啊！而且納莉亞小姐妳可以接受嗎？搞不好可瑪莉小姐真的會直接跟人結婚喔？然後這個世界就會完蛋喔？」

「可瑪莉又不是真的要去跟別人結婚，不管是約會還是結婚都是做做樣子。」

納莉亞用冷靜的態度朝著杯子倒進牛奶。

「我說可瑪莉？之所以會接受翎子的求婚，形同是要表明妳會在華燭戰爭中打倒丞相對吧？並不是對翎子有什麼特殊想法對吧？」

「咦……………………算是吧。嗯。」

是那樣啦。我又沒有對翎子抱持任何特殊想法（戀愛方面的）。

會參與這次的作戰，是為了伸出援手拯救夭仙鄉——這個時候我不經意和翎子對上眼。

她的臉變得越來越紅。

不知道為什麼，就連我也跟著害羞起來。我想起昨天求婚的事情，害我的心臟都快爆炸了。那導致我再也沒辦法承受，雙方都將臉「咻！」地轉開。

「……嗯？等等可瑪莉，難道說妳——」

「總而言之還要順便確認一下京師的狀況，今天就先外出吧。在明天到來之前，丞相應該都不會對我們動手才對。閣下——翎子就拜託妳了。」

「可瑪莉!?那是什麼反應!?在跟我分享血液的時候，妳應該也沒有露出這麼可愛的表情吧!?」

「咦？沒有啦，我又沒有……」

「納莉亞大人請您冷靜一點！黛拉可瑪莉一直都是那樣的表情啊！」

「這樣很失禮喔!?不管是什麼時候，我一直都在扮演威風凜凜的將軍啊!?」

「不是那樣的，凱特蘿小姐……可瑪莉小姐平常不會有那樣的表情……好奇怪。好奇怪。好奇怪。就好像被什麼東西附身一樣……好奇怪。好奇怪。」

「佐久奈妳還比較像是被附身吧？」

「梅墨瓦大人說對了。可瑪莉大小姐是被惡魔附身了。我們趕快叫驅魔師來除掉惡魔吧。要先把她綁在床上。」

「給我放開啦，變態女僕!!我很正常!!不要把我帶到床鋪那邊!!」

「——等等，各位。」

翎子在此時站了起來，喊出這麼一句話。大家的目光都集中在她身上。

「黛拉可瑪莉小姐她——一點都不喜歡我……所以沒問題的。就只有在華燭戰爭的期間會是那樣……我不會把黛拉可瑪莉小姐搶走。各位不要驚慌。」

不知道為什麼，胸口有一股刺痛感掠過。

可是周遭那些人就像在說「冷靜想想確實是那樣」，接著就恢復冷靜了。薇兒替我的身體做馬殺雞，同時點頭回應：「我明白了。」

「既然對於華燭戰爭來說是有必要的，就去約會吧……不對，是我可以接受妳們一起外出。可是門禁時間是三點。零用錢三百梅爾。禁止跟人牽手，所有不知羞恥的行為都禁止實施。」

「妳算是我的什麼人啊。」

「翎子大人，若是您調戲可瑪莉大小姐，我就會在您的晚餐裡面放入『三天都會笑不停的毒菇』。請您做好心理準備。」

「好的。」

「明白就好，我們會在幾公尺外觀察的。」

薇兒的眼睛裡布滿血絲。

就這樣，我跟翎子的約會（？）揭開序幕。

☆

京師的居民都遠遠地望著我們，沒有過來跟我們說話。可是射過來的目光隱含著好奇心和困惑等等的感情。

「那……我們走吧？」

「嗯，麻煩妳了……」

「翎子妳想要去哪邊？我的話……那個……說起來難為情……跟人約會應該做些什麼，我都不曉得……」

翎子的臉瞬間刷紅。她低下頭說了聲「約會……」，那囁嚅聲像是在做確認似的。

不對不對。不對不對不對。拜託不要這麼刻意好不好，我會很難為情耶。放過我啦，我跟妳道歉。為什麼妳要醞釀出真的準備跟人約會的感覺。

「翎子！別想太多！這些都是假裝的！」

「說、說得也是呢！都是在假裝！那我來當京師的導遊吧！」

「哇、哈、哈！聽起來就好可靠啊！有對夭仙鄉瞭如指掌的翎子在，簡直可以一個人當一百個人用！」

「…………」

不知道為什麼，當下出現了一段停頓。可是她很快就笑著說：「交給我吧。」

「我常常會偷跑到街道上來遊玩，也知道很多不錯的店鋪。」

「是喔，翎子好厲害喔。」

「因為我是公主，對自己國家的事情明瞭是理所當然的……」

這麼說來我對姆爾納特的帝都可是完全一無所知。因為我先前都在當家裡蹲，會有這樣的結果是很自然的……可是在這方面，我們雙方就出現意識形態上的落差了。要成為下一任首領的人，果然跟我就是不一樣。這個時候，翎子「啊！」了一聲，似乎察覺到什麼事情。

「……我可以叫妳可瑪莉小姐嗎？」

「嗯？可以呀……」

「謝謝，總覺得這樣……比較像戀人。」

不知為何我覺得自己快要喘不過氣來。

就連被大猩猩預先下通牒說要殺害，心跳都沒有那麼快。

「那裡有間我特別推薦的店鋪，要不要去……？可瑪莉小姐。」

「好啊！我們就過去看看吧，翎子！」

我跟翎子一起結伴走了起來。我的情緒反應都變得怪怪的了，但不能去在意這些。因為在這個時間點上，面對這一切我都已經快應付不來了。

☆

「啊啊啊啊啊啊!!可瑪莉大小姐她——!!可瑪莉大小姐她跟我以外的人一起逛街！？！？！？」

「請妳冷靜一點，薇兒小姐！這都是很普通的事情！」

「我沒辦法冷靜!!真想現在就介入那兩人之間，朝著可瑪莉大小姐跳出求愛的舞蹈……把她搶過來……」

在小巷子裡，有一些人正在觀望可瑪莉和翎子的動向。

總共有薇兒、艾絲蒂爾、佐久奈、納莉亞和梅芳這五個人。

納莉亞透過望遠鏡觀看，同時皺起眉頭說：「怎麼好像怪怪的？」

「感覺她們兩個人好像真的是互相喜歡。活脫脫像是一對青澀的學生情侶……假如那都是可瑪莉在演戲，那我要對她提升評價了。」

「真沒想到會這樣。黛拉可瑪莉就算了，連翎子都……」

「妳有說什麼嗎？梅芳。」

梅芳接連咳了幾聲，嘴裡應了聲「沒什麼」，藉此掩飾過去。

「總而言之假裝像是一對情侶很重要。但若是要做給民眾看，那就需要做些更露骨的行為。就我個人來看，會希望她們至少要牽個手。」

「若是真的做出那種事，到時候會出大事喔？」

艾絲蒂爾聽完嚇了一跳。這是因為抱著腿坐在地面上的銀白色少女——佐久奈・梅墨瓦正笑咪咪地凝視翎子和可瑪莉這一對。

「……梅莫瓦將軍，是會出什麼大事啊？」

「若是真的做出那種事，到時候會出大事喔？」

「不是啦。我是在問會出什麼大事……」

「若是真的做出那種事，到時候會出大事喔？」

佐久奈接著轉頭看向梅芳。

梅芳則是發出一聲「咿!?」，那是像鳥叫一樣的慘叫聲，接著就後退了。

艾絲蒂爾都知道——這個叫做佐久奈・梅墨瓦的少女對可瑪莉非常著迷。她房間的牆壁都貼滿了可瑪莉的照片，藉此打造出巨大的可瑪莉拼貼圖騰。這下子搞不好會降下一場血雨也說不定。

「她、她們進到店裡了呢。不知道那邊在賣什麼東西？」

「那是很有名的雜貨店，只有觀光客會去那間店鋪。」

「哦——」

這個時候納莉亞好像注意到什麼了，她瞇起眼睛。

艾絲蒂爾也感受到微妙的氣息。是一陣淡淡的殺氣，還有憎恨跟厭惡。找不到是從哪邊跑出來的——但是看樣子尾隨可瑪莉的人，除了她們還有其他人。

「看來事情變得有點棘手了。」

納莉亞嘴角上揚，再一次用望遠鏡觀看。

☆

翎子帶我來到充滿異國風情的伴手禮商店。

那裡密密麻麻擺放光鮮亮麗的商品，是一間看上去很棒的店鋪。

「有沒有什麼想買的東西？」

「沒有，只是覺得過來看一看好像也滿有趣的……妳不喜歡嗎？」

「不討厭不討厭！我們就一起在店裡面逛一逛吧！」

於是翎子就帶著苦笑在店裡頭走了起來。

這裡有用漂亮石頭做成的鑰匙圈，還有上面畫著花卉圖案的陶器。用木頭雕刻的龍、顏色五彩繽紛的扇子、畫著歷代天子肖像的撲克牌——在棚架上擺放的都是一些獨特的逸品，在姆爾納特沒有見過。我並不討厭這種雜亂的氛圍。

「有很多有趣的東西呢。有沒有什麼是妳比較推薦的？」

「比較推薦的……!?」

不知為何翎子的舉動變得可疑起來。還東張西望。

最後翎子的視線固定在店鋪深處。我也跟著看了過去——那裡貼著寫了「夭仙鄉名產・綺仙石」字樣的宣傳單。

「那個怎麼樣？所謂的綺仙石，那是一種能夠在夭仙鄉南方採取到的石頭。因為顏色很漂亮，所以變成很受歡迎的伴手禮。父親大人是這麼說的。」

「原來是這樣啊——快看那個。上面還說可以把名字雕刻上去，做成裝飾品。」

「真的耶。那……就是……我們兩個要不要弄成對的？」

「咦？」

「好像連形狀都可以自由指定。難得有這個機會，我想要指定只屬於我們兩人的形狀……」

翎子在說這些話的時候，臉變得紅通通的。

對喔，我們在約會，只是做這點小事也不奇怪吧。

「好啊！那我們就弄成對的吧！我喜歡星星，弄成星星形狀不錯！」

「那就用星星形狀的——不好意思。」

翎子去叫店裡的人。有一個看起來和藹可親的老爺爺現身了，他司空見慣地應對，嘴裡說著：「好好好，要綺仙石對吧。」當我們告知各自的名字時，對方還很驚訝，這點令人印象深刻，可是他好像不怎麼在意的樣子，透過魔法替石頭加工。

「哇！」

看著老爺爺交給我的東西，我不禁發出感嘆聲。

那個星星形狀的石頭很有光澤又亮晶晶的。我的是綠色的，翎子是紅色的。而且上面分別清楚刻著「黛拉可瑪莉・崗德森布萊德」跟「愛蘭翎子」。

「呵呵……這樣就是一對的呢。」

「嗯，感覺會成為不錯的回憶喔。」

「錢我來付吧。還要麻煩可瑪莉小姐配合這次的行動，這個是謝禮。」

「咦？這樣我不太好意思耶。」

「沒關係的。我也很想送人一次禮物看看……老爺爺。這個多少錢？」

「兩個總共三十兩。」

「那這個再麻煩你收下。」

話說到這邊，翎子從錢包裡拿出類似寶石的東西。

那不是在夭仙鄉這邊流通的貨幣。是說我甚至不覺得那個稱得上是錢。

「怎麼會用這個。哎呀不行的，翎子殿下……這個不是朝廷的『光玉銀寶』嗎？這個是要將稅金轉納入國庫才會使用的東西吧？」

「莫非這個不能在這邊用……？」

「就算您拿這個來付錢，我也找不開呀。拜託用京師這邊流通的金錢來支付吧。」

翎子這下慌了，開始在錢包裡頭東翻西找。

很快她就像一尊石像一樣，整個人石化。臉紅到連耳朵都變紅了。

「哈！哈！哈！哈！公主大人對外面世界的事情知道的太少了呢。」

砰呼！——我好像都聽見這樣的效果音了，眼見翎子的腦袋沸騰起來。

「不……不是的！我只是剛好沒有帶錢！平常我是真的會帶能夠在一般店鋪使用的金錢……！可是今天有點手忙腳亂，才會忘了放進去。」

「若是付不出來，我會很困擾啊。」

「唔……！」

「沒關係啦，翎子。我有帶錢。」

要來京師的時候，我已經請人將錢兌換成夭仙鄉在用的貨幣了。

可是翎子卻搖搖頭說「不行不行」，還伸手抓住我的衣服。

「不能讓可瑪莉小姐來支付，畢竟這次盡地主之誼的人是我……」

「又沒什麼關係——給你，老爺爺。」

「感謝惠顧。」

© riichu

翎子渾身顫抖地望著我把錢付出去的這一幕。

其實那也沒什麼好在意的——雖然是這樣想，但事情如此發展下去好像不是很合她的意。

一離開雜貨店，她就用力抓住我的手。

「咦!?翎子!?妳怎麼突然這樣……!?」

「下一次！下一次我一定會確實支付！晚點我會連綺仙石的錢都付給妳的！」

「其實妳不用那麼在意……」

「只是碰巧變成這樣而已。我剛剛好沒有帶錢。下一次我會給支票，請妳放心吧。」

「不，其實那跟放不放心——欸!?」

不知道為什麼，翎子變得氣急敗壞，就這樣拉著我走掉了。

☆

「啊啊啊啊啊啊！可瑪莉大小姐她!!可瑪莉大小姐跟我以外的人手牽著手！？！？！？」

「請妳冷靜一點，薇兒小姐！她只是被拉走而已！」

「啊哈哈，這下真的出大事了呢。」

「請問……梅墨瓦閣下？為什麼您開始磨菜刀……？」

在伴手禮商店的對面有個露天咖啡廳。

光是要勸諫失去理智的兩位上司，艾絲蒂爾就忙得團團轉。

這兩個人都很喜歡可瑪莉閣下。雖然能夠理解那份心情，可是她們的喜歡已經來到脫離常軌的地步。也許人不夠怪就沒辦法當好軍人吧。

「話說回來，翎子還真是積極呢。」納莉亞說話的時候，一邊啃咬咖啡裡的吸管。「周遭那些人都在看她們，一副在說『怎麼了怎麼了？』的樣子。只是她們本人好像都沒有注意到。」

「這就是我們當初那麼做的目的。在京師的情報網中，黛拉可瑪莉和翎子你儂我儂約會的傳聞已經不脛而走了。翎子真正喜歡的人不是丞相，而是黛拉可瑪莉才對吧，人們好像還如此臆測。這樣剛好能夠干擾丞相的策略。」

「都是因為《六國新聞》在背後動手腳。晚點讓他們為我跟可瑪莉做點報導好了？說我們其實是失散的親姊妹——這樣不是很棒嗎？雖然我們實際上也很像就是了。」

佐久奈已經把菜刀磨好了。她起身的動作好像一股煙霧，目標還鎖定在翎子身上。艾絲蒂爾慌慌張張地抓住她，對她說：「請您重新考慮一下！」這才制止她。

「那條街道好像開了很多餐飲店，我們也過去那邊吧。」

「她們過去的速度好快。剛才在店裡面做出失敗的舉動，翎子是不是覺得非常丟臉啊？是說怎麼會在一般的店鋪拿出那樣東西當錢？她是少根筋嗎？」

「我承認她少根筋，但原因並不完全是那樣。」

梅芳答話的表情顯得很微妙。四處都有人出聲說著：「殿下和閣下在約會喔！」陸陸續續有看熱鬧的群眾聚集過來，在觀望她們兩人的未來發展。看來作戰計畫進行得很順利——這個時候納莉亞的眉毛忽然間抖了一下。

遲了一下子，艾絲蒂爾也注意到了。

那就是有好幾個男人偷偷跟在翎子她們兩人後頭。

☆

「差不多要到中午了呢，我們一起去吃飯吧。」

翎子帶我來的地方是「天竺餐廳」。

店門上面的花樣是龍在翻滾，門對面有美味的香氣飄過來。害我在無意識間肚子「咕嚕」一叫。

可是我心裡覺得有點介意。

© riichu

這個地方昨天已經跟薇兒她們一起來過了吧。

「在有名的餐廳指南上，天竺餐廳每年都榮獲『三顆星』喔？能夠品嘗到夭仙鄉最道地的傳統料理滋味。有不少人來這邊旅行都是為了到這間店光顧…………聽說真的不少。」

翎子很像在念大字報裡的字一樣，口頭上說明的速度堪稱飛快。這樣的氣氛顯然讓人難以說出「哎呀其實我昨天來過喔」這種話。就算了吧。反正這間店的菜也很好吃。

「那我們就來這吃飯吧？」

「嗯，謝謝。」

不知道為什麼，翎子一副頗感安心的樣子，還對我道謝。

當我踏足來到店鋪裡，人們的目光就聚集過來，那些眼神好像在說：「是閣下!?」「是殿下!?」這形同是當名人要付出的代價吧。在這時間點上有所反應也沒什麼幫助，於是我們就決定無視，找了張桌子坐下。

「這裡有來了必吃的套餐。可瑪莉小姐是第一次來……要不要點那個？」

「咦？好……」

「沒問題的。我已經來過好幾次是常客了。這裡的味道，我可以保證。」

我都還來不及說些什麼，翎子就點餐了。不對吧，那個跟我昨天吃的是一樣的菜色耶……？但都來到這個地步了，也沒辦法回頭了。為了不讓翎子失望，我也只能做出好像第一次吃的反應。就讓我的演技力爆發吧……！

「……閣下？這不是閣下嗎！」

不經意地，我聽見一個熟悉的聲音。就這樣，我迎來意料之外的遭遇，還因此嚇了好大一跳。

是卡歐斯戴勒、貝里烏斯，還有約翰。

第七部隊成員恰巧就在隔壁這張桌子用餐。

「還真是巧遇啊！沒想到能夠在這種地方相遇！」

「嗯，真的耶。是巧遇呢。」

「話說回來，真是讓人期待呢。等到這些事情都結束了，夭仙鄉就會成為我們的囊中物。」

喂閉嘴啦，不要一閒聊就說些莫名其妙的話好不好。快看啊，翎子都驚訝到睜大雙眼了耶。不是那樣的，翎子。全部都是這傢伙在妄言。

「可瑪莉小姐……這些人是——？」

「啊哈哈，他們是誰呢？我不認識耶。」

「喔喔，是愛蘭翎子殿下！初次拜見！我是姆爾納特帝國軍第七部隊宣傳班班長，中尉卡歐斯戴勒・康特！之後還請您多多指教！還有這隻狗是貝里烏斯・以諾・凱爾貝洛。另一位是笨蛋約翰。」

「啊……好的。請你們多多指教？」

翎子跟卡歐斯戴勒在握手。妳要小心啊，翎子。這傢伙可是有誘拐小女孩嫌疑的犯罪者喔？我就算了，像妳這樣的小朋友，很有可能會被他盯上。

「總……總而言之，這都是巧遇呢！話說你們那邊的事情進展如何？還順利嗎？」

順便講一下，其實我根本不知道他們都在做些什麼。是不是都跟納莉亞一起蒐集情報，要用來將丞相做過的壞事抖露出來？——在想這些的時候，我還喝起杯子裡的水。

約翰正在大口吃肉，還很有精神地回應：「當然啊！」

「剛才梅拉康契那個白痴已經去宮殿那邊安裝炸彈了。只要等黛拉可瑪莉妳打個暗號，我們這邊就隨時都能引爆喔！」

「噗呼!?」

我一不小心把水全噴出來了。

這些人在做什麼啦!?是想要搞恐怖攻擊喔!?

「你們幾個……薇兒是怎麼命令你們的？」

「奇怪？我聽說那是來自閣下的命令啊。」

「是、是沒錯啦！我下了什麼樣的命令，你們再複誦一遍吧！」

「遵命──在這次的作戰計畫中，第七部隊要執行的任務是『脅迫』。要安裝炸彈或各式各樣的陷阱，好讓我們可以處在比丞相骨度世快更具備優勢的立場上。」

「為什麼非得透過這種手段實現？」

「這應該是閣下您自己想出來的美妙作戰計畫吧……」

「我都知道啦！只是想要確認一下，看看你們是不是真的都有聽明白了！」

「是我失禮了……！咳咳。夭仙鄉的京師算是丞相的大本營。也不知道他準備了什麼樣的陷阱，因此我們最好盡可能增加可用手段。我們就等同是華燭戰爭中的最終兵器。」

「喂，黛拉可瑪莉。弄這些太麻煩了，現在就引爆吧。」

「若是做出那種事情，不就形同訴諸暴力了嗎！難道都忘了可瑪莉小隊至今為止都是用腦袋瓜一再智取獲勝？就是因為這樣，不懂得思考的笨蛋才讓人感到困擾。」

「你說什麼!?是想要像這塊肉一樣被燒掉嗎!?」

「如上所述，閣下。不曉得我這樣解讀正不正確？」

「嗯！這樣的解答可以得一百分滿分！」

卡歐斯戴勒接著說了一聲：「這是我的榮幸！」還對我敬禮。雖然我想說的話跟山一樣多，但還是閉嘴別說好了。只要碰到麻煩事，我可以全部推給薇兒。

這時我不經意和貝里烏斯對上眼。他一臉疲憊的樣子，從頭到尾都不發一語。

怪不得這隻狗會跟艾絲蒂爾意氣相投。因為這個獸人在第七部隊之中，擁有的感性相對來說是比較正常的。只不過他依然算是殺人狂就是了。

「可瑪莉小姐，菜已經上桌了。」

「喔喔……！」

在我們互動的那段時間內，店員已經將第一道菜端過來了。

是我昨天吃過的包子餃子那類的。

「這個很好吃呢，光只是看著都覺得肚子餓了。」

「咦？可瑪莉小姐……」

「我說錯了！這個看起來很好吃呢！還好有來夭仙鄉～！」

「嗯，夭仙鄉的菜餚常加入其他國家難得一見的香料，希望能夠合可瑪莉小姐的胃口……」

我有種過意不去的感覺。可是翎子看起來很開心的樣子，害我沒辦法說出真心話。

再說這些菜餚看起來很好吃也是事實……我並沒有說謊。所以沒問題的。

「閣下！那我們要先回去工作了。」

第七部隊成員在這時站了起來，還說了這番話。

看來在我們過來的時候，他們就已經差不多吃完了。

「這樣啊，那你們一定要好好加油。」

「我們會盡力符合您的期待——話說回來……」，卡歐斯戴勒在說這話的表情，就好像篤定犯罪手法做到天衣無縫的犯罪者一樣。「聽說閣下昨天就已經來過這間店了。」

「啊。」

「還聽說您點過這個套餐，剛才的反應卻好像第一次見到一樣。」

喂，你這傢伙，都在說些什麼啊……？

「沒什麼，這些都是從薇兒海絲中尉那邊聽說的。聽說閣下很喜歡那種餃子……但我想這背後應該有各種原因吧。那麼我就先失陪了。」

「…………………」

你——你這臭小子——!?什麼叫做「背後有各種原因」!?少在那假裝自己是個懂得體貼他人的男性啦!?要是你真的懂得體貼他人，那你從一開始就應該閉嘴，閉到最後一刻才對!!

「那麼閣下，請您慢用。」

「想要引爆的時候，隨時都可以叫我！我會過去點火！」

「嗯、喂喂……！」

那群部下無視上司心中的嘆息，就這樣離開店鋪。

被留在那裡的我就只能陷入沉默狀態，我連轉頭看翎子都做不到。

最後她小聲說了一句：「那個——」。

「可瑪莉小姐，原來妳一直在勉強自己……」

「不勉強不勉強不勉強!!」

翎子都快哭出來了，我快要被這份罪惡感逼死。

「我很喜歡這間店！妳看，這個真的很好吃啊!?」

「對不起，我再找別間店好了……」

「不用了不用了！是我說謊不對，對不起！我選這間店就好！來吧翎子妳也坐下——啊！」

當下翎子人已經站起來了，我抓住她的手腕制止她。

接著「咚嚼」一聲，有某樣東西從她衣服的內側滑落。

我的視線不由得看向下方，那是有著黃色封皮的小本子。

嗯……？我好像看過這個東西？

那好像是艾絲蒂爾曾經拿在手裡的京師旅遊指南對吧？但翎子怎麼會擁有這個東西呢？是不是跟人借來的？不對，她為什麼要借來用？而且這個上面並沒有附標籤，好像跟艾絲蒂爾拿的那一本不一樣，是別本——我的腦中有疑問閃過，然而就在這一刻……

我發現翎子臉上表情變得很絕望。

「對不起……其實我……對京師一點都不熟……」

「咦……？」

「我幾乎都沒有到過宮殿外，所以也沒資格當導覽員帶可瑪莉小姐逛京師。說謊的人是我才對。對不起，對不起……」

也就是說翎子跟我一樣，在夭仙鄉這邊都算是初來乍到？

是因為怕這件事情穿幫，才會參考旅遊指南，想要替我導覽是嗎？

我的腦袋轉不過來，正當我要抱住腦袋瓜的瞬間，有事情發生了。

那就是店鋪的窗戶玻璃一口氣爆碎。

一群陌生男子邊發出叫聲邊朝我們襲擊過來。

☆

「翎子她啊，其實對自己國家的事情一點都不瞭解。」

這裡是天竺餐廳對面的廣場，梅芳語帶嘆息地說了這句話。

艾絲蒂爾拚命努力制止佐久奈和薇兒海絲，一邊在聽梅芳說話。

「因為她一直都被養育在深宮裡。身為她父親的天子總是主張『公主不能隨隨便便外出前往京師』。」

艾絲蒂爾在心裡想著「原來如此」，也就是說，愛蘭翎子儼然就是個大門不出二門不邁的大小姐。

「她應該是不希望可瑪莉知道自己那麼無知吧。外表看不出來，感覺她還滿愛慕虛榮的。」

「翎子其實意外的小家子氣，只要深入接觸就明白了。」

「妳啊，明明是隨從卻一點都不客氣呢。」

「因為我從小就認識她，才沒什麼顧忌——可是她是真的在為夭仙鄉著想。不管要付出什麼樣的代價，都希望能夠阻止骨度世佚。」

「是喔——但感覺她好像有點走偏了……」

「我明明也想跟可瑪莉大小姐一起吃午餐、想跟她約會，為什麼這些好處通通都被翎子大人占走了？她好狡猾。不公平。不公平。」

「若是就此在華燭戰爭中獲勝，可瑪莉小姐將會跟翎子小姐結婚……對了，只要我取而代之成為翎子小姐就好了，或者——」

「請妳們兩位都冷靜一點！這都只是作戰計畫——」

話說到這邊，艾絲蒂爾突然察覺一點。那就是一直在尾隨可瑪莉等人的這群男人有動靜了。

納莉亞和梅芳似乎也發現了——她們臉上的表情多了肅殺之氣，視線掃向天竺餐廳。那些男人已經站在店鋪外側了，看樣子正舉起手凝聚魔力。

「看那裡，克寧格姆總統。」

「那幾個人是翦劉種。雖然看不見他們的臉，但我總不能置身事外。」

下一瞬間。

啪啷啷啷啷啷啷啷啷啷!!——是窗戶的玻璃碎掉了。

那些男人發出吼叫聲，朝店鋪裡頭衝了進去。

由於事情來得太突然，艾絲蒂爾驚訝到合不攏嘴。怎麼會有人在街道上突然出手襲擊其他人？也是有的吧。畢竟這次可不是娛樂性戰爭。

「唔——各位！要趕快去救助閣下……」

等到艾絲蒂爾回過神，周遭已經一個人都沒有了。

不管是納莉亞、梅芳還是佐久奈，甚至是薇兒海絲，她們全都朝著店鋪疾衝過去。

☆

「去死吧，黛拉可瑪莉・崗德森布萊德——————!!」

那些身分成謎的男子呈雪崩之勢襲來，就這樣入侵到店鋪裡頭。客人和店員全都倉皇逃跑，引發好大的騷動。

然而我卻無法有所行動。

帶頭的那個男人揮舞著長劍，那身殺氣明顯是衝著我來的。

啊？我是不是會死在這邊？這裡好像沒有魔核耶？——情況實在太讓人絕望，我的大腦即將陷入一片空白，緊接著下一刻。

「可瑪莉小姐！」

男人砍出的刀劍被翎子擋了下來，她手中裝備是扇子。那扇面酷似孔雀的羽毛，輕輕鬆鬆就擋下敵人的兵器。那個男人嘴裡發出一聲「嘖」，正打算後退——可是還沒來得及那麼做，翎子放出的魔力彈丸就已經狠狠擊中他的腹部。

「咕啊!?」

那副巨大的軀體一下子就被打飛了。

可是除了他，襲擊者另外還有三人。他們從四面八方揮刀砍過來，嘴裡還發出號叫聲。我什麼面子裡子都不要了，當場跟個烏龜一樣龜縮起來。

「快點去死吧！——呃咕！」

綠色的魔力陣風又將另一個男人吹飛。

說時遲那時快。又有別的敵人趁翎子不備，朝著我殺過來。

「要替總統報仇！」

「可瑪莉小姐快閃開!!」

翎子當下驚慌地大叫，可是她忙著應付另一個敵人。

面對高速逼近的刺客，我連動都不敢動。那對雙眼有著憎恨，被那雙眼睛緊緊盯著，我的心都凍僵了。他手裡拿的長劍眼看就要刺中我的喉頭。

然而在那瞬間，他卻換上很搞笑的姿勢。

那個樣子就很像踩到香蕉皮滑倒一樣，仔細看會發現地板上還真的被人扔了香蕉皮。不對，怎麼會這樣。運氣也太好了吧。那個男人說了一聲「什麼!?」，嘴裡發出震驚的呼喊——然後就這樣旋轉起來，最後倒在地面上，而且後腦勺好像還用力撞了一下。

在那之後他就一動也不動了。是不是剛好撞到不該撞的地方啊？

但我可不只是走運而已。從店鋪外頭，有一些裝扮跟那群男人很像的男子成群結隊殺過來。這一看才發現在外面的街道上，納莉亞和薇兒等人正在跟他們戰鬥。

「我們先暫時撤退吧！」

「咦？——哇哇！」

翎子那時突然抓住我的手。

接著她就此發動某種力量。我的身體被她拉住，輕輕飄到半空中。

「等等……!?我們要去哪裡!?」

「去安全的地方！若是待在這邊還會被襲擊……」

「可是我們還沒有付錢啊!?這是在吃霸王餐耶!?」

翎子沒把我的正當抗議當一回事，開始在空中浮游。

我的身體連帶著變得輕飄飄地，就這樣浮了上去。我們所在的高度越來越高。那實在太恐怖了，於是我緊緊抓住翎子的身體。她口中則是發出「呀嗚!?」的悲鳴聲。

「等等！先等一下啦！我不擅長待在高的地方！以前為了去屋頂上把球拿下來，等爬上去之後卻被妹妹搖晃梯子，後來掉下來，這件事情造成心靈陰影！」

「我明白了。既然這樣，我們就飄到那邊的橋好了……？」

「嗯……咦？」

這個時候我忽然覺得好像哪邊怪怪的，那就是我的手正放在翎子的胸部上。這可是毫無辯解餘地的性騷擾行為。可是比起羞恥心和罪惡感，我更快感到的是疑惑。這是因為——

「——翎子的胸部好像很硬？」

「！？！？！？！？！？」

跟我距離超近的翎子臉蛋眼看變得越來越紅，接著我又發現一件事——現在這麼做簡直就是性騷擾到極致了吧？都已經超越那個變態女僕，說出那種話可是沒禮貌到不行啊？

「抱歉！我說那些沒有惡意！就是……總之對不起！翎子妳的胸部很有彈性很舒服！不對，我在說什麼啊，我是笨蛋嗎!?真的很抱歉……！」

「我……我沒事的！妳不用在意。」

翎子彷彿想要讓身上的滾燙感冷卻似的，上升的速度變得好快。

我為自己的言行感到後悔，而且這個時候的我差點尿褲子。

☆

「這些人都是從前蓋拉·阿爾卡時代的人吧。沒想到他們會苟延殘喘逃來夭仙鄉這邊。」

在京師的主要大道上，倒著一大堆翦劉種。

當然他們都沒有被殺死。所有人都被繩子捆綁起來，聚集在同一個地方。人數居然有九人那麼多。他們好像一直在尾隨可瑪莉，想要找機會出手襲擊。

「是不是馬特哈德下的指示？」

女僕薇兒海絲將毒藥收到懷中，開口問了這句話。佐久奈似乎也恢復冷靜了——換上認真的神情，手裡拿著魔杖，並且對周遭狀況保持警戒。

「那是不可能的。馬特哈德早就已經不在了。假設他還在好了，他也不是會像這樣垂死掙扎的人——也就是說這是蓋拉·阿爾卡殘黨自作主張做的。」

女僕的視線不經意掃視到男人的手掌，上面留有星星形狀的傷痕。

在經歷了紅雪庵騷動之後，可瑪莉有跟她說過，聽說在名為常世的異界那邊，好像有名字叫做「夕星」的魔物在作亂。那傢伙已經逐漸開始朝我們這邊侵蝕——一旦有人受到影響，她就會跟之前的莫妮卡·克萊爾一樣，身上將出現「星形痕跡」。

那樣東西的效果是能夠讓「意志力」這種能量減退。

也就是說似乎會造成精神異常。

「他就好像人偶一樣呢，就算去戳他也沒什麼反應。」

薇兒海絲用木棍去刺翦劉種的臉頰，他們就只會發出「啊啊」或是「嗚嗚」這類微妙的呻吟聲。一直到剛才明明都還那麼激動——這種症狀不就跟莫妮卡·克雷爾羅患的「消盡病」症狀很像嗎？

「總之詳細調查就讓部下去做吧。至於這些人，我們還是去跟夭仙鄉的政府通報一聲吧。」

「這樣也好，話說還有另一件事情也讓人在意。」

薇兒海絲看著可瑪莉飛走的方向，嘴裡念念有詞。

接著她轉頭看梅芳，開口對她說道：

「剛才我好像一直處於失去冷靜的狀態。可是經歷了這場騷動，我又找回平常的觀察力了。我就形同是與生俱來的『可瑪莉酒』侍酒師，想要持續在我眼皮子底下蒙混過關是不可能的——梅芳小姐，妳是不是隱瞞了某些事情？」

大家的目光都集中到梅芳身上，梅芳顯得有點狼狽。

「說我隱瞞事情……這樣說很沒頭沒腦。」

「可瑪莉大小姐看起來明顯對翎子大人抱持特殊意識，但那種事情是不可能發生的。這樣很不自然。因為在可瑪莉大小姐的心中，排行第一的肯定是我。」

「不，這又還沒有決定？」

「就是說啊，薇兒海絲小姐。可瑪莉小姐是大家的可瑪莉小姐。」

「總而言之可疑點太多了。如今回想起來，自從二月份妳們兩位造訪姆爾納特宮殿，從那個時候開始就變得怪怪的了。妳……應該發動了烈核解放吧。」

這下梅芳的肩膀用力抖了一下，那樣的反應就形同是自首了。

薇兒海絲這時看似傻眼地回應：「果然是這樣啊？」

「妳對可瑪莉大小姐做了什麼？」

有那麼一陣子，對方陷入沉默。

可是最後她還是用有些悔恨的表情小聲說了一句：「……抱歉。」

「為了拯救翎子，只能這麼做了。對我們來說，黛拉可瑪莉的力量不可或缺。

可是這個世界上沒有人會因一時興起，無償幫助陌生人……」

「我不會生氣，請妳詳細說明。」

「其實是……我對黛拉可瑪莉下了詛咒，可以讓她喜歡上翎子。」

「我看還是毒殺好了。」

「薇兒小姐!?妳剛才不是說不會生氣嗎!?」

最後還是艾絲蒂爾從薇兒海絲背後架住她，這才阻止住了。

☆

我跟翎子降落在連接兩座高樓的橋梁上。

這個地方高到相當於十隻長頸鹿疊在一起，下面有一大片東洋風味的風雅街道——可是在跟我視線相同高度的地方，更有橋梁鋪設在那，看起來就像迷宮一樣。

「那些人……他們到底是什麼來頭。好像目標是可瑪莉小姐……」

坐在橋的欄杆上，翎子口中說了一些話。虧她有辦法坐在那種地方……只要一不小心沒坐穩，人就會倒栽蔥掉下去喔？都不會害怕喔？不對，翎子會飛翔，所以她不介意吧。

「也許……那是丞相或軍機大臣派過來的爪牙。想要在華燭戰爭召開之前，先讓妳變成死人。那些人就是能夠面不改色做出這種事……」

如果真的是這樣，那就不只是卑鄙能夠形容的了。

我的視線看向橋下，所有的襲擊者似乎都已經被納莉亞她們壓制住了。

「對了……妳會不會輕視我？」

「輕視？為什麼？」

「我對於京師可以說是一無所知。就連有這些人在的事情都不曉得……」

感覺翎子幾乎沒有離開宮殿來到外面過。

既然是那樣，她當然不會知道——可是她又繼續說了下去，話裡聽起來很像在自我責備。

「我不夠格當公主吧。對於父親大人有氣無力的表現，我已經譴責過好幾次了……可是像我這個樣子，和父親大人根本沒兩樣。不。或許我還不如他。明明對這裡一點都不熟悉，卻大放厥辭說要『拯救夭仙鄉』。」

「那翎子妳為什麼會想要改變夭仙鄉呢……？」

「因為我是公主，我必須做那些事情。」

這讓我有點無所適從，我不覺得那是她的真實想法。

可是翎子卻加上一句話，她說：「但不只是這樣。」

「丞相在做壞事，傷害了很多人。就連對我很好的幫手都被他……還有梅芳也是……被那個人做過很過分的事情。」

「……這樣啊，那在華燭戰爭中就要好好努力才行。」

「嗯……」

這個時候，翎子的口袋忽然發光了。好像是有人透過通訊用礦石聯絡她。

「喂喂——梅芳……？」

她跟對方說了兩三句話，最後這段通話很快就被切斷了。

翎子的表情蒙上一層陰影，好像被罪惡感苛責似的。

「……可瑪莉小姐，我有事情瞞著妳。」

「是這樣啊？」

「嗯，那個……其實我……」

她的話沒有繼續說下去。因為翎子突然「咳咳咳」地咳嗽起來。開始我也不以為意——然而她的身軀卻從欄杆上滑落，整個人還趴到橋上，甚至痛苦地摀住嘴巴。

「翎子⁉妳還好嗎⁉」

我趕緊摸摸她的背。翎子氣喘吁吁，臉色變得很蒼白。難道翎子生病了？可是這邊還在天仙鄉的魔核效果範圍內吧？究竟是為什麼——我一頭霧水，人也跟著慌亂起來，翎子則是抬頭看我，並且開口說了些話。

「……我沒事，只是不小心忘記吃藥。」

她從懷裡拿出很像藥丸的東西。接著直接把那樣東西吞下去。

等了一下子之後，翎子的臉色變好了。她很像變魔術成功的小孩一樣，笑著說：「妳看，我沒事吧。

「我最近身體狀況不好，只要吃完藥就沒事了。」

「妳真的沒事嗎？是不是把梅芳叫來比較好？」

「梅芳的話，她正在趕來這邊。但是我忘記吃藥的事情不要跟她說……她會生氣。」

翎子裝作若無其事地站了起來。

身上還掛了一個薇兒的梅芳，也正好於這時落在橋上。

一看到我們兩人的身影，她馬上安心地呼出一口氣。

「翎子，妳沒有受傷吧？」

「嗯……多謝妳替我擔心。」

「啊啊可瑪莉大小姐！可瑪莉大小姐、可瑪莉大小姐，您沒事真是太好了！可是身體深處若是受傷就不好了，這就讓我來替您確認一下，看揉起來的手感有沒有變。」

「喔哇啊啊啊啊啊啊!?妳那些擔憂未免也太多餘了吧!?」

「我倒覺得還不夠，因為可瑪莉大小姐您被那些夭仙施加骯髒的法術了。」

「妳在說什麼啊……？」

我全力迴避薇兒的揉揉攻擊，視線轉向翎子和梅芳。

她們兩個人一臉尷尬的樣子。可是翎子卻做了個決定，邁步來到前方。

她的表情就好像要做愛的告白一樣，靜靜地問了一句。

「可瑪莉小姐……妳喜歡我對吧？」

我的腦袋因此短路了。

這豈止是愛的告白。若是解讀的方式不同，甚至會讓人覺得她自信心過剩，說那種話未免太自以為是。可是就這麼一句話，已經把我心中剩餘的裝酷成分通通掃地出門了。

「若……若是問我喜歡還是討厭，當然是喜歡啊!?如果只能二選一，就是選這個吧!?」

「我都明白。我想可瑪莉小姐應該很喜歡我。等到妳發現的時候，腦子裡都只想著愛蘭翎子的事情，而且還會有心臟快爆炸的感覺……」

我覺得自己很像被扔進熱水的生雞蛋。體溫逐漸飆升，變得什麼都沒辦法思考。

薇兒在我後方釋放滾滾的漆黑殺意。我看這傢伙當殺戮的霸主還比較適合。

翎子目不轉睛地看著我，害我不得不承認。

「……或許是那樣吧。雖然我不清楚理由是什麼……可是一想到翎子，胸口就會變得很難受……我是寫過許多戀愛故事的稀世賢者，所以隱約能夠感覺得到。我想我可能……我可能……喜歡上翎子了……」

「嘔噁噁噁噁噁噁噁噁噁噁噁噁噁噁噁噁噁噁噁噁噁噁噁噁噁噁噁噁噁噁噁噁噁噁噁噁噁噁噁!!」

我背後傳來極為慘烈的聲響。

是變態女僕邊嘔吐邊發出悲鳴。

「喂，薇兒妳怎麼了!?是不是被敵人狙擊了!?」

「我……我沒事，可瑪莉大小姐……只是不小心發作了……您不用在意我，請繼續吧……」

她明顯就不像沒事的樣子。可是仔細想想會發現這個女僕很少沒事，我看我還是先略過吧。於是我又轉頭看翎子，繼續把話說下去。

「我不知道自己該怎麼辦才好。因為我是第一次遇到這種事情……」

「這份感情是假的，妳不可能喜歡愛蘭翎子。」

被人這樣冷酷地推拒，我感到很訝異。翎子就像在忍耐疼痛感，眉頭都皺了起來。

「妳被梅芳的烈核解放【屋烏愛染】影響了。那種能力能夠將梅芳替我著想的心情轉嫁到其他人身上……」

「嗯？嗯??可是我聽不太懂耶。」

「妳手臂上有烏鴉形狀的印記對吧。這代表妳中了我的法術，那就是證據。」

手上確實浮現了很像是痣一樣的東西。

意思就是……我一直以來都被梅芳操控嗎？

「不對，先等等啦!?可是我一看到翎子就真的心臟狂跳啊……!?」

「這原本頂多只會來到喚起同情心的程度。大概是因為妳擁有太豐富的感性才會那樣。我也沒想到妳覺醒之後會表現出那麼露骨的愛戀之情。」

「可是我真的喜歡翎子!!」

「嘔嗯嗯嗯!!」

「哇啊啊啊啊啊!?妳冷靜一點啦，薇兒!?」

「真的很抱歉，我們原本並不打算像這樣踐踏妳的心意。」

我是真的有聽沒有懂。薇兒已經像個死屍一樣，人都倒在橋上了，在照顧她的我提出疑問。

「假設我的感情是捏造的好了……妳們又為什麼要那麼做？」

「因為我想妳若是能喜歡上我，就會對我出手相助……」

「啊？」

她們到底在說些什麼啊，我是真的無法理解。

「這兩個人一直都在利用可瑪莉大小姐，若是我沒有逼問下去，她們好像還打算守口如瓶，直到華燭戰爭結束都不說。而且還預計要直接生米煮成熟飯，就這樣跟您結婚。也就是說，可瑪莉大小姐是因為我的緣故才能夠擺脫這種困境。請您給我獎勵。」

薇兒將她的頭頂湊過來，但我還是先當作沒看到好了。

梅芳接下來的反應就像在說：「既然都穿幫了，那就沒辦法了。」嘴裡發出嘆息。

「若是繼續任由事情發展下去，可能會引發爭端。閣下……我這就幫妳解開法術，妳先待著別動。」

「解開法術？雖然我不是很懂……但這樣好嗎？」

「若是不這麼做，妳會恨我們。不對，想來妳已經很恨我們了吧。」

梅芳直視我的雙眼不放，她的嘴唇微微地動了——說出「烈核解放【屋烏愛染】」。

接著我的心臟就逐漸恢復平靜。不，我並不是死掉了。而是之前隨隨便便就跳得激烈高昂的心跳已經變回原樣。

我還看看翎子，站在那邊的是一位很普通的少女。

確實很漂亮。那楚楚可憐的容貌或許可以跟（我）這個一億年來難得一見的美少女匹敵。

可是沒來由就覺得心情高昂的感覺已經沒了，也不會覺得心臟快要爆炸。

也就是說，我好像真的在追隨捏造出來的情感行動。

「很抱歉……我是卑鄙小人，就只能這麼做。可瑪莉小姐已經沒有理由再協助我了。只要辭退不參加華燭戰爭，一切就能夠恢復原樣。」

「妳在說什麼啊。」

我朝著她靠近一步。

對了，就是這點讓我耿耿於懷。

「翎子妳不是來拜託我，希望我幫幫妳嗎？所以我才會來到天仙鄉。事到如今才對我說『已經夠了』，這樣也只會讓我困擾。如果是因為我能力不足的關係，我倒是無從反駁……」

「那個……妳並不喜歡我對吧？」

「我喜歡妳啊。」

薇兒又再次表現出想吐的感覺，於是我趕緊遮住嘴巴。

翎子則是睜大眼睛，渾身僵硬。我牽起她的手訴說下面這番話。

「妳的所作所為都是為了天仙鄉著想，是想要阻止做壞事的世快。那不是為了自己，而是為了他人所做的行動……所以翎子妳的心靈是非常美麗的。我很喜歡。」

「為什麼？為什麼妳要那麼說……？」

「因為我想要成為翎子的助力呀！」

翎子這下看似驚訝地眨眨眼睛。

她臉頰上有紅暈散開。視線左顧右盼，頭也跟著低了下去。

「可是，我畢竟……」

「根本不用刻意去操作，打造所謂的戀愛情感。我已經說過好幾次了……翎子願意來找這樣的我，拜託我幫忙。光只是這樣，就足以構成要我跟妳站在同一陣線的理由。」

「唔……!?」

翎子在那之後變得面紅耳赤，什麼話都說不出來了。

至於梅芳，她的臉就好像被狐狸抓到一樣，帶著那樣的錯愕表情呆呆佇立著。

薇兒則是一副了然於心的樣子，替我們做個總結說：「事情就是這樣。」

「對可瑪莉大小姐來說，不需要動些小手腳，用真摯的心意面對反而會是最有效的。因為這個吸血鬼一旦被人拜託就會難以拒絕。」

「才沒那回事，我是屬於意志堅強的吸血鬼。」

「總而言之我們會繼續為妳們二人提供協助。雖然是那樣，妳們絕不能有非分之想。另外當作是懲罰，妳必須發動【屋烏愛染】讓可瑪莉大小姐愛上我。」

「妳才是最有非分之想的人吧!!——真是的。」

將薇兒的妄言一腳踢開，我轉眼凝視翎子的雙眸。

不知道為什麼，她慌慌張張地別開目光。

我換個角度繞過去偷看她的臉。她「呀啊！」地發出一陣慘叫，接連後退好幾步。我原本以為她是討厭我的，但事實上好像不是那樣。感覺她那樣子更像是害羞到什麼都說不出來。

這時梅芳插話說了句「我說翎子」，發出充滿戰慄感的呢喃。

「妳該不會要說這件事已經反向發展了吧？自從那次的求婚事件過後，妳的樣子就變得怪怪的……」

「才不是那樣！真的不是那樣！那個……可瑪莉小姐！」

搖晃著綠色的頭髮，翎子轉過身面對我。

有一股像杏仁香氣的香味乘著風飄過來，那對純真的眼眸直直地凝視我。

「之前一直在利用妳，很對不起。雖然這樣很厚臉皮……但還是希望可瑪莉小姐能夠協助我。」

「只要妳不嫌棄，我什麼都可以幫妳。」

「謝謝……我希望可瑪莉小姐能夠贏得華燭戰爭，也希望妳能夠打倒丞相，還希望妳可以跟我結婚……啊！剛才我說那種話有點語病……當然我也知道可瑪莉小姐身邊已經有很多新娘人選了。」

「沒有啦，一個人也沒有。」

我面帶苦笑，朝著翎子伸出手。

「……但是我明白了，我們一起努力吧。」

「嗯，麻煩妳了。」

翎子回握我的手。

的確，翎子的做法或許真的算是很奇葩吧。但她會有那樣的行動，都是為了夭仙鄉著想。再說我也沒有遭受什麼損害，因此我完全沒有去責備她的意思。

再來就只要盡全力戰鬥就好。將丞相的惡行惡狀暴露出來，那樣就可以了。

就這樣，一點也不像我會有的鬥志熊熊燃燒著，碰巧就在這個時候。

「──翎子殿下，時間到了。」

就在我的視線前方。在翎子背後，有好幾個夭仙如暗影般現身。

他們身上都穿著輕飄飄的服飾。薇兒在我耳邊跟我說悄悄話，告訴我說：「那些都是愛蘭朝的使節。」

「妳們幾個是怎樣!?想要把翎子帶回去嗎!?」

我為了保護翎子，選擇擋在她前面。

衣襬還被翎子緊緊抓住。就連她指間的顫抖，我都感覺到了。

這說來奇怪──單純就戰鬥能力來考量，翎子應該遠遠強過他們才對。

這時梅芳嘴裡「哦？」了一聲，好像發現什麼事了。

「不……先等等，這些人並不是丞相的部下。」

「我們是天子的近衛兵。」立於中央的男子朝我們靠近一步。「為了替華燭戰爭做準備，天子下令要我們把翎子殿下帶回去。此事與丞相的意圖無關──這個就是可以做為證據的詔書。」

「……這的確是天子的筆跡，這股魔力也沒錯。」

「是，天子陛下希望能夠跟殿下談談。」

「我明白了。」

翎子朝著他們的所在方向走去。

她還回頭看我，朝我點頭行了個禮。一股類似杏仁的香氣再度乘著風飄過來。

「──那麼可瑪莉小姐，明天就麻煩妳了。」

「當然好。」

「翎子殿下，我們走吧。」

【轉移】用的魔法隨即發動，周遭全都被刺眼的光芒籠罩──等到我回過神，翎子和梅芳的身影已經從此地消失了。

我在橋上一個勁地杵著，同時雙手緊緊握成拳頭狀。

翎子的心情，我已經明白了。那麼為了回應這份心意，我就必須努力才行。總而言之先來想些作戰計畫，為明日做準備吧──想到這邊，我轉頭看薇兒。

「可瑪莉大小姐，大事不好了。」

眼下那變態女僕正將手放在欄杆上，眼裡遠眺著京師的風景。

接著她口中道出頗具衝擊力的事實。

「這座橋，我們該怎麼下去呢？」

在彼此相連的建築物上，並沒有附帶入口。

我們現在站的地方好像是用來當造景的「裝飾用橋梁」。

「薇兒沒辦法在空中飛嗎？」

「您覺得一般人有辦法在空中飛？」

「……那要不要跟人聯絡一下？」

「之前我抓住梅芳小姐的時候，通訊用礦石就已經全部掉光光了。」

「…………」

在那之後的時光，我是在橋上跟薇兒玩接龍度過的。

等到日落時分，總算有在京師中巡查的夭仙輕飄飄地飄過。我們兩個趕緊大叫求助，這才總算回到地面上。

《六國新聞》的情報作戰活動似乎進展順利。

在隔天的早報上，還加上了「殿下與閣下特集」這種有夠鬼扯的特集專欄。

上面是這麼說的——說我跟翎子在小的時候用手指打過勾勾，約好「以後要結婚」，成為了命運共同體。自從在天舞祭開辦前的宴會上重逢後，我們的關係便就此展開。其實直至今日，我們每個禮拜還會約會一次。

不僅如此，《六國新聞》甚至胡亂批判翎子和世快的關係。

他們是這麼說的——說翎子其實非常討厭世快，可是她又必須履行身為公主的義務，因此才被迫結婚。世快雖然是有能力的宰相，卻不是合格的婚約對象。因為他一點都不尊重翎子的心情。之前為了拆散翎子和可瑪莉，還送了刺客過去，因此引發一場騷動（這個應該是拿天竺餐廳襲擊事件來做文章的吧），諸如此類的。

骨度世快的確很受歡迎，但隨著這份報導讓越來越多人讀到，另一種意見像是「可瑪莉跟翎子配對其實也不錯啊？」亦隨之湧現。看了這種造假的新聞還覺得有譜，那些人的神經構造真是讓人無法理解。可是透過梅露可和蒂歐的街頭訪問得知，京師這邊約有三成的人都是支持「可瑪莉配對翎子」。納莉亞還說：「我們的勝算十分足夠！」

如此這般，夭仙鄉的神仙種們為了公主的伴侶話題分成兩大派。

若是要在這件事情上做個了斷，那就要透過今日的戰爭來進行──也就是華燭戰爭。

☆

這裡是夭仙鄉的宮殿「紫禁宮」──聽說要在那裡的大廳舉辦華燭戰爭。

我跟薇兒、佐久奈一起踏入會場。就在那瞬間，待在各個方位上的人全都看了過來。

糟糕，我好緊張，想去上廁所……早知道就不要喝太多水。

「我說薇兒，應該不會突然殺起來吧？」

「請您看看在座眾人的臉面，那些都是來自各國的重要人物。若是在這種地方展開殊死戰，將會引發重大問題。」

「請妳不用擔心，我會保護可瑪莉小姐的。」

佐久奈說完摸摸我的背。

這女孩實在太善解人意了。雖然她昨天好像還失去理智變得很凶暴，但那好像是我錯看她了。佐久奈果然就是清純派的美少女沒錯。

「話說回來，納莉亞去哪了？」

「克寧格姆大人跟第七部隊已和我們分頭行動。可瑪莉大小姐您只要專心痛宰丞相就好，不用去擔心其他的事情。」

「——這不是黛拉可瑪莉嗎！我一直都很期待華燭戰爭喔。」

這個時候突然有人朝我說話，於是我就轉過頭。

那是有著銀白色頭髮的少女——普洛海莉亞・茲塔茲塔斯基就站在前方。在她身旁的那位，是來自拉貝利克王國的莉歐娜・弗拉特，就連她也在。她的尾巴搖來搖去，眼睛還睜大了。

「黛拉可瑪莉！妳這身衣服好棒喔！感覺很有氣勢喔。」

「衣服？喔喔……」

順便說一下，不知道為什麼，我被迫穿著新郎裝。梅芳說翎子要當新娘子，才要我配合穿這套。不過這個比起女生的洋裝，行動上更加方便，其實還可以啦。

「話說才十六歲就要結婚，讓人好訝異啊。連我都沒有這樣的對象……」

「感覺普洛海莉亞這一生都沒辦法結婚呢！」

「妳煩不煩。比起結婚，我還有一堆需要優先處理的事情。再說妳又是怎樣啊？該不會是把自己的事情束之高閣，卻跑來嘲笑我？」

「咦……？我、我當然有交過一兩個男朋友啊……？」

「在貓的王國中，好像沒什麼倫理觀念呢。拜託妳要撒謊就撒得更精細更聰明些。」

這兩個人的感情意外地融洽呢。好羨慕喔。

接著普洛海莉亞又說：「對了，黛拉可瑪莉。」並朝我看了過來。

「妳要小心注意丞相陣營的動向，但我想這也用不著提醒妳了吧。」

「這我都知道啦。為了避免那些人對翎子做出奇怪的事情，我會努力的。」

「丞相本人雖然是其中一位，但是我的直覺一直在跟我耳語，說『還有更危險的傢伙潛伏其中』。」

「是說還有比世快更變態的人在嗎？雖然有那樣的人在，一點都不奇怪。」

「我才剛來到夭仙鄉，還沒辦法掌握全貌。就連妳是基於怎麼樣的想法挺身而出，成為愛蘭翎子的結婚對象候補者，我也無從判斷。就讓我暫時隔岸觀火吧。」

普洛海莉亞說完便瀟灑離去，蒂歐則是發表抗議宣言：「我那可不是在說謊喔!?都是真的喔～!?」沿路追隨她的背影離去。

普洛海莉亞足以跟稀世賢者媲美，頭腦很好。也許她能看見其他人看不見的地方——就這樣，正當我胡思亂想到一半。

「——啊啊！黛拉可瑪莉・崗德森布萊德將軍！歡迎妳來！」

「世快……！」

此刻在會場前方。有一個男人誇張地張開雙手，同時靠了過來。

四面八方都傳出歡呼聲。有些天仙發出像是可瑪莉隊呼的高亢呼喊，放聲大喊：「丞相！丞相！丞相！」不管是在哪個國度裡，受到歡迎的人大概都是那個樣子吧。

「原本以為妳會怕我怕到逃走！哎呀不得了，『蛋包飯大魔王』這個稱號還真是當之無愧呢！妳就這麼想要擁有翎子啊？」

「那……那是當然的！就算神明允許你跟翎子結婚，我也不允許！」

「這是為什麼？我明明就這麼愛翎子。」

「滿口胡言！翎子又不喜歡你！她本人的心情才是最重要的吧!?」

「那妳說說翎子喜歡的人是誰？」

這下我說不出話來了，周遭其他人都在對我行注目禮。

感覺丞相似乎在嘲笑我——像是在說「哎呀呀，妳是不是怕了？」，帶著那樣的表情，居高臨下地看著我。隨便怎樣都好了啦。反正這次的作戰計畫就是要這樣。

再來我就用食指對準丞相，說出下面這番宣言。

「翎子喜歡的人——是我！是黛拉可瑪莉・崗德森布萊德！所以我要搶走翎子！才不會把翎子交給你這種人！」

就在那瞬間，會場頓時陷入沉默。可是很快的，熱度一口氣爆發。

唔喔喔喔喔喔喔喔喔喔喔喔喔喔喔喔喔喔喔喔喔喔喔!!可瑪莉!!可瑪莉!!可瑪莉!!——拍手跟喝彩聲席捲而來。這些身為蒂歐部下的水豚在會場中四處橫衝直撞。薇兒和佐久奈則酷似被靈異照片拍到的怨靈，撞見她們用那種表情看著我，不免令人印象深刻。

「——吶哈哈哈！是嗎是嗎！妳果然是很熱情的人呢！但就不知道她本人是怎麼想的了？翎子。」

丞相的雙眼看向會場入口處，我也追隨他的動作轉頭看過去。

那裡站了一位新娘子。身上穿著不像是夭仙鄉風格的純白新娘禮服，這個翠綠色的少女——她正是愛蘭翎子。女孩羞紅了雙頰，一直不發一語。這種惹人憐愛的樣子更是為她楚楚可憐的形象加分，而且是加分到不行。如果梅芳沒有幫我解除烈核解放，我早就死了吧。就連如今的我都在那瞬間差點心臟爆發。

「……咦？為什麼翎子會穿成那樣？」

©riichu

「說這種話也太奇怪了。等到華燭戰爭結束，當下將會舉辦結婚典禮，穿成這樣是理所當然的吧？」

懂了懂了。如果是那樣，那就不奇怪了。

話說回來，翎子好可愛。可愛到我都不由得看到痴迷的地步——接著我們不經意對上眼。那對紅色眼眸不停凝視著我，她還用小到像是蚊子拍翅聲的聲音說了聲「加油」。可能是因為太害羞的關係，光是做這些就已經來到極限了吧。可是她的心意已經讓我十足感受到了。

「——世快！我一定會把翎子贏過來！」

夭仙鄉的丞相骨度世快再度開口時，臉上浮現像是壞蛋角色才會有的笑容。

「那就開始吧，展開屬於我們的戰爭。」

☆

「上級障壁魔法【無形之牆】。」

那些聽命於天子的近衛兵紛紛發動魔法。像是要把我跟丞相關起來，創造出一個「用隱形牆劃分開來的空間」。我還在牆壁上「啪噠啪噠」地摸來摸去，可以聽見外側的聲音——但是要自由出入好像沒辦法。

「這是為了防止有人舞弊，可別怪我。」

當時世快優雅地喝著紅茶，開口補上這麼一句。在這個封閉的空間中，就只有我跟世快兩個人。

不管是薇兒還是佐久奈，甚至是那些觀眾，他們都只能在牆壁外側守望。

我待在南側，丞相位在北邊。東邊（牆壁外）有身上穿著新娘服的翎子在，再來是西邊（這裡也在牆壁外），那裡站了軍機大臣蘿莎・尼爾桑彼。在更外側的地方還排放了大量的椅子，那裡的觀眾正陷入大騷動。

「那就來說明一下規則吧！麻煩妳了，尼爾桑彼卿。」

「知道了。」

看樣子尼爾桑彼是要負責當裁判的。跟她唱反調的人，是待在我背後的薇兒。

「請先等一下。那個女人應該是丞相那邊的人，這樣很不公平。」

「哎呀呀，這就叫做杯弓蛇影喔，薇兒海絲。說到華燭戰爭的結果，那可不是裁判能夠決定的，而是愛蘭翎子自己要出面決定。」

「可是——」

「再說決賽內容並不是我們來定的，而是天子陛下跟近衛兵決定的。這部分可是沒有丞相府勢力介入的餘地，大可放心。」

尼爾桑彼隨隨便便把薇兒應付過去，接著就開始展開說明。

「那接下來——規則很簡單。先把『LP』用完的人就算輸了。」

「LP?那是什麼。」

「是翎子點數的簡稱。」

我是真的很想問這是什麼鬼東西……

「接下來將會進行三場和愛蘭翎子有關的勝負。第一場戰鬥是『翎子熟悉度問答戰』，第二場戰鬥是『翎子心意問答戰』，再來第三場戰鬥是『國民投票』。在這些戰鬥的勝負趨勢帶領下，原本訂定的LP將會受到削減，而且那只會減少不會增加。換個說法，說這是生命點數也行。」

原來如此，我完全不明白。

「等到三場戰鬥都結束了，還保有比較多LP的那一方就會獲得跟翎子殿下結婚的權利。還有一件事，那就是LP一旦歸零，當下就算是輸了。」

換句話說，視情況而定，也有可能不會展開第二回合或第三回合戰鬥是吧?

「……應該不包含任何物理性的對決吧?」

「說這話還真有意思呢，崗德森布萊德閣下。若是比試內容包含這個，那不就對妳過分有利了?丞相對上【孤紅之恤】可是束手無策呢。」

「哇哈哈哈!就是啊!只要我拿出真本事，世快瞬間就會變成番茄醬!」

尼爾桑彼這個時候笑得跟個幽靈一樣。看到她露出那樣的表情，我覺得自己的心好像被削弱了。這個人……該怎麼說，感覺她跟納莉亞、迦流羅和普洛海莉亞是類型上正好相反的那種人。雖然是那樣，跟絲畢卡這種邪惡的人又好像有些許不同。

「啊——太好了！若是直接把世快秒殺，我也會睡不著覺呢～」

「可是沒有鬧出人命好像缺乏緊張感，於是我們決定稍微增添一點樂趣。」

那個跟死人沒兩樣的視線朝我直逼而來。

「等到ＬＰ歸零，那瞬間設置在你們兩人頭頂上的炸彈就會爆炸。」

「啊？」

我下意識抬頭看天空，那裡有像是黑色球體的東西飄浮在空中。

「……咦？剛才說什麼？炸彈？」

「對，那是能夠讓半徑一公里內都轉變成焦土，蘊含相當威力的魔力炸彈。但你們可以放心。威力不至於炸破這層防護牆，不會對周遭造成傷害，頂多只會讓妳的肉體炸個粉碎而已。」

「蛤啊啊啊啊啊啊啊啊啊啊啊啊啊啊啊啊啊啊啊啊!?」

這傢伙……這傢伙在想什麼啦!?在沒有魔核的地方被炸得七零八落，那就死定了啊!?不對就算有魔核在好了，我也不想被炸到粉身碎骨啦!?

「喂尼爾桑彼！現在馬上把那個東西撤掉！」

「哎呀這位將軍，該不會是害怕了？人稱殺戮霸主的大人物，莫非是感到恐懼了？」

「才……才不是那樣！若是我獲勝的話，看到世快爆炸了，我會睡不著啦！」

「那些我全都無所謂喔！沒有比賭上性命作戰更甜美的東西了！來吧崗德森布萊德將軍！快跟我展開華麗的愛之戰！」

「這傢伙……仗著他自己有魔核就那樣……！」

「正所謂『虛懷若谷』啊——這沒什麼好謙虛的。妳不是擁有強大的力量嗎？只要使用烈核解放，這點程度的炸彈也能抵擋吧？其實這也沒什麼，我們並不是想要殺人。只是不稍微搞點爆炸場面，好像就不夠有趣？」

聽妳在亂講，也不想想我是帶著什麼樣的心情面臨這場戰鬥。

可是我不能在這個時候灰心喪志。再說若是真的有什麼事情發生，薇兒也會來救我才對。

當我回過頭，我看到那個女僕面無表情又滿是信心地豎起大拇哥。我就先對她保持信心好了。若是我真的死了，那都是妳的錯。

「……我知道了，尼爾桑彼。可是我也很擅長靠智力作戰，本人可是不會炸掉的。」

「哎呀，看來有誤解產生，讓我訂正一下。這次的戰鬥不是要靠智慧取勝，而是『熱情之戰』——百聞不如一見。我們趕緊開始吧。」

尼爾桑彼再度開口時，順手替她的香菸點火。

「最先開始給予的ＬＰ，雙方各有兩千點。至於第一場對決的比試內容是——『翎子個人情報機智問答』。」

突然間就來個可疑對戰。

那些近衛兵在翎子前面準備一張長桌。上面還排放了六張卡片。分別寫了以下這些文字。

〈一．假日的興趣……兩百點〉

〈二．小時候養的貓叫什麼名字……兩百點〉

〈三．喜歡吃的東西……四百點〉

〈四．五歲生日那年父親給的禮物……四百點〉

〈五．喜歡的人……六百點〉

〈六．身高和體重……六百點〉

「我們已經事先請翎子殿下準備這幾個問題的答案了。只要你們交互猜出答案就可以，是很簡單的問答題。卡片正面寫了問題，背面記載答案。若是翻過去之後，答題者的答案跟翎子殿下的答案一樣，那就是說對了。雙方的回答權利分別都有三次。答對的卡片會被處理掉。若是答錯了，只要還擁有回答的權利，要挑戰幾次都可以。」

「那這個數字是什麼？」

「答對的時候，可以從對方手上奪走的點數。雖然是搶奪，但並不會加到搶奪者的身上。另外還有一點，那就是翎子殿下不可以說話。若是她給予暗示就麻煩了。」

「咦!?那個……唔——！」

原本人就坐在椅子上的翎子被迫戴上口枷。

做這種事情未免也太過分了。我原本還想說她會偷偷告訴我答案！

「喂薇兒!?這下糟了啦！我對翎子的事情一點都不瞭解！」

「不就是為了瞭解她，昨天才去約會嗎？」

「是那樣沒錯！但這麼細微的個人情報，我怎麼可能知道!?」

「那麼說也對。若是對象並非翎子大人，而是跟我有關的，可瑪莉大小姐就能毫不猶豫作答了。不只是身高體重而已，就連三圍應該都能答得很完美。」

那些我都不知道啦。還沒有把這句吐槽加進去，尼爾桑彼就取出看起來像是硬幣的東西，接著她直接用手指彈起那個東西。硬幣轉了好幾圈，畫出一條拋物線落到地面上。

上面那一面刻著謎樣文字「骨」。

「骨，意思就是先攻者為骨度世快——丞相可以先回答。」

「吶哈哈哈哈！那我們就趕快來優雅地一決勝負吧！」

看樣子也沒在管我方不方便，這場對決已經開始了。

丞相的視線在桌子上遊走，他還做出像是在思考的樣子，嘴裡發出「嗯～」的聲音。

咦……？這樣是不是對我超級不利的……？因為世快跟翎子一起度過的時光比我還長吧？我對翎子的事情一點都不瞭解啊……？

「可瑪莉大小姐，您有答得出的項目嗎？」

「一個都沒有……不對，或許是有一題啦……」

「希望能夠避免被人奪走六百點。我們原本擁有的點數就只有兩千點，那將會成為致命傷。」

我想這部分應該沒問題吧。他應該很難對地雷題〈喜歡的人〉出手。至於〈身高體重〉這方面，世快不可能知道。若是他真的知道，那就是變態了。

「我決定了！就挑第六題〈身高體重〉來回答吧！翎子的身高是一百四十六公分！體重是四十點七公斤！」

「原來你是變態喔!?」

「連小數點都一致。答對了，丞相。」

「我看你真的是變態吧!!」

就在卡片背面，記載的答案與世快回答的內容一模一樣。

觀眾席那邊揚起歡呼聲，感覺這些客人好像也怪怪的。

翎子弄到臉都紅了，陷入渾身僵硬的狀態。我當下怒火中燒，用雙眼瞪視世快。

「你……你這傢伙！將他人的隱私情報暴露出來，虧你還能這麼心平氣和!?」

「吶——哈哈哈哈！翎子原本就是屬於我的！將所有物的資料公開，不覺得持有者具備這樣的權利嗎？」

「聽你在鬼扯！就是因為有你這種變態存在，這世界才會變得越來越奇怪！」

「妳先冷靜一點，崗德森布萊德將軍。另外剛才那題已經讓妳的ＬＰ減少六百點了。」

「什麼……」

不知道是什麼時候的事情，會場前方早已架起一座巨大的螢幕。

〈世快：兩千點　黛拉可瑪莉：一千四百點〉

怎麼會這樣——當我為此苦惱抱頭的瞬間，我感覺頭頂上好像有什麼東西在動。是炸彈隨著ＬＰ的減少下降了，死亡的腳步逐漸逼近。我現在很想夾著尾巴逃走。

「這下該怎麼辦，薇兒!?若是爆炸了，我到時候真的會死翹翹啊!?」

「我這裡有【轉移】用的魔法石。」

「幹得好！把那個東西給我！」

「但是有看不見的牆壁在，沒辦法交給您。」

「啊啊啊啊啊啊啊啊啊啊啊啊啊啊啊啊啊啊啊啊啊啊啊!!」

我都忘了這傢伙是讓人空歡喜的高手。可惡。

「崗德森布萊德將軍，接下來輪到妳了。」

「嗚咕……」

在尼爾桑彼的催促下，我看看剩下那五張卡片。

都是些讓人無法推測出答案的題目。不知道翎子的興趣是什麼。人是不可貌相的，所以我沒辦法隨便下定論。例如薇兒看起來是那樣，興趣卻是飼養甲蟲。

既然這樣，我剩下能選的選項就只有一個。

「……那我選第五題〈喜歡的人〉。」

「喔！這張卡片可是直接切中華燭戰爭的核心呢！翎子究竟寫了什麼樣的答案，讓人很好奇喔！若是寫了我的名字，我會很開心的！」

「那是不可能的吧！答案是——」

我偷偷看翎子那邊。她的臉都已經紅到可以凌駕蘋果了。

我懂。那種心情我懂。如果換成是我處在妳的立場上，我應該已經用指甲抓遍全身死在那裡了吧。虧翎子能夠懲得住。

可是妳很想贏得勝利對吧？想要跟我結婚對吧？

既然這樣，答案就已經有定論了。我的手緊緊握成拳頭狀，嘴裡大喊出聲。

「——答案就是『我』！翎子喜歡的人是『黛拉可瑪莉・崗德森布萊德』！」

「很遺憾。答案是『母親』。」

「……………」

咦？母親？母親是那個母親嗎？

是喔原來是這樣啊。嗯——原來翎子很喜歡媽媽。

「吶哈哈哈！難道說崗德森布萊德將軍——妳太過自戀了!?」

「不……不是那樣啦啦啦啦啦啦啦啦啦!!」

我流著眼淚號叫。身體裡面的血連一公合都不剩，全都快要沸騰起來。翎子透過目光對我說：「對不起對不起。」向我道歉。若是我設身處地站在她的立場上來思考，就能得出答案了。若是有人叫她說出喜歡的人，哪有人會傻傻地把意中人的名字寫出來啊？如果是我的話，一定會基於害羞寫個無傷大雅的答案。不對，還是先等等。好歹我名義上算是翎子的婚約候選人啊。都已經是這樣了還感到害羞，這該如何是好啦。一般來說都應該寫我的名字啊。既然妳想要贏，那妳就要忍辱負重寫上黛拉可瑪莉・崗德森布萊德才對吧!?

「好可惜呀，可瑪莉大小姐。看來您被人甩了。」

「別說得那麼開心啦!!這樣情況一下子就變得對我很不利耶!?」

「那麼接下來又輪到丞相了。」

這時尼爾桑彼毫不留情地宣告。我不行了。我完全不懂翎子的心情。還有我現在全身上下熱到好像跳進活火山的噴火口一樣。照這樣下去，我平常清晰的思考能力根本就發揮不了。

「我看看……那就第三題〈喜歡的食物〉！是白菜！」

「答對了。」

「什麼……!?」

我還深陷於懊惱之中，世快卻逐步將那些題目答對。是說原來翎子喜歡白菜喔!?那種答案我根本不可能猜得到啊!?下次妳還是帶我去白菜料理很好吃的店鋪好了!!——當我正在想這些的時候，螢幕上的顯示畫面也切換了。

〈世快：兩千點　黛拉可瑪莉：一千點〉

當這樣的轉變出現，炸彈也跟著慢慢降了下來。看來我擁有的時間已經所剩無幾。

「可瑪莉大小姐，您還好嗎？」

「我已經不行了……總之我得先想出翎子的興趣……」

「目前我正在看教科書，學習面相學。希望能夠透過翎子大人的表情猜測出她的想法。」

「原來妳現在正在學喔!?」

「她有端正的鼻梁，淡淡的眉，一對生著雙眼皮的大眼——都分析完成了。翎子大人的興趣是掀裙子。」

「不可能是那個吧！！！！！」

「沒什麼好擔心的，可瑪莉小姐。如果是翎子小姐的個人情報，我都已經弄到手了。」

將薇兒推開，佐久奈來到前方。我不由得歪過頭。

「妳弄到手了?這是什麼意思……?」

「雖然我不希望可瑪莉小姐跟翎子小姐結婚，但我也不希望可瑪莉小姐炸死。所以我也要跟可瑪莉小姐一起作戰。」

「佐久奈……!佐久奈果然是心地善良的美少女——!」

我好感動。跟那個想透過謎樣面相學把這裡搞到雞飛狗跳的變態女僕截然不同。

而且截然不同的不是只有心善而已。我發現她的眼睛好像還在瞬間發出紅色光芒。

「可以選第四題……〈五歲生日那年父親給的禮物〉。根據我的調查，翎子小姐好像拿到了懷錶。」

「妳為什麼會知道？」

「不會有問題的，請妳相信我。」

「那樣不對，可瑪莉大小姐！請您要相信我！是掀裙子才對！」

我實在不懂。雖然我搞不懂，但我應該要做的選擇早就已經有了定論。

「來吧崗德森布萊德將軍，接下來輪到妳了。」

「嗯、嗯嗯——我選第四題！翎子是從父親那邊得到懷錶！」

我還偷偷看翎子那邊。那對紅色的眼睛睜大了，也就是說——

「——答對了，將軍妳還真清楚呢。」

唔喔喔喔喔喔喔喔喔喔喔喔!!可瑪莉!!可瑪莉!!可瑪莉!!——那些來自姆爾納特和阿爾卡的外交使節開始喊起謎樣的可瑪莉隊呼。卡片背面確實有用翎子的筆跡寫著「懷錶」。

「吶哈哈哈！這還真是讓人訝異！但我也知道懷錶的事情！」

「少在那輸不起了！最瞭解翎子的人可是我！」

正面螢幕上的顯示內容轉變成〈世快：一千六百點　黛拉可瑪莉：一千點〉。同時世快頭頂上的炸彈也稍微往下降了。

我這下才鬆了一口氣。總而言之已經成功削減對手的ＬＰ了，但是——有一點令人在意，為什麼佐久奈會知道翎子生日拿到什麼禮物？

「欸嘿嘿，其實我發動過烈核解放。」

彷彿能夠看穿我的心思，佐久奈在這時開口了。

她臉上笑咪咪的，而我卻莫名感到微微發寒。

「……嗯？妳剛才說什麼？」

「我用了【星群之迴】，去把人殺了。」

「……………………………………」

佐久奈的烈核解放是一種破天荒的特殊能力，能夠殺掉他人閱覽記憶，甚至是竄改。

該不會，該不會，該不會真的是那樣——

「——大事不好了，丞相!!」

突然有一群身上穿著官服的夭仙呈雪崩之勢衝進會場。就在這個時候，我心中只剩不祥的預感。我都還沒有做好心理準備，站在最前面的那個男人就帶來下面這段情報，這簡直跟炸彈沒兩樣。

「天子陛下他——！他好像被某個人暗殺了！」

現場頓時群起譁然。

這也難怪。說到天子，他就是翎子的父親吧。是夭仙鄉這邊地位最高的偉人對吧。這樣的人被暗殺，那肯定是足以動搖國家的重大事件。

「你們冷靜點！這個消息是真的嗎!?應該不是被人用神具殺掉了吧!?」

「恐怕是被人赤手空拳貫穿腹部的，而且陛下的遺體旁還放了威脅信……應該是犯人留下的吧。」

「這是在耍我們啊！那上面到底寫了什麼!?」

「這……上面寫著『每隔十分鐘就會讓宮殿中安裝的炸彈爆炸一次』。」

這下連整座會場都跟著陷入混亂。

來自各個國家，那些形形色色的大人物開始竊竊私語密談起來，在這之中甚至還有人恐懼到面色發青。待在牆壁旁邊的普洛海莉亞則是喝起果汁，似乎覺得事情很有趣，嘴裡發出一聲「哦？」，人還在那邊笑著。翎子則是不明所以地僵在原地。

然後——我看見世快原本泰然自若的表情出現了些許裂痕。

「犯人那邊已經有眉目了嗎？」

「一切都還不清楚，可是間接證據顯示……」

不知為何，那些夭仙開始注視我。喂，喂喂，先等一下，還不確定是我們做的吧？並沒有出現相關證據不是嗎？

「我說薇兒，我看不太懂耶。」

「殺掉天子的人就是梅墨瓦大人。」

「為什麼要做那種事情？」

「是我拜託她的。這次完全沒有留下任何證據。最起碼應該不至於在華燭戰爭舉辦期間穿幫。而且第七部隊的作戰行動也才剛展開——」

我彷彿聽見遠方有打雷的聲音。

緊接著就是如地震般的衝擊來襲，「喀啦喀啦」地襲向會場。到底發生什麼事了？——正感到疑惑，又有別的夭仙連滾帶爬地跑了進來，看那氣勢都要把門直接踢破了。

「大、大事不妙啊，丞相！在西側離宮那邊發生爆炸事故！」

啊——啊，一切都完了。

我看我也只能笑了吧（笑）。

「……喂薇兒，這些恐怖行動跟華燭戰爭有什麼關係嗎？」

「我們有兩個目的。第一個是要協助克寧格姆大人。為了讓他們將丞相幹過的壞事公諸於世，我們要爭取時間。換句話說，只要讓夭仙鄉的首腦陣營都將注意力放在宮殿這邊，我方人員會比較好行動。」

「那另一個目的呢？」

「我們要給丞相來點震撼教育，這是為了讓他失去冷靜判斷的能力。」

薇兒接著又說：「那麼可瑪莉大小姐。」一雙眼睛目不轉睛地直視我。

「請您就像平常一樣發揮出將軍該有的氣勢，再做出下面這番宣言。就是這些話……」

話說到這邊，薇兒開始在我耳邊說起悄悄話（雖然中間還隔著看不見的牆）。

此時世快用頗為忌憚的目光看著我們。

「……崗德森布萊德將軍，我想應該不至於，但妳們該不會要對夭仙鄉使些壞伎倆？妳到底明不明白？若是鬧那些事穿幫了，事情可就嚴重囉？到時可就不只是失去翎子的婚約者資格那麼簡單。」

「那又怎樣，我要做什麼是我的自由。」

當下狀況已經由不得我在那邊說三道四發牢騷了。

我盡量擺出很有七紅天風範的笑容，並輕聲低喃。

「話說回來，世快。你不去宮殿那邊看看行嗎？你是丞相吧？不覺得用自己的眼睛親眼確認一下案發現場或事故現場是很重要的嗎？」

「什麼……難道妳……！尼爾桑彼卿！」
「哎呀，稍安勿躁，丞相。一旦從這個牢籠中離開，你就會喪失資格喔。」
「話雖這麼說，尼爾桑彼卿！」
「規則就是這樣，一開始就已經說過了吧？」
「唔……！」
世快額頭上浮現出汗水，眼裡睥視著我。
好可怕，我快要尿褲子了。可是尿褲子會很難看，於是我拚命忍住。
「原來如此，我還挺驚訝的……！原來是不希望我把注意力放在華燭戰爭上，而是改放在宮殿騷動上是嗎？但妳們可別以為事情有這麼容易。」
接著世快就拿出通訊用礦石，飛快對幾個人下了指示。
最後他又恢復原本那種從容不迫的樣子，人坐到椅子上。
「我把外面的軍隊叫回來了。整起事件的調查就交給他們吧。來吧，我們繼續打這場華燭戰爭吧，將軍——只不過在決勝負之前，妳可能就會先被逮捕！」
對方露出奸詐的笑容，嘴裡還高聲喊道：「我選第一題，〈假日的興趣〉！是盆栽！」
他答對了。我的ＬＰ又被狠狠地削減。可是世快並沒有察覺——他恐怕已經被第七部隊的變態策略算計到了。

☆

「——夭仙鄉這邊有三個將軍，第一部隊的愛蘭翎子正在參加華燭戰爭。第二部隊隊長人在核領域那邊，目前正被雷因史瓦斯絆住。」

「印象中好像是哥哥找他們打娛樂性戰爭吧？」

「說對了。為了讓京師這邊的守備變得更薄弱，他要拖延這場戰爭，讓那支部隊晚點回去——再來是第三部隊，他們是星辰廳的護衛，現在好像正朝著宮殿發兵。」

有些夭仙從星辰廳那邊消失了。夭仙鄉在六國之中是最不重視武力的國家。尤其是當今丞相骨度世快，他幾乎把所有的軍事費用都都拿去花在社會福利政策上，據說也是因此才廣受人民支持。換句話說，這個國家的戰鬥能力是很不足夠的。因此想要派人來護衛宮殿，他們就必須讓祕密實驗場的戰力也奔赴現場。

在透過望遠鏡觀看的同時，納莉亞的嘴角也跟著上揚了。

「這下子他們就有漏洞了，我們趕快去看熱鬧吧。」

「明白！我會保護納莉亞大人。」

「請問！真的……可以擅自闖入嗎!?」

「妳在說什麼啊，艾絲蒂爾。既然都沒有警備人員在，那就表示進去也行吧？」

「可是上面寫著禁止進入啊？我們這樣是非法入侵耶……!?」

「妳到底是多麼乖的乖寶寶啊!?有必要去體諒敵人嗎——！」

「哇!?——啊哈哈哈哈哈哈哈！拜託不要搔我癢啦——!?」

「納莉亞大人，現在可不是跟那個吸血鬼玩的時候。」

凱特蘿臉頰都鼓起來了，她拿出魔法石。這是可以用來建構【轉移】用「門」的東西。

「是不是把這個設在裡面就可以了？」

「對，找個一瞬間能夠馬上看出敵方奸計的地點就好。」

納莉亞把艾絲蒂爾放開了，臉上還帶著充滿算計的笑容。目前參加華燭戰爭的賓客都集中在特定地點了。也就是說——他們將能夠成為揭露丞相惡行惡狀的證人。

☆

看來佐久奈真的把天子殺了。她的建議還真的是徹徹底底救了我的命。

「我選第二題，〈小時候養的貓叫什麼名字〉！雲雪！」

「答對了。」

賓客席那邊傳出歡呼聲，而且人們再次高呼「可瑪莉」。

卡片背面確實寫著「雲雪」。真不愧是【星群之迴】，讀取他人的記憶毫不費力——但即便是這樣，我依然覺得不踏實。

因為會場外有很多人跑來跑去的聲音。

天仙鄉政府這邊簡直是疲於奔命，都怪第七部隊那幫人大肆搗亂才會這樣。

「梅拉康契大尉跟我們聯繫了，接下來好像要炸掉宮殿南方的建築。」

「別若無其事發出恐怖攻擊預告啦。」

「沒問題的，又不會被抓。他們可是專業恐怖分子。」

「怎麼能夠容忍這種專家存在!!若是之後被人逮到證據，這一切都沒有意義了吧!?」

「還是有意義呀，可以暫時將丞相困在這邊。」

對於女僕的這番話，我可是一丁點都聽不懂。

這樣下去，夭仙鄉那邊的人晚點會氣到不行，把我殺掉吧。是說被殺掉之前，我還有可能先被炸死。依我看橫豎都是死——於是我嘴裡開始發出乾笑聲。

「第一輪對戰結束，看來是丞相占了優勢呢。」

螢幕上顯現出來的數字令人絕望。

〈世快：一千六百點 黛拉可瑪莉：八百點〉

人家得分是我的兩倍。若是繼續這樣進展下去，我一定會輸掉。會場上那些人你一言我一語地說著：「閣下是不是糟糕了？」「果然還是丞相比較配得上殿下吧。」「我都已經在閣下身上押五萬梅爾了……」別擅自在那賭博啦。也為我設身處地想一下吧。

另外還有一件事，就是他們大部分的人好像都對宮殿爆炸事件漠不關心。感覺在修羅世界中存活過一段時間的人，基礎精神構造好像跟我很不一樣。

「可瑪莉小姐…………！妳還好吧!?」

這時翎子忽然跟我說話，好像有人幫她把口枷拿下來了。

「就為了我這種人……害妳有了這麼恐怖的體驗……若是不喜歡這樣，妳明明也可以逃走的。」

難道是我害怕炸彈的事情被她發現了？話說翎子是不是已經注意到了，知道我其實弱得可以？就算是那樣好了——這些也無關緊要。

「沒事的，我不會逃跑。」

「可瑪莉小姐……」

「就算不知道妳的興趣和喜歡的東西是什麼……我還是十分清楚，知道妳很想拯救夭仙鄉。所以我一定會贏過眼前這個變態。」

翎子當下雙頰都紅了，一副難為情的樣子。賓客席上的那些人「嗶——嗶——！」地吹起口哨，送上拍手喝采。感覺那些人就是來華燭戰爭這邊看熱鬧的。

「果然厲害，崗德森布萊德將軍！是說養的貓叫什麼名字，就連我都不曉得呢！」

世快這時換上詭異的笑容，兩隻手不停拍著。我看他內心裡肯定很討厭我，都把我當蛇蠍看待了。可是這個時候我要表現得像個殺戮霸主，還是先來虛張聲勢吧。

「哼！這點程度的小事當然沒問題！就你那種變態計謀，看我把它粉碎殆盡！」

「可是論LP好像是我這邊比較多吧。」

「唔……」

「換句話說，以目前這個時間點來看，是我跟翎子更相配！仔細想想會覺得那也是理所當然的事情——原本就是天子將公主賜婚給我的。妳才是那個企圖橫刀奪愛的小偷。」

「不准把翎子當成物品看待喔!?你名義上好歹也算是婚約候選人，那你就該更加珍惜她!!」

「吶哈哈哈！等到翎子完完全全屬於我，我再來考慮這件事！」

「你這傢伙……！」

「可瑪莉大小姐請您冷靜點，只要我們贏了就好。」

在薇兒的安撫下，我這才冷靜下來。

也對喔。一定要讓這個窮凶極惡的變態嘗嘗正義鐵拳的滋味。

「──那接下來，第一回合戰鬥，『考驗對翎子理解度的問答戰』結束了。再來我們準備召開『翎子心意問答戰』。」

尼爾桑彼說完，用她的手指「啪唧」地彈了一下。

有些夭仙現身，逐步靠近翎子。他們慎重其事搬來一個看起來像是皮帶的東西。「咦？咦？」──翎子正感到困惑，那樣東西就捲到她身上了。

「喂先等等啊!?你該不會要做什麼變態的事情吧!?」

「拜託別把人說得那麼難聽。那個是魔法道具的一種，能夠測量各種數據，例如魔力、波動、意志力，心跳或體溫等等，我們將這樣東西稱為『怦然心動測量器』。」

取那麼白痴的名字是怎樣……!?

「第二回合戰鬥是『愛的告白大賽』。接下來這兩個人要對翎子殿下坦承心意。再看看『怦然心動測量器』會出現多大的反應，來判斷該減少多少ＬＰ。」

「太莫名其妙了吧!!」

真的很莫名其妙。可是賓客席上的那幫人都一副大喜過望的樣子，還很不負責任地起鬨，嘴裡嚷嚷著：「快上啊，閣下！」「把翎子殿下變成燙熟的章魚吧！」被怦然心動測量器綁住的翎子早就已經變得跟煮熟章魚一樣，全身都紅通通的。世快則是高聲喊叫，說了一句：「好有趣啊！」

「天子陛下果然是很重視翎子的心情的！假如怦然心動測量器會對我說的話有反應，那就表示她對我有那個意思！」

「最好是啦!?那種可疑的道具根本就不值得信賴吧——」

就在那時「咻——！」的一聲，尼爾桑彼順勢丟出某種東西。那個是小刀。銳利的刀刃就好像被吸過去一樣，朝著翎子飛射過去——還從她臉頰旁邊擦過，刺到她背後的牆壁中。

「什麼……！」

我就像鯉魚一樣張大著嘴，整個人都僵住了。

就在下一瞬間——螢幕上出現「十六」這個數字。

「——心跳值是『十六』。那表示測量器有正常運作吧？」

拿起香菸在菸灰缸裡面用力壓了幾下，尼爾桑彼笑著回應。

翎子沒有受傷。可是她臉上浮現出九死一生的表情，眼眶裡也浮現淚水。

我不知道那個數字十六是怎麼算出來的——可是觀眾都不約而同點頭，臉上的表情很像在說「這下就值得信賴了」。

「妳……妳在做什麼啊!?這樣很危險吧!?」

「一點都不危險，我有控制在不會打到她的範圍內。」

「問題不是這個！就只有做這麼一點點的驗證，哪裡值得信賴了！連那些數字是怎麼算出來的都不曉得！你們現在馬上給我改掉決定勝負的方式！」

「喂喂，就算對我這麼說，我也不知道該怎麼辦啊。這些都是天子陛下決定的。若是有怨言，希望妳可以去跟陛下上奏——不過他目前已經死了。」

在我後方的佐久奈大感驚慌地道歉，開口說了句：「很抱歉把他殺了！」我的手都握成拳頭狀了，沒能說半句話。那些觀眾興奮到不行。若是繼續在這邊發牢騷，可能會讓他們反感。一旦令這些人反感，在第三輪戰鬥中，可能會對投票造成不利的影響——可惡，我怎麼能夠為這種事情感到挫折。

「真棒啊真棒，就是那種眼神！真不愧是將軍——可是第二輪戰鬥的內容對我來說是非常有利的。其實我的興趣就是鑽研詩歌。三兩下就能順口成章，說出足以打動小姑娘芳心的話語。」

這人也太有自信了。另一方面，我個人倒是一點自信都沒有。

這是因為……因為我從來不曾對其他人做出愛的告白。

相關經驗少得可以。

「先讓崗德森布萊德將軍來吧，妳要在十五秒以內訴說愛意。」

怎麼偏偏是我先上啊……我什麼都還沒想到……

羞恥跟絕望感搖撼著我的腦髓。可是那些觀眾都用期待的眼神看我。而我背後的薇兒和佐久奈也變得像壞掉的人偶一樣，面無表情凝視我。

另外——翎子則是一臉不安，看似將希望都寄託在我身上了。

現在不是在那邊喊害羞的時候了。為了拯救她，我也只能來訴說一下愛意。

「……我。」

我全身都變得好用力，拚命擠出聲音。

「……我……該怎麼說呢……雖然沒辦法好好表達……可是我想跟翎子……在一起……所以……妳能不能……跟我結婚……？」

「「「…………………………………………」」」

所有的人都好像被琥珀關起來的蟲一樣，全都原地定格。

我臉都快噴火了，而我的心彷彿有種被搗粉棍一步步搗成粉末的感覺。

但我拚命挺住了，眼裡望著翎子——

「欸嗚！」

砰呼！翎子的頭冒出蒸氣。

下一瞬間——我還以為她的心臟爆炸了。但不是那樣。是宮殿的建築物在遠方爆炸。看來是梅拉康契那傢伙已經炸好炸滿了。這群恐怖分子狀態好到不行。同時螢幕上還顯示出怦然心動數值。

一百九十五。看樣子她動搖的程度已經大過差點被小刀殺掉的那一刻。

☆

唔喔喔喔喔喔喔喔喔喔喔喔喔喔喔喔喔!!可瑪莉!!可瑪莉!!可瑪莉!!——

處女戰就擊出高分的黛拉可瑪莉獲得眾人拍手喝采，外加喊起可瑪莉隊呼。比起恐怖攻擊，對那些觀眾來說，眼前這場華燭戰爭似乎更為重要。

普洛海莉亞・茲塔茲塔斯基將雙手交叉放在胸前，一邊觀察現場狀況。

沒什麼奇怪的地方。照理說應該是沒有才對——她卻覺得有種風雨欲來感。

「呀——!!妳聽到了嗎？普洛海莉亞!?那是愛的告白呀，真是浪漫的愛情!!」

「妳好煩喔，莉歐娜。那恐怕不是黛拉可瑪莉心中真正的想法。」

「那一定是真心的啦！因為她們兩個人的臉都那麼紅啊！」

莉歐娜就好像在看很有趣的戲劇表演一樣，一直在拍手鼓掌。就連那些觀眾也跟她是一樣的。現場唯一一位擺出不悅表情的人，正是丞相骨度世快。

「挺有一套的嘛。除了能夠從事恐怖攻擊，還打算順便把我的ＬＰ歸零是嗎？」

「你……你在說什麼啊!?我可沒有發動恐怖攻擊喔!?」

「吶哈哈哈！那我倒要看看妳可以裝從容裝到什麼時候！眼下夭仙鄉的軍隊應該已經抵達了。想必馬上就能找到妳要人安裝炸彈從事恐怖攻擊的證據。」

「這還不一定吧！所以我建議你立刻投降！若是繼續參加這場華燭戰爭，你可是沒辦法逮捕那些恐怖分子喔！」

「沒那個必要！夭仙鄉軍隊第三部隊會替我想辦法的！有個吸血鬼不惜犯罪也要奪走別人的東西，我必須給她好看。能夠在華燭戰爭贏得勝利得到翎子的人——將會是我。」

普洛海莉亞一直在觀察丞相，腦袋也沒閒著。提議要打華燭戰爭的人是他。若是想要讓翎子成為自己的東西，他大可直接忽略黛拉可瑪莉的存在。

『——普洛海莉亞大人，看來從事恐怖攻擊的，還真的是姆爾納特帝國軍的人。』

透過通訊用礦石，比特莉娜的聲音傳了過來。她一直在宮殿那邊當間諜。

『目前夭仙鄉軍隊還沒有掌握犯案人的真實身分，但遲早是會穿幫的。首先，第七部隊的所作所為算是過於偏激。再說有個很像饒舌歌手的男人還在那邊跳舞挑釁。』

「原來如此，多謝。麻煩妳繼續監視。」

『遵命。』

通訊到這邊切斷。假如比特莉娜說的都是真的，那麼第七部隊那邊可是還沒「認真」起來。

「唔。」

這時普洛海莉亞突然察覺到一絲異樣。

那是來自軍機大臣蘿莎·尼爾桑彼。這個黑衣女子擺出跟屍體沒兩樣的笑容，接著開口。

「那接下來輪到丞相出招了。」

「好！我就說一句——」

☆

「——翎子，成為我的人吧。」

對方就只有說了這麼一句話。

我覺得很困惑。只是口頭上簡單說了這樣一句話而已，不可能打動翎子的心。

再說翎子也不喜歡世快。冷靜下來想想，會覺得這場對決對我好像太過有利了——

原本還這麼想。

不料螢幕上卻出現「二〇二」這串數字。

……咦？怎麼會？發生什麼事了？

「吶哈哈哈！看樣子翎子果然很想成為我的人呢！」

「蛤啊啊啊啊啊啊啊!?」

唔喔喔喔喔喔喔喔喔喔喔喔喔喔!!丞相萬歲!!丞相萬歲!!丞相萬歲!!——那些夭仙開始騷動起來。這太莫名其妙了。我的手不停發抖。

〈世快：一千四百零五點　黛拉可瑪莉：五百九十八點〉

LP又減少了。炸彈離得更近。

我有種被人背叛的感覺，帶著那樣的心情看翎子。她則是驚訝地睜大雙眼，嘴裡沒說半句話。

「喂翎子!?妳怎麼會被世快的話打動啊!?」

「不……不是的！是那些數字擅自……」

「妳怎麼了，翎子!?難道妳真的願意跟世快結婚!?前陣子跟我求婚都是騙人的嗎……!?」

「但是剛才可瑪莉大小姐跟人求婚也是假的吧。」

「那個！怦然心動測量器……或許壞了……」

「沒有壞掉！說到怦然心動測量器這種魔法道具，它可以檢測出當事人都沒有察覺的深層心理變化──肯定是翎子內心深處的願望洩漏出來了吧。」

「天底下哪有這麼鬼扯的事情啊!!」

「妳想要鬼吼鬼叫都隨妳吧，崗德森布萊德將軍。但妳也該察覺自己的氣數將盡了吧？」

被世快這麼一說，我這才驚覺。我的LP還剩下五百九十八點。一個沒弄好，很有可能在第二輪決戰中就分出勝負也說不定。而那就代表我會死掉──而且還不是平常那種死。而是沒辦法透過魔核復活，將面臨如假包換的死亡。

我的牙齒開始喀喀打顫。

開什麼玩笑。我看那傢伙肯定有作弊，但我卻找不出看破的方法。我不想死，好想逃跑──這時我忽然間注意到翎子一直在望著我。

她的表情看起來快哭了。這種不公平的待遇，我看她都已經遭遇無數次了吧。這種事情是不可原諒的。那促使我體內的某種開關打開。我知道手裡握起的拳頭正在發顫，心中燃起一把勇氣之火。

──只能想辦法讓翎子為我痴迷了。

「接下來輪到我了吧。」

我做得到。應該做得到才對。因為我可是稀世賢者。

寫過《草莓牛奶方程式》、《橘子季之戀》、《黃昏三角戀》──不只這樣。我所譜寫的戀愛故事，全部加起來字數都超過百萬字了。我的腦內沉眠著足以融化翎子心靈的「力量」。

「『愛的告白大會』分別有十次機會。來吧將軍……妳就好好努力一番吧。」

嘴裡吐出白色的煙霧，尼爾桑彼笑了起來。

我要捨棄自我，拋下羞恥心，只要講出在腦海中自動生成的文句就好。重點在於完全投入，把自己當成是小說裡的角色。對了——例如在《橘子季之戀》裡登場的瑪利歐納特伯爵就滿適合的吧。沒問題的。我這個稀世賢者一定可以輕鬆駕馭。

「翎子，我從之前就這麼想了。」

我轉頭面向她，開口說了這些話。

「只要看見妳，身體就變得暖洋洋的。好像被陽光照射到一樣。只有身處在妳那溫和的氣息下，我才會感到安心吧。」

「咦？可瑪莉小姐……？」

「之前我的世界一直都是紅色的，總是在互相血洗的鬥爭之中度過一個又一個黑夜與白天——或許這樣也算是挺開心的。可是我的心卻一直很乾枯。能夠給予滋潤的人就是妳。只要跟翎子待在一起，整個世界就會染上豔麗的色彩。」

「有到這種地步……？」

「鳥兒會歌唱、花朵在發光、天空變得清澈又蔚藍。讓我發現這些的，就是妳那樸實的笑容。妳的笑臉讓我的心臟爆發了。我想要在這個美麗的世界裡，跟妳一起生活下去。所以翎子——來我身邊吧。」

「呀!?那個——可是……」

「我可不許妳說不。讓我心臟爆發的責任，妳會願意擔負吧？能夠觸摸妳那如孔雀般美麗秀髮的人，只能是我。」

「————」

啪，螢幕上的顯示畫面切換了。

怦然心動數值變成「三百二十四」。

唔喔喔喔喔喔喔喔喔喔喔喔————!!可瑪莉!!可瑪莉!!可瑪莉!!

整座會場都炸開了（比喻）。

「怎麼會有這種數值!?」「她是不是怪物啊……」「翎子殿下都暈到眼珠打轉了！」「難道閣下還有追求女孩子的才能!?」「被人那樣強勢進逼，怎麼可能不投降！」「翎子殿下遇到強勢的就不行了！」——那些觀眾開始肆無忌憚亂講話。

我已經扼殺自己的心靈了。若是不扼殺，哪有辦法做得下去。

因為……剛才我可是做出愛的告白啊!?而且那些臺詞還很羞恥，只會在小說中使用喔!?我今天晚上一定會在床鋪上尖叫，煩悶到快要死掉啊!?

「可瑪莉大小姐……我都流出血淚了……您要怎麼補償我……」

在我背後的薇兒和佐久奈都已經換上跟喪屍沒兩樣的表情。

抱歉，我不能理解妳們的心情。

「啊啊！怎麼會有這種事！翎子被沒節操的吸血鬼欺騙感情了！」

看翎子那個樣子，我說出口的追求詞句似乎發揮相當大的效果。聽到有人對自己訴說那麼羞羞臉的語句，不管是誰都會因為羞恥心作祟而變得心跳加速，一般來說都是這樣吧。

「好耶好耶！原本還當妳是只有殺伐才能的殺戮將軍，沒想到還很擅長跟人進行『情熱對決』。」

「那是當然的吧！我可是稀世賢者！」

「有趣——接下來輪到我了！」

這下換丞相轉而面對翎子大喊。

「抱歉了，翎子！」

「咦。」

「之前是我太看輕妳了！把妳當成物品看待，真的很抱歉！但那是好感帶來的反作用！其實我比任何人都要在意翎子妳。妳美得像懸崖上盛開的花——我之前那樣恣意妄為，妳都能夠包容，同時還在為夭仙鄉著想。啊啊，實在太惹人憐愛了！妳那楚楚可憐的模樣，早已奪走了我的心！」

這傢伙……!?說那些令人作嘔的臺詞輕鬆到像在呼吸一樣!!

而且嘴上還講得像對自己的所作所為有所反省——可是那騙不了我的眼睛。這傢伙追求用的文句都是透過謊言掩飾，全都是一些花言巧語。

「來吧，跟我一起打造全新的夭仙鄉吧！沒什麼好怕的！只要我們兩人在一起，不管遇到什麼樣的困難，我們都能夠壯麗地跨越！」

話說到這邊，世快伸出手，做出像是在邀約的動作。

這個男人根本搞錯了。不管他話說得多好聽，都沒辦法打動翎子的心——因為翎子打算跟我結婚。我是那麼想的啦。

「哎呀不得了，沒想到意外地打動了她的心呢。」

尼爾桑彼說話的聲音充滿惡意。我趕忙看向螢幕。

怦然心動數值是「二百一十二」——一串令人感到絕望的數字浮現出來。

「喂翎子!?妳從剛才開始就怎麼了啊!?」

「我也不知道……我不曉得！不知道為什麼，怦然心動測量器居然……」

「啊啊！嘴巴上說討厭，身體果然還是誠實的！」

目前LP呈現〈世快：一千零八十一點　黛拉可瑪莉：四百八十六點〉。糟了。這樣下去會死掉。我都還沒有把『世界蛋包飯一百選』列出的東西吃完。不對，還有更重要的，那就是翎子即將被窮凶極惡的變態騙婚，這個事實讓我難以忍受。於是我放聲大喊。

「翎子，妳快清醒過來！不能被那個變態說的話矇騙啊！能夠給妳幸福的人就只有我！若是跟我結婚，我每天都會做很好吃的蛋包飯給妳吃喔！」

「啊嗚!?」

〈世快：九百零九點　黛拉可瑪莉：四百八十六點〉

「哎呀翎子！可不能受到那個吸血鬼誘惑！之前做過的那些事情，我都要跟妳道歉——所以妳那對如寶玉般的美麗雙眸只要映照出我就夠了！」

唔喔喔喔喔喔喔喔喔喔喔喔喔喔喔喔喔喔喔喔——!!丞相萬歲!!丞相萬歲!!

〈世快：九百零九點　黛拉可瑪莉：三百九十點〉

「能配得上翎子的一定是我！證據就是我能夠列舉出妳的優點，要多少有多少！首先妳心地善良！拚命想要在京師裡為我導覽！還有妳害羞的笑臉很可愛！身高跟我差不多，讓我有親切感！」

「吶哈哈哈哈！我也有辦法列舉翎子的美好之處啊!?翎子不管面對什麼事情都很認真！明明沒有要應試科舉當官，卻把所有的聖賢書都倒背如流！在詩文方面的才華就連我都要刮目相看！希望有一天能夠聽翎子吟誦戀愛題材的漢詩！」

「你居然想要她吟誦!?那你自己都沒吟半句是怎樣!!妳快聽，翎子！這是我一直溫存在心中的詩！——『自從跟妳相遇的那日起，我的心就成了風暴驟起的海岬，每當看見美麗的綠便心心念念，想起妳靦腆又害羞的樣子。』」

「這樣太拐彎抹角了！翎子是很內向的！若是想要對她傳達愛意，那最好是又直接又有積極性的話語，這樣才會更有效！——所以說翎子！妳就跟我一起攜手共創未來吧！妳好美麗！」

「什麼……!?喂，翎子妳別被迷惑了！最瞭解妳的人是我！翎子好可愛！很努力！是個很拚命的人！」

「妳比任何人都要來得更加關心夭仙鄉，是個高風亮節的人！與我一起同行吧！」

「翎子快選我！跟我結婚吧！」

——這些熱切的言詞往來持續著。不管是我還是世快，只要我們說些了什麼，那些觀眾都會跟笨蛋一樣「唔喔喔喔喔喔喔喔喔喔！」地大叫。另外還能聽見因第七部隊暴動造成的尖叫和破壞聲自場外傳來。紫禁宮這邊處處都吵得跟辦慶典一樣。

害我都失去正常的思考能力了。我把所有的專注力都用在如何吸引翎子上。受到世快的熱情影響，我的語言能力也從稀世賢者轉變成平庸之輩等級。不知不覺間，我已經變得汗流浹背，成了只會嚷嚷「喜歡」或是「跟我結婚」的機械。

「翎子！我會從現在開始數到十，妳在這段期間內給答案——」

「請妳別再說了，可瑪莉小姐！這樣下去翎子小姐會變奇怪的！」

「就是啊!!取而代之，請您對著我訴說愛意吧!!」

這次換成佐久奈跟薇兒在大叫。這下我才有所驚覺——就是那位新娘子已經用雙手將臉都遮住了。這是當然的。因為她遭到那些愚蠢又噁心的臺詞集中攻擊。

「抱歉，翎子……！我們實在太過分了。」

「沒關係。真的沒什麼關係……我只是覺得有點害羞。」

「對不起！下次我會選擇更有節操的言詞——」

「沒那個必要，崗德森布萊德將軍！」

此時世快臉上浮現宛如惡魔的笑容。

接著會場內所有人都為之屏息。我心中有不祥的預感湧現，當下轉頭看薇兒。她面色鐵青，一雙眼睛一直盯著正前方。我的目光再度轉往前面——也就是面向那個螢幕。

〈世快：一百四十一點　黛拉可瑪莉：零〉

「咦……？」

「哎呀真是好險啊！都是因為妳一直在那無止境地求愛，我還以為自己會輸呢！可是翎子似乎選擇我了……！」

「先等一下啦!?那個數字果然是胡亂捏造的吧，咕欸!?」

我正打算快步逼近尼爾桑彼，卻在那瞬間爆出「喀鏗！」一聲——是我的額頭撞上了隱形的牆壁。可是現在沒空為了疼痛大吵大鬧。我眼裡帶著淚水，瞪視那個黑衣女子。

「喂……為什麼我的LP會歸零!?這樣太奇怪了吧!?」

「沒什麼好奇怪的。都是因為妳的LP被丞相削減才會那樣。」

「怎麼會……」

果然很奇怪。像這樣隨隨便便就分出勝負的戰鬥，一點意義都沒有。什麼LP呀……那種東西只是擺飾，在賦予遊戲性的前提下，為了展現出虛偽的公正才放上去的吧？

我改看翎子那邊。這個綠色的少女變得臉色蒼白，陣陣發抖。直到剛才為止都還羞紅了臉的樣子就好像假的一樣。看到她那樣的表情，我更加確定了。翎子根本就沒有被丞相的話打動。這幾個人真的動過手腳。

「開——開什麼玩笑！這種結果要人怎麼接受啊!?」

「沒錯，尼爾桑彼大人。現在馬上讓我分析那個怦然心動測量器。」

「妳們以為妳們有那種權利嗎？當然丞相也沒有調查怦然心動測量器的權利。這是一場公平的戰鬥——而且黛拉可瑪莉・崗德森布萊德已經在華燭戰爭中戰敗了。就連各位觀眾也都認可這樣的結果不是嗎？」

我雖然被絕望的波濤捲走，卻還是豎起耳朵傾聽。

「閣下輸了啊？」「那也是沒辦法的事情吧。」「這又不是互相廝殺。」「殺戮的霸主一旦遇到戀愛對決還是贏不了丞相呢。」

「這場比賽很有看頭喔。」——就像這種感覺，大家都已經接受了。裡頭甚至還有人大喊：「趕快炸掉啦！」

「吶哈哈哈！這下就結束了呢！」

我的肩膀抖了一下，對方則是如小丑般哄然大笑。

「翎子是屬於我的東西，而妳有從事恐怖攻擊的嫌疑，將會遭到逮捕。殺戮的霸主？拯救六國的英雄？——真是夠了。不過那些名堂來到天仙鄉這邊全都毫無意義了。沒辦法奪得翎子的心。也無法阻止我的野心。」

薇兒和佐久奈正在找尼爾桑彼客訴。可是進入我耳朵裡的，就只有丞相說的那些話。還有——感覺炸彈正慢慢降了下來。

「我在想這點程度的炸彈應該也殺不了妳——簡單講那只是結婚典禮前的餘興節目。若是看到妳炸掉形成煙火，翎子也會很開心吧。」

「你這傢伙……打算把翎子怎麼樣……？」

「我會永遠幽禁她，那女孩只不過是幫助我成為天子的道具。」

果然沒錯，剛才那些賠罪都是天大的謊言。

薇兒和佐久奈一直在敲打看不見的牆。一些觀眾則是開心地笑著說：「這下有好戲看了！」一世快在這時義正詞嚴地宣告。

「——來吧將軍，華麗地爆炸吧。」

「等等。」

不料當下有人出聲。

☆

在星辰廳內部，就只有配備最低限度的人員。

將那些來襲的士兵擊退，納莉亞持續前進。

這個地方根本就是夢想樂園的翻版。到處都設置了監獄，有很多一動也不動的人被隨隨便便扔在裡面。就算納莉亞等人進來了，他們也都沒有任何反應。還以為這些人都死了，事實上卻不是那樣。他們是失去意識。

「這……這些都是什麼？」

艾絲蒂爾臉上神情扭曲，呆愣在原地。

也許對菜鳥軍人來說，這樣的景象稍微激烈了點，納莉亞在心裡如此想著。

「我說蒂歐！趕快把『電影箱』準備好！有獨家新聞啦、獨家！」

「我知道了啦，麻煩不要用力抓我的尾巴，小心我以職權騷擾的名義提告！」

那些《六國新聞》記者在那邊興高采烈地跑來跑去。

這時納莉亞忽然注意到一件事情。在清掃得乾乾淨淨的地板上，有一顆閃閃發亮的球體在滾動。那是一個水晶，大小跟棒球比賽中用到的球差不多大。是不是拿來做某種研究用的？

「這個是……意志力？」

「納莉亞大人？怎麼了嗎？」

「我也不清楚。可是……在這裡的人應該受過某種心靈壓迫。也許他們這次並不是要逼出烈核解放……」

「是這樣嗎!?不可原諒、不可原諒啊，蒂歐妳趕快開始攝影啦，快弄!!」

「我現在就做準備了，拜託不要抓我的脖子！——已經連接完成了！」

這時可以感應到入侵者的警報魔法石發出刺耳的聲音。也太後知後覺了。要用來粉碎丞相企圖的準備工作，她們都已經做好了呢。

原本在待機的士兵全都從設施深處臉色大變地衝出來。

納莉亞手中拿著雙劍，臉上浮現不以為然的笑容。

若是有愚蠢之人企圖獨占這個世界，那就把他們砍成兩半吧。

「『門』都準備妥當了，隨時可以行動。」

「做得好啊，凱特蘿！放馬過來吧，你們這些壞蛋！」

那些夭仙在發出號叫的同時，朝著她們突擊過來。

之後桃色的電光一閃。這些人都還來不及發出悲鳴就成了雙劍的刀下亡魂了。

☆

在觀眾席中央——有個銀白色的少女顯得坐立難安，整個人都站起來了。

她就是普洛海莉亞・茲塔茲塔斯基。不知為何，她的視線放在尼爾桑彼身上。

「搞這種鬧劇是怎樣，你們幾個明顯是在作弊吧。」

「啊啊！原來是六凍梁大將軍！就不知妳認為我做了什麼？」

「既然妳心裡沒數，那我們就告訴妳吧。莉歐娜。」

「知道了啦！」

只見莉歐娜從觀眾席那邊「喵喵！」幾聲，縱身來個大跳躍。接著就降落在對面的牆壁附近，繼而分秒不差地猛力毆打那面牆。

再來就聽見一聲「砰轟!!」——那些磚瓦一下子就被破壞了。各國的重要人物都在吵吵鬧鬧地嚷嚷：「怎麼了怎麼了？」可是他們一看到自磚瓦後方浮現出來的光景，所有人就陷入沉默。

「──梅芳!?」

這讓翎子當場站了起來，口裡發出呼喊。世快則是彈著舌頭「嘖」了一聲。

牆壁後方有一個空間。梁梅芳嘴巴裡被迫咬著口枷，全身是血地倒臥在那裡，而且在她旁邊還站著手上拿了短刀的夭仙。那個應該是世快的部下吧。

「各位是不是覺得驚訝？這個叫做骨度世快的男人其實是個不得了的騙子。剛才高歌愚蠢的追求文句不說，同一時間還隔著這道牆對位在後方的少女行使暴力，並藉此獲得『動搖度』，將那些變換成數值，用來削減黛拉可瑪莉的ＬＰ。想必那邊那個少女──梁梅芳身上也綁著那個什麼怦然心動測量器吧？」

在場眾人無不感到震撼，就連我都遭受不小的衝擊。翎子哭哭啼啼地跑向梅芳。看她那個樣子，我為之愕然。這個丞相骨度世快──為了達成自己的目的，能夠面不改色傷害他人，是個如假包換的壞蛋。

我強壓下憤怒之情，一雙眼睛瞪著世快看。

那傢伙一副無所謂的樣子，嘴裡還說了些話。

「你們有證據能夠證明是我做的嗎？」

「你這個人……！」

「反倒是我，已經掌握妳做壞事的證據囉。」

「啊？你在說什麼──」

「——丞相！抓到恐怖分子了！」

會場的門在這時開啟，有一群夭仙跑了進來。另外還有人被五花大綁拖了過來。我臉上的表情頓時消失。因為那顆長著金髮的頭顱，我可是眼熟到不想再眼熟的地步。

「此人是姆爾納特帝國軍第七部隊的約翰・海爾達中尉！他正打算對宮殿的寶藏庫縱火，就在這時被我們抓住了！」

「你怎麼會被抓啊⁉」

他應該有被人施暴吧。約翰被弄到渾身是傷，說他是自作自受，倒也對啦……可是這裡沒有姆爾納特的魔核啊⁉那樣他太可憐了吧……⁉

「抱歉，黛拉可瑪莉……在我沾沾自喜跳舞的時候，不小心被人暗算……可惡……」

我看他果然是自作自受。

「——吶哈哈哈！這下我們知道黛拉可瑪莉・崗德森布萊德就是恐怖分子了！那我們該如何處置呢？要不要直接逮捕起來，抓去監獄裡關了，那樣好像還不錯。」

「不對，不是那樣！給我們解釋的機會！」

「明明都已經出現鐵證如山的證據囉？這下子妳就成了『想要藉助暴力行為奪走新娘的壞蛋』——哎呀！勸妳不要企圖發動烈核解放，藉機粉飾太平。若是真的那麼做，夭仙鄉的神仙種可不會悶不吭聲。」

噗轟，這時好像有某種魔法解除了。

那個看不見的牆壁消失了。對方大概是覺得華燭戰爭已經結束，不需要這種東西了吧。

「快住手……丞相……」

翎子在這時哭著對他傾訴，她身旁倒著渾身癱軟的梅芳。

「可瑪莉小姐沒有惡意，所以請你原諒她吧……」

「我想要原諒她的念頭堆得跟山一樣高呢，可是壞蛋就必須接受法律的制裁。」

那些夭仙將我們團團包圍。

觀眾全都緊張地吞著口水，在一旁觀望事情發展。莉歐娜和普洛海莉亞都沒有要出手相助的跡象。想來她們也不方便替罪犯說話吧。

這下完了，一切全都——

當下我覺得自己已失去一切，一個勁地處在原地。

「……？這是什麼。」

此時世快的眉頭皺了起來。就連賓客席上的那些要人也都紛紛露出困惑的表情。

會場各處都出現淡淡的光芒。我則是呆愣在原地，整個人狀況外。可是尼爾桑彼卻發出一聲「哎呀」，看似玩味地歪曲嘴角，接著說了那麼一句話。

「這是【轉移】魔法要發動的徵兆吧。難道妳想要逃跑？」

「什麼……崗德森布萊德將軍!?」

「我們才沒有要逃跑。」薇兒趁機冷聲出面回應。「為了讓這場鬧劇結束，我們已經發動【大量轉移】。將要帶領會場內的各位前往一個極樂之地。」

「妳說什麼……？近衛兵！快點把那個女僕抓起來！」

薇兒手中握著剛才給我看過的魔法石。

對了……我想起來了。或許從那個時候開始，她就已經在為魔法做準備了。在世快的指示下，一群士兵對我方發動突擊。可是遇到佐久奈的魔法，三兩下就被打趴了。在雙方你來我往之際，魔法似乎也完成了。

「開什麼玩笑！做出這種行為可是藐視民意呀!?」

「就不曉得真正藐視民意的是哪一方——來吧，骨度世快大人，現在是算總帳的時候了。」

薇兒看似勝券在握地宣告。過沒多久，一股莫大的光芒就將這一帶全都包覆住。

綜觀會場裡的所有人，當下全都就此飛往某個地方。

☆

『——大家好啊！我是《六國新聞》的梅露可・堤亞！這次我們又弄到非同小可的獨家新聞！那就是舉世無雙的名宰相骨度世快背地裡一直在進行無法無天不公不義的計畫！各位請看——』

新聞記者梅露可・堤亞將星辰廳的現況對外高調轉播。

如今在京師這邊——不對，連同核領域在內，六國全境都陷入大騷動了吧。

「納莉亞大人！樓上的『門』好像已經在運作了！除了黛拉可瑪莉和骨度世快，其他各國的重要人士也都陸陸續續【轉移】過來了！」

「很好！妳去跟薇兒海絲說『我要調查內部，另外那邊就交給妳了。』」

發完指令，納莉亞於同一時間踏足前往星辰廳深處。

拿來當成牢獄的部分就只有一樓。只要前往地下，那裡又留有別的非法犯罪證據。他們好像還在那邊栽培一些植物，可以用來當成製作毒品等等的原料。而且還不是只有一兩種而已——到處都長滿奇妙的草類。

「這些是什麼啊。跟夢想樂園的作風好像又不一樣了……？」

「請看這個，克寧格姆總統！這邊的房間裡面放置了類似調和器具的東西。他們是不是在製作藥品？」

「我也不是很清楚，總之我們要好好把這些東西仔細記起來。」

除了將那些來襲的士兵砍倒，納莉亞還不忘對周遭保持警戒。

走沒多久，他們就看見一個貼了告示牌的門，牌子上寫著〈非相關人士禁止入內〉。凱特蘿先過去，動手轉動門把。但門好像被鎖上了，那扇門偏偏文風不動。

「這應該不是只有鎖起來而已，好像還被某種魔法障壁保護住。」

「請問一下！是不是非相關人士禁止入內，才會把門鎖上……!?」

「妳真的是黛拉可瑪莉的部下……？我看妳應該跟妳的上司多多學習，行動時可以更暴力一點。」

「給我讓開，艾絲蒂爾！像這種奇怪的門，就讓我來破壞吧！」

「咦？──唔呀啊啊啊!?」

被桃紅色的劍氣震懾住，艾絲蒂爾接著跌坐在地上。

【盡劉之劍花】可以將鋼鐵門扉砍斷，就像在切豆腐一樣。被劈成兩半的〈非相關人士禁止入內〉告示牌嘩啦嘩啦地飄落到地面上──緊接著納莉亞就看見放置了大量神具的武器庫。

「喔喔!?這是不是非法武器庫!?獨家獨家!!」

「我的尾巴要斷了!!尾巴要斷了啦!!若是繼續拉我的尾巴，我就要寫辭職信

© riichu

喔!?」

「妳的申請只會被駁回、駁回!!給我工作到死吧!!」

這兩個新聞記者就這樣大剌剌地入侵。

納莉亞也跟凱特蘿和艾絲蒂爾相伴，先去查看房間裡的狀況。那裡是武器庫。雖然戒備森嚴，內部卻沒什麼看頭。若是深入挖掘，是不是會找到什麼恐怖的東西呢？不管怎麼說，丞相就交給可瑪莉處理，她先來將星辰廳的一切公諸於世吧。

「奇怪？這個是什麼……」

艾絲蒂爾在那時撿起掉落在地面上的紙片。

是不是某個人的筆記？——原本她正要漫不經心瞄個幾眼，在那瞬間卻有事情發生。

整個世界似乎在那瞬間「喀鏗」地搖晃一下。

「……!?」

一時間忽然有股強烈的殺氣迸射過來。

就在柱子後方，好像有人正在緊盯著這裡。

「那傢伙是……難道——」

納莉亞的身體不由得顫抖起來。

緊接著下一刻——那速度快到連肉眼都無法捕捉，對方就這樣拔刀砍了過來。

☆

【大量轉移】的光芒逐漸變弱。

我感覺周遭的氣氛好像也變了。再來我害怕地抬起臉龐觀看——這才發現自己處在一個空間中，那裡散發像是監獄會有的腥臭味。

這裡占地比華燭戰爭的會場還要遼闊。四處可見一些零星的空間，這些空間都被鐵籠子隔起來。在那些監牢裡，滿滿都是人。我當下為之屏息。這些人是怎麼一回事。那個應該……不是假人吧？雖然不是，但他們完全沒有任何動靜。

「丞相大人！這到底是怎麼一回事啊!?」

在場有某個人出聲了，是一臉高高在上的蒼玉種大叔。看樣子剛才待在會場的所有人全都移動過來了——這一帶充斥著面容困惑的人們。

「薇兒……這裡是什麼地方？那些人又是……」

「這裡是星辰廳。」薇兒答完，又用洪亮的聲音宣示。「丞相骨度世快一直在星辰廳進行人體實驗。」

「什麼……」

好像有不少人聽完頓住了呼吸，那些觀眾開始竊竊私語交頭接耳起來。一下子看看監牢，一下子又看看世快的臉龐，對他投以懷疑的目光。

「這……這怎麼可能！是哪邊弄錯了吧!?」世快此時身體陣陣發抖，嘴裡還發出怒吼。「你們有證據證明這裡就是星辰廳嗎!?那在這邊的人都是怎麼來的!?是被抓過來的嗎!?如果真的是這樣，這裡明顯就是案發現場！必須讓軍隊和警方的人過來調查！」

「沒錯說得對。因此納莉亞・克寧格姆總統和凱特蘿・雷因史瓦斯將軍都已經進入深處，做更進一步的調查了。」

「這什麼莫名其妙的行徑!!妳們……到底有什麼企圖!?」

「這句話我要原封不動奉還給你。」

薇兒臉上帶著嗜虐的笑容，向前踏出一步。

不管怎麼看，世快的樣子都顯得很奇怪。看他臉上的表情，就很像自認自己什麼都沒做，卻遭人懷疑。

「原來如此。」普洛海莉亞插嘴後，把自己當成是那些觀眾的代表，展開她的雙手。「薇兒海絲，不知道這些明明白白的犯罪痕跡究竟暗藏什麼玄機？妳就來說明一下，好讓大家更容易理解吧。」

「這裡是愛蘭朝政府直轄管理的『星辰廳』。長久以來所在處不明，但多虧有梁梅芳小姐和納莉亞・克寧格姆大人的活躍表現，我們才能夠找出所在地，甚至成功入侵內部，並且架構出能夠【大量轉移】的『門』，將各位招待來這邊。這一切都是可瑪莉大小姐下的指示。」

「崗德森布萊德將軍……妳……!!」

世快放眼瞪視著我們，那眼神就好像在看殺父殺母的仇人一樣。不對，我完全不知情啊——可是我沒有對此吐槽的餘力，那是因為我的目光都被周遭那些牢獄牢牢吸引住了。

「世快……這些人是怎麼一回事？你都做了些什麼……？」

「可瑪莉大小姐這個問題問得好。說起星辰廳本體，就如各位所見，其實是監牢。負責掌管這個星辰廳的人，就是身為星辰大臣的骨度世快大人。換句話說，眼下這片慘況，全部都是那個男人挑起的。」

「少在那邊亂講話!!」

「哎呀？倒在這邊的人，我有印象喔。」這時普洛海莉亞換上凝重的表情，雙眼望向監牢。「在京師的小巷子裡，貼了跟失蹤者有關的尋人啟事。我覺得這個人的長相好像跟那裡頭的相片吻合……這到底是怎麼一回事呢？」

「正如她所說。丞相骨度世快抓了一些京師的夭仙，一直在做人體實驗。意思就是在京師這邊發生的『連續失蹤事件』其實是愛蘭朝星辰廳……應該這麼說，這些都是骨度世快的傑作！」

在場那些重要人士開始吵鬧起來，目光全集中在世快身上。

「這……這一定是哪裡搞錯了！」

「並沒有搞錯——來吧各位請看，人民都很憤怒。」

「怎麼會有這種人。」「原來名宰相的面貌都是假的嗎？」「這樣違反人道。」

「居然敢對自己母國的國民做那麼過分的事情。」「不能放任這種人逍遙法外。」「快「快把他逮捕起來！」——人們紛紛群起批判世快。薇兒此時嗤之以鼻地「哼！」了一聲，接著又開口說了些話。

「這下哪還有空辦什麼華燭戰爭。做出這種邪惡勾當的人，不配當翎子大人的婚約對象。但我看他也不配當丞相了吧？」

「你們應該要傾聽國民的聲音……那些人應該都很信賴我啊……！」

「沒用的。有兩個來自《六國新聞》的人，會將星辰廳內部狀況昭告全世界知曉。」

世快的臉色變得越來越蒼白。

這下我才看清計畫全貌。

華燭戰爭不過是用來混淆敵人的視聽。薇兒跟納莉亞的目的是要讓世快的注意力從星辰廳上抽離，讓他放鬆警戒。然後出其不意讓人們【轉移】過來，將他幹壞事的證據攤在陽光下。甚至還確實備妥最適合的目擊證人，就是那一大票觀眾。

薇兒接著向前一步，普洛海莉亞跟莉歐娜則是進入備戰狀態。

至於尼爾桑彼，她眼下正「呵呵呵」地笑著，用腳將菸蒂踩爛。

「我看你就放棄掙扎吧，丞相。那幫人從一開始就是衝著這計畫來的。」

「什麼——尼爾桑彼卿!?」

「有什麼好訝異的？當納莉亞・克寧格姆總統不自然缺席，你就應該要預料到了吧？我還以為你早就已經察覺了，沒想到——是我想錯了？」

「妳在說什麼……」

「是嗎是嗎？你都沒發現啊？那麼你到這就算氣數已盡了。因為壞人勢必遭到逮捕。」

「少在那滿嘴胡言!!妳明明就跟我是一掛的——」

「——『跟我是一掛的？』這是什麼意思呢？丞相。」

世快這下變得跟個怕黑的孩子一樣，用那種感覺回過頭。

「不是的……這都是誤會！不管是我還是尼爾桑彼卿，我們都是清白的！再說你們有證據證明是我踐踏此處的人們嗎!?我還要說句話，那就是我已經掌握黛拉可瑪莉・崗德森布萊德是恐怖分子的證據啦!?不是應該要先驗證這方面的真偽才對嗎!?」

「宮殿爆破對上誘拐事件的真相——你覺得對民眾來說，哪邊是更重要的？你這位丞相大人應該是藉助民意才得以攬權的吧？」

「唔……那是……！」

「我不知道星辰廳所行的真實目的是什麼。可是你有經手那些醜陋又邪惡的勾當，這都是無庸置疑的事實。你就死了那條心，快束手就擒吧。」

「竟然敢做這麼……荒誕的事情……以為我會放過你們嗎!!」

世快企圖轉身逃跑。

當下一陣槍聲作響。為此嚇了一大跳的世快就這樣跌倒在地面上。

開槍者本人——普洛海莉亞將槍枝放下，臉上有著倨傲的笑容。

「逃跑也太卑鄙了吧，但那就等同自首了。」

世快臉上的餘裕徹底消失。在那一小段時間裡，他睜大眼睛環顧四周，可是到處都找不到願意支持他的人。在場所有人早就已經無法再信賴丞相了。

「其——其實我！我做那些事情都是為了夭仙鄉著想！這份心情直到現在都沒有改變！就是因為天子一族變得很腐敗，身為臣子的我才需要用更具威嚴的方式登基成為君王！為了大我捨棄小我，身為一名從政者，做這樣的選擇是理所當然的吧!?在這有許許多多的人應該都明白那套道理！可是你們卻——」

「世快，我個人覺得十分惋惜。」

此時突然有人語帶嘆息地說了這番話。

那嗓音聽起來優雅柔和——在場所有人全都不約而同轉頭看去。夭仙們則是惶恐地叩拜，並讓出一條路。有個陌生男子踩著悠然的步伐靠近我們。

「天子陛下……！」

咦？天子？他說的天子，是不是翎子的爸爸？剛才應該已經被佐久奈殺了——想是這樣想，仔細看卻會發現那套豪華的衣服上滿是血跡，應該是透過回復魔法高速復活的吧。真沒想到連他都轉移過來了。

「父親大人！您怎麼會……」

「喔喔翎子，今天天氣也很好呢。」

「天子陛下！」世快在這時臉色大變地跑向天子。「我有事上奏！我對星辰廳的事毫不知情！這些都是恐怖分子黛拉可瑪莉的陰謀！怎麼會有這麼邪惡的吸血鬼啊！我們馬上把她抓起來拷問吧！」

「沒那個必要。」

天子乾脆地做出論斷。

「只要看看現場就能明瞭，一看就知道那些人民正遭受折磨。可惜了……當真是遺憾。我原本還以為你身居丞相之位，都有確實擔負起責任，處理朝政。」

「您說得沒錯。我身為官僚，一直以來都在為夭仙鄉奮鬥——丞相骨度世快的所作所為，陛下應該是最清楚的。即便是這樣，您還是無法信賴我嗎？」

「我無法信賴你，因為在這的人全都不相信你。」

世快臉上的表情當場僵住。天子依舊面帶笑容，嘴裡下令要人「將他抓起來」。

緊接著身為近衛兵的幾位夭仙，就悄無聲息靠近那個邪惡大壞蛋丞相。

「陛下……陛下您可以接受這樣的結果嗎？您覺得這樣下去真的好嗎……？」

「只要能夠天下太平不就足夠了嗎？」

「唔——也不想想我是為了什麼才要讓這座星辰廳持續營運!?都是因為你無所作為！你什麼都不做，我才必須出面做些事情啊！」

「這是在說什麼？」

「我是在問你——還愛不愛惜女兒的性命!!」

「哈哈哈哈。翎子怎麼會有生命危險呢？」

世快當下的表情就好像被人推落地獄深淵。

普洛海莉亞則是皺起眉頭。薇兒將手放在下巴上，像是在思考一些事情。

「——好了，把他帶走吧。」

幾名近衛兵遵從天子的命令，將世快帶往不知名的地方。他連一點抵抗都沒有，而是一臉鬱鬱寡歡的樣子，似乎想要學著接受自己的命運。那是失去一切動力的人才會有的表情——我好像在哪裡看過這樣的表情。

等到再也看不見他的身影了，薇兒才輕輕喚了一聲：「可瑪莉大小姐。」

「我們總算獲得勝利了，辛苦您了。」

「對啊，這樣就解決一件事了……」

就在那個時候。

我頭上好像有某種東西在動。於是我不經意抬頭張望。

這一看才發現是炸彈隨著重力加速度掉下來了。

「咦？」

遠處的世快正在大喊：「我要妳好看，黛拉可瑪莉．崗德森布萊德！」啊啊，連炸彈都一起【轉移】過來了啊。是世快自暴自棄讓那個東西啟動的吧——我覺得自己好像在做夢一樣，耳邊彷彿聽見死亡的腳步聲。

而且還只能像個笨蛋一樣，呆呆地杵在那邊，等待破滅的瞬間到來。

炸彈就這樣慢慢掉了下來——過沒多久，整個世界染上一片雪白。

「————」

我覺得我一定會死。在這麼近的距離下引爆，我這個脆弱的肉體馬上就會被蹂躪殆盡，像金平糖一樣，變得粉身碎骨。

可是我卻不覺得痛，是不是已經死掉了呢？

如果是的話，我的五感未免也太清晰了——

不停冒出的煙霧散去。那些觀眾都驚訝地睜大雙眼，他們的臉也跟著映入眼簾。

我聽見背後傳來一個聲音，那人在喊「可瑪莉大小姐！」，感覺就像快哭出來似的。

「可瑪莉大小姐……您沒事吧……!?」

「薇兒？咦？我這是……」

我向下俯瞰自己的身體，都沒有任何一點傷口。也沒有哪裡在痛。我的心臟確實撲通直跳——但平常的那個黛拉可瑪莉・崗德森布萊德依然還在。

這下我總算明白了，我好像在那場爆炸中生還下來。

「——呵呵呵，挺有趣的呢，黛拉可瑪莉・崗德森布萊德。」

尼爾桑彼在這時小聲地嘟囔了一句，帶著腐敗氣息的目光朝我身上纏繞過來。

「那個炸彈好像是在京師魔法石工廠生產出來的東西，混入瑕疵品的機率聽說是兩千分之一。能夠在這種生死關頭抽中瑕疵品——代表妳運勢很旺，旺到連老天爺都要仰天直呼驚人。」

我聽完只覺得發毛。意思就是我能夠存活下來，完全都是巧合嗎……？

此時那些觀眾突然發出歡呼聲。大家看起來都很震驚的樣子，你一言我一語地說著：「不愧是閣下！」「是妳讓我撿回一命！」「從丞相的垂死攻擊中拯救我們啦！」

這點不拿來利用一下說不過去，於是我卯足勁，腰腿一使力站了起來。

「——沒什麼好訝異的！這種像是仙女棒的爆發力道，我只要打個噴嚏就可以把它熄滅！若是想要把我殺掉，最好拿威力多出百億萬倍的東西過來啦！」

一陣喧鬧聲席捲而來。我已經整個搞不懂他們在幹麼了。能夠像這樣活著就好像在做夢一樣。

剛才世快邊鬼叫邊被那些夭仙帶走。而在最後一刻，我——何止是我，在這裡的所有人都差點被他害死。怎麼會有這麼恐怖的人。

「太棒了。太棒了啊，崗德森布萊德將軍。」

天子這時笑吟吟地靠近我。

「不只是在華燭戰爭中贏得勝利，還拯救我們的性命。妳果然才配當翎子的伴侶——來吧各位！讓我們讚頌她的英勇表現吧！」

就在下一瞬間——夭仙們開始齊聲吵鬧，發出「哇啊啊啊啊啊啊啊啊啊啊啊啊啊!!」的喊聲。已經不曉得是今天第幾次了，又聽見人們高聲大喊可瑪莉。

我的腦袋處理速度都跟不上了。丞相、炸彈、華燭戰爭，還有被牢房囚禁的人們——都不曉得該從哪邊著手才好。這個時候翎子忽然踩著悠然的步伐走向我。

「可瑪莉小姐，那個……」

她看似害羞地開口。

「抱歉給妳添麻煩了……讓妳留下恐怖的回憶……」

「咦？沒有啦……不會。總之翎子平安無事就好。」

不知道為什麼，翎子紅著臉低下頭。

「比……比起那個！我們更該盡快調查星辰廳，不把這些人放出來不行……」

「說得也是！喂薇兒！趕快把監牢——」

「——黛拉可瑪莉・崗德森布萊德將軍，那些放到之後再做也無妨。」

此時天子忽然對著我說話。

他神情柔和，目光也很溫柔，再加上穿著一身極盡奢華的服裝（雖然都被血液弄髒了），但是感覺他的氣質真的跟翎子很像。

「我是天子愛蘭弈詝，翎子的父親。請多多指教啊。」

「請……請多指教！那個……但我們更該先去救助那些被抓起來的人……」

「那些也沒什麼要緊的吧。」

這下換翎子渾身僵硬。我也呆掉了，沒辦法再說第二句話。

「……不對。說那些沒什麼要緊的，好像有語病。後續事宜就讓朝廷的官吏來善後吧。我們不能把這些雜事推給英雄去做。」

「可是……我還在想自己是不是能幫忙做些什麼……」

「哈、哈、哈，不用這麼生硬啦。妳未來將是要成為我家人的人。」

「「啊！？！？」」

我、薇兒和佐久奈的聲音在這一刻重疊了。

翎子則是紅著臉說：「您在說什麼啊，父親大人！」

「妳真的是巾幗不讓鬚眉呢。晚點再帶妳去參觀我引以為傲的假石庭園吧，我還希望讓妳看看宮廷裡面保存的名畫。再來就是，對了——既然有這個機會，要不要順便參加漢詩鑒賞會？」

我心中有種不可思議的感覺。

都已經發生那麼大的騷動了，這樣會不會太從容啦？眼前有那麼多人正身陷困境，這種反應不會太悠哉了嗎？莫非這就是所謂的王者風範？可是皇帝和書記長他們身上散發的氣息好像跟他截然不同。不對，眼下還有更重要的事情。

「請問一下！剛才說到『會成為家人』，這是什麼意思……？」

「哎呀不好意思，就是說接下來妳要跟翎子結婚的意思。」

剛才人家都對我說什麼了？

好吧也是啦。畢竟都說在華燭戰爭中贏得勝利的人，將會獲得和翎子結婚的權利，可是——

「來吧我們回到會場，開始舉辦結婚典禮吧。那些來賓也都很引頸期盼喔。」

「咦……等等……!?」

等到我發現的時候，那些夭仙已經在準備【大量轉移】用的魔法石了。

一些光芒擴散開來。我們就好像被拉回曾經走過的路，遭人強制移動。

※

「夕星」曾經說過——「魔核不應被它如今的功用囚禁」。

蘿莎·尼爾桑彼對這樣的想法深感認同。他們跟逆月這種過度鬆懈的組織不一樣。該組織成員對於他們領導人的思想並未正確領略。而且領導人也沒有對夥伴們正確傳達自己的思想，因此才會敗給姆爾納特。

可是我們跟他們不同，我們擁有「信賴」。

也就是對夕星保持著絕對的信賴。能與之共鳴，而且目的性一致。

就宛如在放光的恆星四周，有許多星星聚集，他們一體同心，致力於實踐惡行。

「呵呵，丞相真是個悲哀的男人呢。」

走在宮殿的走廊上，尼爾桑彼替香菸點火。

這是今天第七根。她想起夕星一天到晚對她說「要克制一點」。可是她人不在這邊，就無視好了。

那些從星辰廳【轉移】過來的蠢蛋正要在會場上舉行結婚典禮。

辛苦他們了。即便是一個黑衣女子消失，似乎也不會有人在意——這個國家果然是和平到骨子裡的愚蠢國度。

「恭喜呀，翎子殿下。雖然妳選擇的路將染成血紅一片——哎呀？」

此時通訊用礦石發出光芒。尼爾桑彼並沒有停下腳步，而是在那之間做出回應。

「喂喂，我是軍機大臣。」

『我是梅亞利！這邊的目的都已經達成了！』

對方的聲音比平常更加興奮。

她是蓋拉・阿爾卡的遺臣梅亞利・菲拉格蒙特，她一直被委派負責星辰廳的警備工作。

『這下心情都變得爽快起來了！在妳身邊飽嘗痛苦總算不是白費。』

「辛苦了辛苦了，妳該不會差點應付不來吧。」

『那根本小事一樁。我就是為了迎接這瞬間，才會從首都監獄逃脫。』

梅亞利嘴裡發出宛如野獸一般的笑聲。

『——我已經抓到納莉亞・克寧格姆了。再來我可以隨自己的喜好做事吧？』

☆

等到我們返回會場，我就跟翎子一起被人推到高臺上。

充滿期待和祝福的目光從四面八方投注而來，就連莉歐娜和普洛海莉亞也都面帶笑容。薇兒和佐久奈則是一臉凝重地杵在那。

傷口已經被魔核治好的梅芳在一旁聳肩說：「真受不了。」

跟星辰廳有關的事情，她好像都交給近衛兵和納莉亞他們去處理了。

於是接下來我跟翎子要準備舉行結婚典禮——好像是這樣，但我只覺得莫名其妙。為什麼我們一定要結婚啊？為什麼我要來高臺上跟翎子大眼瞪小眼。

站在眼前的——是身上穿著純白婚紗的綠色新娘。

她跟我四目相對，看起來非常害羞。

「怎麼辦……？」

「就算妳問我怎麼辦，我也……」

「可瑪莉大小姐！我們要不要再度展開恐怖攻擊!?要展開比較好對吧!?」

「可瑪莉小姐!!要不要再去把天子殺掉一次!?把他殺掉更好對不對!?」

「妳們兩個都冷靜一點啦!?」

除了讓那些犯罪預備軍（薇兒和佐久奈）閉嘴，我還在同一時間思考起來。若是在這種狀況下拒絕跟她結婚，人們一定會狂噓。可是我又沒有把結婚典禮跑完的勇氣。話說現在說這個已經太晚了，但我跟翎子都是女孩子吧。按照這個國家的法律來看，我們能夠結婚嗎？

天子在這個時候笑吟吟地開口，儼然一副和藹可親的老爺爺樣。

「對了，先請妳們來個誓言之吻吧？」

「咦？等等……要接吻!?接吻是那個接吻嗎!?」

觀眾都發出歡呼聲。裡面甚至還有人瞎起鬨，在那嚷嚷：「快點親啦——!!」親什麼親啊。跟人家親嘴可不是隨隨便便就能做的事情啊。你們懂不懂啊。

「怎、怎麼辦？如果真的親下去好像不太妙……？」

「說……說得也是。對不起，可瑪莉小姐…………讓事情變成這樣……」

翎子的話說到這邊，頭跟著害羞地低垂下去。這樣的情景未免太沒有真實感了，有那麼一下子，我的心都被她迷暈了。身穿新娘婚紗的翎子就是這麼美麗。

不對不對，我在想什麼。

總之要先把誤會解開才行——就在這個時候，我感覺哪裡好像不對勁。

看看翎子那對紅色的眼睛。只要看著那美麗的光輝，我的心就會跟著騷動起來。

接著我心中忽然湧現不可思議的感慨。她的這抹紅讓我有種似曾相識的感覺。薇兒、佐久奈、納莉亞、迦流羅。

那顏色就跟以往和我一同作戰過的夥伴是一樣的。

難道說，這女孩的眼睛其實——

就在那瞬間，我正準備發現一項具有衝擊力的事實。但是我都還來不及說些什麼，翎子的身體就倒了過來。難道她真的想要跟我親嘴嗎!?——這意料之外的發展讓我失去冷靜，整個人手忙腳亂起來。可是不管過了多久，親親都沒有發生。

「咳咳。」

取而代之的是某個人的悲鳴聲，緊接著會場就逐漸被人們的吵鬧聲籠罩。

翎子在咳嗽，我的新郎裝也染上了鮮血。

由於我太過震驚，導致身體無法做出任何動作。

那些血液就好像瀑布一樣，從翎子嘴裡不停冒出來，我的腦袋拒絕接受這些。

梅芳在這時臉色大變地叫喊。天子這時呈現奇妙的呆滯狀態，一直沒有發話。其他那些觀眾都不知當下該做些什麼才好，全愣在原地。

翎子身上的血液灑落，人蹲倒在地面上。

「咦……？好奇怪……我應該……有吃藥才對……？」

咳咳！那件純白的婚紗被鮮血逐漸染紅。

一開始翎子嘴裡還說著：「這沒什麼。」「我沒事的。」並出現痛苦的反應。

可是到最後，她已經渾身癱軟，再也不發一語，沒辦法給出像樣的回應了。

這場結婚典禮被血染紅，處在正中心的我，連開口說話都辦不到了。

原本還以為打倒世快，一切就會結束，但那是我想錯了。翎子的痛苦並沒有消失，和平安穩並沒有降臨在她身上。

侵蝕夭仙鄉的詛咒也沒有解除。

☆

艾絲蒂爾・克雷爾在京師的道路上奔跑。

她一直跑著——應該是說她已經變成在地面上爬行才對。軍服變得破破爛爛，身上滿是傷痕。由於這裡少了姆爾納特的魔核，因此那份疼痛並沒有淡化。

「閣下……閣下……！」

道路上往來的行人全都錯愕地望著她。

可是她沒空管這些了。艾絲蒂爾眼裡流著淚水，人正朝向宮殿前進。

不久前發生的「事件」在她的腦海中重播。

在納莉亞的率領下，艾絲蒂爾前往星辰廳。她們有個重要任務，就是要將丞相做過的壞事暴露出來。進展到一半的時候，一切應該都還很順利才對——不管是納莉亞、凱特蘿還是那些新聞記者，她們碰到進逼而來的士兵全都一路過關斬將，對外公開眾多非法惡行。

可是有一個女子讓這一切全數翻盤。

對方是臉上有著冷酷笑容的翦劉種。透過謎樣的烈核解放，她轉眼間就砍倒納莉亞。那已經不單純是戰鬥能力上的差異，而是那個女人有對納莉亞動過什麼手腳。

接下來的情況可以說是一路急轉直下。

納莉亞都無法戰勝的對手，凱特蘿就更不可能戰勝了。那些新聞記者也不可能有力量抗衡。就連艾絲蒂爾也跟她們一樣，理所當然遭人壓制。事實上她面對敵人的攻擊根本就束手無策——可是在最後那一刻，已經快要沒命的納莉亞放聲大叫：「快點去找可瑪莉！」於是艾絲蒂爾就將所有的力量都用在逃跑上，出於條件反射，遵從長官的命令行事。

「為什麼……為什麼會變成這樣……」

自不久前開始，通訊用礦石就無法接通。

或許是被人用魔力施加電波干擾的關係。

難道說。

難道我們一開始就是被誘導過來這邊的……？

艾絲蒂爾翻開京師的旅遊指南。總之她還是先進到小巷子裡吧，從這裡抄近路會更快——想到這邊，她從大街上離開。

「——哎呀，這不是艾絲蒂爾．克雷爾少尉嗎？」

小巷子很幽暗，就在對面那邊，站了一個渾身黑到跟煤炭有得拚的女子。

艾絲蒂爾當場愣住，一點聲音都發不出來。這個人是夭仙鄉的軍機大臣「死儒」蘿莎．尼爾桑彼。跟丞相聯手打造夢想樂園接續版的壞蛋。

「看樣子梅亞利讓一隻兔子逃走了呢，晚點再去找她抱怨一下吧。」

「妳……到底有什麼目的……!?」

「我怎麼可能告訴妳呢。話說少尉是不是也進過星辰廳了？」

「唔——沒錯！我們已經掌握你們做壞事的證據！那些也都已經被《六國新聞》報導出來了！想逃是沒用的——」

這時艾絲蒂爾的胸口感受到一陣衝擊。

帶著一股奇妙的感覺，她的視線看向下方。

自己身上開了一個洞，有血液咕嚕咕嚕地冒出。這導致她全身的力氣都沒了，害她當場「咚唰」一聲腿軟癱倒，連裝備在身上的《魔力鎖鏈》也都唰啦唰啦地掉落在地面上。

「妳做什麼——」

「少尉看到不該看的東西了。正所謂一早得知真相便活不過黃昏，被殺也不能有怨言。不對，事情好像已經被報導出來了。那這樣一來就必須把這世上所有人都殺掉吧，就跟我們預先安排的一樣呢。」

嘴裡叼著菸的尼爾桑彼，臉上有著淡淡的笑意，手裡拿起左輪手槍。

遲了一下子，艾絲蒂爾才發現自己被槍打中了。

「啊……啊啊……！」

「是不是很痛？我想應該很痛吧。但這是妳自作自受。就讓我來把妳做成寶璐吧……雖然很想這樣，但還是不要好了。跟其他那些傢伙比起來，妳的適切性好像沒那麼高。」

艾絲蒂爾聽不明白。而且她好痛，身體使不上力。

一旦在京師這邊被殺，吸血鬼將會就此死去。過大的恐懼剝奪她的思考能力。一想到自己將會死在這邊，寒氣和絕望感便讓身體止不住地發顫。

「可瑪莉閣下……」

「沒用的。她現在全副心思都放在那場結婚典禮上，而且妳的傷沒辦法治癒，那是致命傷。可惜了，艾絲蒂爾·克雷爾——我會替妳舉辦隆重的葬禮，妳就原諒我吧。」

「唔……」

就這樣，艾絲蒂爾聽見她的生命逐漸毀壞的聲音。

她在軍校那邊是以第一名的身分畢業，還得以加入令人憧憬的可瑪莉小隊。甚至跟可瑪莉閣下和第七部隊成員都相處融洽。遇到的第一個重大任務就是來到夭仙鄉。

沒想到那是人生的死胡同。

尼爾桑彼將艾絲蒂爾的身體扛起來，她全身的感覺早就消失了。

大概是想要直接將屍體丟到某個地方去吧。

「對不……起。」

也許艾絲蒂爾最後的呢喃，沒有任何人聽得見。

淚水不停滾落，她在心中懺悔。

對不起，莫妮卡。姊姊我……沒辦法成為頂天立地的軍人。

骨度世快想過。認為愛蘭翎子是個平庸的少女。
她不具備成為君主的器量。就像那個隨從梁梅芳說的那樣，她是個「小人物」。但那絕對不是負面的意思。這個世界就是由那些小人物構成的。可不能因為她不具備成為上位者的器量，就去譴責她。
她一直在背負與她不相稱的痛苦。
「因為妳是公主」「是下一任天子」「是三龍星」——在那些邪惡現實的催化下，理想跟著越來越肥大。她中了作繭自縛的詛咒。
所以骨度世快才想要拯救她。
為了夭仙鄉——應該這麼說，是為了她個人。
世快出身寒門。若是他們這一族有人想要飛黃騰達，那就只能去挑戰通過後可以成為官吏的「科舉」。從小的時候開始，他就被迫為了應試學習，過著如地獄般的日子。每天有十四個小時都要坐在桌子前面。只要那些聖賢書的文章有一句弄錯，老師就會打他。他討厭那樣，還曾經在衣服內側寫上如米粒大小的文字，好用來作弊。若是穿幫了，他就會被扔在寒冬中的穀倉裡長達一整天，差點沒了性命。

每天晚上他都在哭。討厭過這樣的人生。不想成為卑微的文官，而是想要當將軍，在這個世界上馳騁。很想跟那些在核領域有華麗活躍表現的七紅天和八英將一樣。

然而他沒辦法忤逆家中的方針。

這些幾乎能稱得上是種體罰的應試學習持續了很長一段時間，最終世快高中進士，成功躋身進入愛蘭朝中樞。看樣子他不具備戰鬥的才能，只在文采方面具備才華。

「骨度家就交給你了。」

父親那諂媚的笑容看在世快眼中只覺得令人不悅。

他們這一族只要有通過科舉考試的人出現，就是一種榮耀。

可是世快感到很不是滋味。這個男人奪走了他的青春。他自己不好好工作，卻強迫自己的兒子學習。只要成績太壞，那個人就會無止境地謾罵怒吼。甚至是對他施加暴行，拳打腳踢都不是一兩次了。

——我們這一族關我什麼事，我只要為自己的榮華富貴努力就好。

世快的心變得像冰一樣冷，他打算今後都要為了自己而活。

就算要把其他人踢掉也在所不惜。不管外面的人對他評價多麼壞，他都不在乎——就像這個樣子，他越來越堅定於實現自己的野心，出手幹些齷齪的勾當。身為官僚若是想要往上爬，那麼諂媚和賄賂都是不可少的。世快讓自己扮演一個身段柔軟的男人，對於能夠往上升遷的機會一直虎視眈眈。

再後來，他遇見愛蘭翎子。

「你好像阿爾卡那邊的小丑喔。」

那個小孩還未滿十歲。臉上那純真無邪的微笑，就跟在市井中奔跑的小孩子沒什麼兩樣。就這種貨色，居然是那個執掌天下的天子之女？世快當下只覺得對這一切感到失落。

「翎子殿下，我不是什麼小丑，也不是翦劉種喔。」

「不是在說那個，是因為你一直都在說謊。」

這話帶來的衝擊，讓世快的思考在那瞬間停頓。

少女對於世快的內心變化一無所知，而是將一束花拿給他。

「一直在讀書很累對吧。這個是我跟梅芳一起摘的花，送給你。」

人的心還真是不可思議，有的時候只是看著天空都會有種想哭的衝動。

就連他自己也不明白是什麼觸動了琴弦。世快一直身處在官僚的炙烈鬥爭中，而翎子這種「普普通通」的溫柔善良對他起了作用，效果大到可怕。

※

納莉亞・克寧格姆在幽暗的房間中甦醒。身體重到跟金屬一樣，鈍痛感節節攀升。總之先起來吧——她反射性浮現這種想法，全身都跟著用力。

可是她卻起不來。

仔細看才發現全身都被綁在床上，而且還能看見自己的身體因為裂傷變得千瘡百孔。她甚至還發現流出來的鮮血將床都染溼了。

恐怖的記憶重現。

對了。她跑去突擊星辰廳，然後徹底遭人算計——

「——納莉亞・克寧格姆總統，看樣子妳總算清醒了呢。」

來自陰暗的房間深處，有個身材高䠷的女子忽然間現身。

這下納莉亞才想起一切。她當下怒不可遏，頓時怒紅了眼。

「妳是……蓋拉・阿爾卡那邊的……！」

「哼，還記得啊？」

那個女人就像野獸一樣，睜著發亮的雙眼，靜靜地靠近。

她是前任八英將梅亞利・菲拉格蒙特。從前跟在馬特哈德底下做事，是曾經凌虐過國民的翦劉種。地位可以說僅次於雷因史瓦斯，印象中納莉亞還記得自己跟這個人發生過好幾次衝突。

六國大戰過後，梅亞利就被關進首都的監獄中。

但是聽說不久之前她用神具自殺，甚至還辦過葬禮，害納莉亞一直以為這個人真的死了，真沒想到她居然逃到夭仙鄉這邊，成為丞相的爪牙。

「其他人呢!?凱特蘿呢……!?」

「我怎麼知道——納莉亞・克寧格姆。為了找妳報仇，我一直在鍛鍊。終於能夠降伏可恨的總統，太開心了。」

「丞相做壞事的消息早就擴散到全國上下了好嗎？妳遲早會完蛋。」

「這是我跟妳之間的問題，和丞相毫無關聯。」

納莉亞彈舌發出一聲「嘖」。她在星辰廳這邊戰敗，而且是被對方輕鬆打敗的。那可不單純只是用劍技巧的差異，而是對方發動特殊的烈核解放——又或者是抓到她的心靈破綻趁虛而入，納莉亞有這種感覺。

「這裡是什麼地方？星辰廳？」

「是沒有任何人曉得的隱藏地點。」

「可瑪莉呢……？」

「她們丟下妳，回到宮殿那邊去了。這樣正好。」

梅亞利從腰上的劍鞘拔出刀劍，這是剛才將納莉亞身軀砍傷的東西，連小孩子都看得出她要做什麼。納莉亞強壓下心中的恐懼，試著想出逃脫用的戰略。

「……妳是不是很恨我？太愛鑽牛角尖的人會討人厭喔。」

「做這一切都是為了馬特哈德總統。因為妳的關係，那個人失去一切。」

「在說什麼啊。馬特哈德是自己承認戰敗，乖乖退場的啊。」

「我不相信，我不相信。」

那染上憤怒的目光刺痛納莉亞的肌膚。

「妳知道嗎？納莉亞・克寧格姆，對妳有恨意的人多到都能堆座山了。或許妳自認行俠仗義，為此感到沾沾自喜，但到頭來妳的所作所為只是一廂情願的暴力行為。」

「用暴力支配他人的傢伙，還敢說這種話？我對自己的所作所為一點都不後悔。因為那都是為了阿爾卡好。」

「哼——愚蠢。因為妳的緣故，很多無辜之人全都深陷不幸。」

「啊？什麼意思……」

「在蓋拉・阿爾卡時代為公家做過事情的人，有很多都被栽贓下獄，而且他們的親屬還遭到市民迫害。在這之中有許多人根本就和所謂的暴力事蹟無緣。」

即便曾經在馬特哈德政權底下辦事，仍有許多人是無辜的。若是要做出重大改革，必定會出現犧牲者——在當上總統之前，納莉亞就已經清楚明白這點了。

人們對納莉亞的支持率確實很高。就算拿王國時代的君主放在一起比較，納莉亞依然坐擁高人氣，無人能與她相提並論。

可是仍時常有人批判她。總統府平日裡就會有人張貼一些紙，不然就是在上面留下一些鬼畫符——內容不外乎是「妳太猖狂」「把我們的生活還給我們」「快點卸任吧」「妳根本比不上前總統」。

凱特蘿會說：「不能去在意那些！」

雷因史瓦斯則說：「把那些反叛者都殺掉就行了。」

可是那麼做就跟馬特哈德是一樣的。不管面對什麼樣的意見，都要認真傾聽，這就是總統的職責所在，納莉亞是這麼想的——而這份認真以對的心也成了致命傷。

納莉亞．克寧格姆只是一個乳臭未乾的小丫頭，她太善良了。

「我要在這殺了妳。」

梅亞利舉起手裡的刀劍。

納莉亞咬緊牙關胡亂掙扎，可是綁著她的東西都沒有解開的跡象。她原本偷藏在懷中的魔法石也全被搶走了。若是在這裡被人砍頭，她再也沒有辦法復活。這個女人是真的想要讓納莉亞死——帶著絕望的心情，納莉亞凝視那發光的刀尖。

「先等等。」

就在這一刻，更深的絕望找上她。有個黑衣女子將鞋子踩出好幾聲響聲，朝這邊一路走近。

「若是殺掉不就不能製作寶璐了嗎？妳要稍微用腦袋想想。」

來人是夭仙鄉的軍機大臣蘿莎・尼爾桑彼。雖然不知道她是什麼人——可是見了卻讓人有背脊發涼的感覺。這個女人擁有讓他人畏懼的獨特氣質。

「……妳這是什麼意思？已經說好能夠讓我隨意處置這傢伙不是嗎？」

「妳是可以隨意處置啊。可是給予肉體傷害來獲得歡愉，這樣談不上格調高雅。若是那麼憎恨納莉亞・克寧格姆，大可破壞她的人格尊嚴。」

「妳就只是想要製作寶璐而已吧？」

「說對了。可以稍微讓開一下嗎？」

話雖這麼說，梅亞利卻疑似接受了她的要求。她將劍收回刀鞘之中，雙手交疊於胸前，讓路給這個女人。尼爾桑彼臉上掛著的笑容就好像亡者才會有的，眼看她逐步靠近。納莉亞用力將手握成拳頭狀，嘴裡大聲喊叫。

「妳有什麼企圖!?是不是想要把翎子弄到手，奪取這個愛蘭朝!?」

「愛蘭朝當然要奪取。但那是一種手段，並不是我們的目的。」

這個女人果然很邪惡。她跟丞相聯手，一直試圖利用翎子。

「若是妳會錯意，那就困擾了。我可不是丞相的夥伴。那個男人遭到我利用——妳們誤以為丞相是翎子的敵人，想要構陷他。真可悲呀。不過他一直做些會讓人誤會的事情，這就是他的不對了。」

「什麼？」

「總而言之先弄到寶璐再說。妳知不知道寶璐彈這樣東西？總統。」

尼爾桑彼說完，拿出很像魔杖的物品。

那是戰鬥用的魔杖。跟光耶醫師在紅雪庵那邊拿過的東西很像。

「這個杖叫做《思維杖II》。是能夠將盟主之力分配給我們的神具。只要揮舞這個東西，就能夠奪取人們的意志力。」

「難道說……這個東西能夠引發像莫妮卡那樣的『消盡病』？」

「那個是最初版本的《思維杖》力量，只能削減部分的意志力——可是經過改良後，《思維杖II》可以將目前擁有的意志力全數奪取，變換成『寶璐』。那樣一來可不只是消盡病，將會直接變成廢人喔。」

納莉亞對她所說的話完全無法理解。

只覺得這些聲音就好像吹在墓地裡的風，喚起她心中的恐懼。

「順便再說一件事，妳的夥伴早就已經失去行動力了。」

尼爾桑彼將這話說完後，「啪擦」地彈動手指。她似乎發動了空間魔法【召喚】——有東西從半空中「咚唰咚唰」地掉落下來。納莉亞當下感受到的衝擊就好像臉頰被人打到一樣。

「凱特蘿!?居然連那些新聞記者都……!」

納莉亞那些夥伴的身軀就好像破銅爛鐵一樣，層層堆積在地面上。

有凱特蘿・雷因史瓦斯、梅露可・堤亞、蒂歐・費列特。

她們臉上都面無表情。很像絲線被切斷的人偶，四肢胡亂癱著，一動也不動。嘴角邋遢地流著唾液，全都不發一語，那樣子簡直就跟廢人沒兩樣。

「我沒有把她們殺掉。人們若是被做成寶璐再也不會動彈——遇到容貌特別姣好的，我就會把他們冷凍保存起來另外擺放，這是我的興趣。她們還真是不錯呢。尤其是這個橘色頭髮的翦劉種女孩。」

「開……開什麼玩笑!!小心我宰了妳!!」

「好恐怖喔。呵呵呵——不管是哪位六戰姬，全都擁有巨大的意志力。想必用納莉亞・克寧格姆製作而成的寶璐，一定很漂亮吧。」

《思維杖II》朝著納莉亞逼近。

她就只能一個勁盯著看，看著魔杖前端散發淡淡的光芒。

「來吧，納莉亞・克寧格姆。妳就忘了總統該擔的職責，成為人偶吧。」

「我才不會被妳輕易殺害！我可是阿爾卡的總統……！」

「是嗎？可是對妳抱持恨意的人可是多得很喔？」

納莉亞的思考頓時停擺。無法徹底割捨的善心成了毒藥，侵蝕她的心靈。

黑衣女子接下來的說話語氣彷彿在念故事書給別人聽一樣。

「──首都那邊有個翦劉種男孩子，爸爸曾經是在阿爾卡底下工作的公務員。他們的生活並不算富裕，但卻可以跟爸爸、媽媽和小他三歲的幼小妹妹一起過上和平的生活。但自從天空出現金色的光芒，一切就變了樣。」

那是曾經包覆整座首都的金色烈核解放。

造成這件事情發生的原因就出在納莉亞身上，因為她去跟可瑪莉求援。

「馬特哈德總統就這樣消失了。原本在他底下做事的諸多人士都遭到逮捕，工作也沒了。那個男孩子的爸爸也不例外。在自己都不知道的情況下，他的父親被指派做了一份工作，就是負責派送運給夢想樂園的物資。也因為這樣，男孩的父親被關進監牢中──後來男孩的家人走投無路了。在學校裡面也遭到霸凌，被人家貼上『馬特哈德手下』的標籤。就連城鎮上的居民都誣蔑他們一家人，或者是嘲笑，還打算把他們趕出去。這下一家人在吃穿上都成問題，最終逃離首都，前往其他的國度，聽說最後所有人都自殺了。可喜可賀可喜可賀。」

尼爾桑彼所說的話都是真的──這點無法獲得任何保證。

但是「可能真的有這樣的事情發生」，這種可能性形成一股沉重的壓力。馬特哈德是折磨他人也不會感到心痛的人。但那或許是為政者必須具備的資質吧。一想到有些人因為自己的關係深陷痛苦之中，納莉亞就感到心痛欲裂。

啊啊，我該怎麼辦才好。

如果是那個少女——若是那個吸血姬，她會給出怎樣的答案呢？

「上天將人類世界的政務委任給天子。若是最終判定這個天子不適任，即會引發革命，擁立新的天子。我認為妳是有那個資質的……只是這負擔對妳而言好像太過沉重。」

身體中有某種東西逐漸散失。

納莉亞覺得她好像有重要的東西被奪走了。

「——哎呀不得了，真不愧是六戰姬。連寶璐的美麗程度都高出別人一倍是吧。」

她眼前的視野變暗了。心靈閉鎖，變得什麼都感受不到。

而尼爾桑彼當下嘴裡說著「真棒真棒」，那聲音聽起來顯得心不在焉，並用這樣的語調給予讚賞。

最後納莉亞看見的，是尼爾桑彼手握的球體正發出閃亮光芒。

那是她失去的意志力之光。

※

低頭看著變成人偶的納莉亞・克寧格姆，尼爾桑彼笑了。

曾經被翦劉種們仰慕的月桃姬，如今正用虛無的眼神望著天花板。她的胸口處浮現出星星形狀的傷痕。只要施加來自夕星的力量，不知為何就會出現那種東西。

如此一來，那位年輕總統的身體就變成空空如也的空殼了。

尼爾桑彼顯得很興奮，一直在凝視掌中那顆發光的寶璐。會發光的物體真棒。光只是看著都能讓心靈變得平靜下來。而且說起六戰姬的寶璐，那更是美到其他的東西都無法比擬。

在那之前一直默默觀看的梅亞利・菲拉格蒙特皺起眉頭開口。

「喂，現在問這個太晚了……但那樣東西到底是要用在什麼地方？為什麼丞相一直在追求那種東西？」

「妳是在說寶璐嗎？因為丞相覺得這個東西能夠變成金丹。」

「金丹……？」

「可是這種東西是不可能變成金丹的。他遭到惡黨利用了。若是想要大量生產寶璐，那就必須集結整個國家的資源來製作——光只是要擄走一個人，都需要動許多手腳來掩人耳目。因此我才會盯上原先就特別好操控的夭仙鄉。這個國家是已經腐爛到骨子裡的夕陽國家。」

「我是在說那個寶璐到底是用來幹麼的？我早就知道妳背叛丞相了……」

「閃閃發光很漂亮對吧？那將會成為殺人用的武器。」

梅亞利一臉反感的樣子，她似乎不能理解這套說法。

看來像那樣子委婉說法，套用在這個頭腦簡單的女人身上並不適用。

「……尼爾桑彼，納莉亞・克寧格姆的肉體對妳來說已經沒有作用了吧。我要拿走。」

「哎呀這樣啊。妳對於變成一具人偶的肉體有興趣？這樣的興趣還真壞──但我勸妳最好還是別那麼做比較好。若是要辦慶功宴，那也得等一切的復仇都結束再說。」

「妳說一切的復仇？」

「妳不是很恨黛拉可瑪莉・崗德森布萊德嗎？」

梅亞利的表情在那瞬間一變，憎恨和厭惡的情感越發膨脹。

「月桃姬是可以用來破壞黛拉可瑪莉的武器，在這種地方被人弄壞還得了。」

「妳的目的到底是什麼？」

尼爾桑彼這時替香菸點火。當她舉起寶璐的同時，臉上亦浮現冷酷的笑容。

「——我們『星砦』的悲願就是希望人類滅亡。黛拉可瑪莉・崗德森布萊德將會構成阻礙，上頭的人要我們把她殺了。」

「星砦？人類……？」

「而我們也已經準備好了。首先要脅迫天子，逼他交代魔核的真實情報。」

尼爾桑彼靜靜地解放體內那股意志力。

很像死人眼睛的雙眼發出紅色燐光，梅亞利發出驚訝不已的呼聲。當尼爾桑彼揮動她的手——倒在房間各處的「人偶」就開始慢慢撐起身體，這樣的景象就彷彿有死人從墓穴中甦醒。

「這是烈核解放【童子曲學】——他們心靈喪失，陷於絕望之中，這個能夠為他們指引『明路』。儒學者同時也須扮演教育者的角色。」

那些人偶都站起來了。他們用不帶光芒的眼睛不停望著尼爾桑彼。

這其中當然也包含納莉亞・克寧格姆。連拯救世界的總統都被奪去心靈，那就不構成威脅了。失去身為人的尊嚴，成了單純的傀儡。

夕星的力量寄宿在《思維杖II》上面，能夠將人們的意志力變換成寶璐。光是寶璐本身就能夠成為尼爾桑彼的武器。另一方面，被奪走寶璐的肉體將會淪為無法言語的人偶。尼爾桑彼會把這些保存起來，不單純只是基於興趣——而是為了透過烈核解放來操控。

「來吧孩子們，京師正要為華燭戰爭和丞相的醜聞破滅。不覺得現在正是大鬧一場的好時機嗎？」

那些人偶都沒有說話。取而代之，他們三三兩兩、無聲無息地散去。

如此一來，死儒的計畫終將進入最終階段。

☆

在夭仙鄉京師這邊充斥著喧囂聲，彷彿颱風過境一樣。

既是丞相又身兼星辰大臣的骨度世快，他的惡行遭人昭告天下。

之前一直很仰慕世快的國民一下子就翻臉不認人。高層建築各處原本都貼著讚揚丞相的海報，如今變得七零八落。不知是從哪冒出來的民運人士在紫禁宮前面盤踞，大聲疾呼：「丞相下臺！」夭仙鄉各地原本都有建造用來讚頌骨度世快的石碑，這些也都陸陸續續遭到破壞。

可是那些事情都跟我無關。世快已經被近衛兵帶走了。想來星辰廳的祕密也會遭人追究吧。可是圍繞在翎子身邊的問題一個都沒有解決。

之前那個華燭戰爭鬧得沸沸揚揚——隱藏在背後的真相如今已顯現在我面前。

那就是翎子正遭到不治之症侵襲。

「不管用什麼樣的方法治療都沒有效果，就連魔核都起不了作用。她的身體變得越來越衰弱……最後甚至還吐血倒下，這種病實在很惡質。」

在紫禁宮離宮，有個房間屬於翎子。

我、薇兒、佐久奈和梅芳這四個人，一直看著在床上沉眠的綠色公主。

當然結婚典禮已經中斷。翎子剛才發作的症狀好像也已經平復下來了——但我總覺得她從此將不會再醒來，心都痛到快裂開了。

「有一種藥能夠延緩症狀惡化。只要每天都吃那個藥，應該就不至於對日常生活造成阻礙才對……但光是吃這種安慰劑，似乎已經讓她的病狀惡化到無藥可救的地步。」

「就沒有能夠治療這種病的方法嗎？夭仙鄉政府應該也已經有應對之策吧？」

「不，天子陛下一直假裝翎子的病不存在。他在逃避現實。丞相就更不用說了……因此翎子就只能靠自己的力量挺過去。」

「先等一下啦。那個不是他的親生女兒嗎？再怎麼說也不該逃避現實……」

「那個人就是這種夭仙。」

梅芳在說這話的時候顯得非常火大。我想起在會場看過的天子是什麼樣的姿態。

他有一對溫和的雙眸。在這張笑臉的背後，很難去想像他到底有什麼打算。

「我們是在二月的時候造訪姆爾納特帝國的。還記得我們當時說過前來拜訪的目的有兩個嗎？」

「抱歉，是哪些啊？我還記得其中一個是打倒丞相就是了。」

「另外一個是搜索『金丹』——據說夭仙鄉這邊流傳一種被稱為『不老不死仙藥』的傳說祕藥。就如那種藥的名字所示，這是能夠賜予不老不死恩惠的祕藥。至於藥的配方，隨隨便便找一間書店都能輕鬆弄到手。」

「妳是打算用這個來醫治翎子大人的病？」

「說對了。可是要調和那種仙藥並沒有這麼簡單——在那份配方中，有一種來源成謎的材料。那就是金丹。就只有這樣東西，不管怎麼找就是找不到。不只是夭仙鄉這邊，跑到六國中搜索，還是到處都找不到相關的蛛絲馬跡。」

「那妳們為何要造訪姆爾納特？」

「聽說發生吸血動亂的當下，通往『常世』的入口開啟了。如果是未知的異界，我在想或許會有金丹的線索也說不定——但這原本就行不通吧。我只是想當成最後一線希望罷了。」

「那個……請問金丹是什麼形狀呢？」

這時佐久奈怯生生地開口。那點確實讓人在意。

「根據古代的配方指出，那東西好像是『像星星一樣閃閃發亮的球體』。」

在場所有人都陷入沉思。似乎就連薇兒或佐久奈也都毫無頭緒。當然像我這種見識淺薄的家裡蹲就更不可能知道了。

「咦……？這裡是……」

此時床鋪那邊傳來一道聲音。梅芳整個人都快跳起來了，當下就跑了過去。

翎子已經恢復意識了。

「翎子！妳還好嗎!?」

「梅芳……？嗯。我沒事。」

我們幾個也趕到翎子身旁。

她已經把新娘婚紗換下來，改穿睡衣了。病情似乎比較平穩一點了——直到剛才為止，她都還面容發黃，如今已經稍微有一點血色了。

「可瑪莉小姐……我是不是昏倒了？」

「對啊，妳突然吐血，嚇了我一跳……那妳真的沒事了嗎？」

「只是感冒而已，吃完藥很快就會好的。」

這樣的笑容令人感到心痛，害我的心好像缺了一塊。

這個少女是不希望我們擔心她。事到如今，她明明已經不需要跟我們客氣了——不對，她應該是不希望自己生病的事情被別人知曉吧。

「……對不起。梅芳跟我說了很多事情，包括翎子妳生病的事。」

那對紅色的眼睛睜大了。像是在確認一樣，她看著自己的隨從。之後她好像也看出發生什麼事了——臉上的笑容變得有氣無力，還對我低頭道歉，說了一句「對不起」。

「我得的是不治之症。只要忘記吃藥，身體情況就會變得奇怪。今天明明就已經吃了，身體狀況卻還是變得怪怪的……我沒有惡意。抱歉那些血把妳的衣服弄髒了。」

「啊？」

我當場愣住。梅芳則是嘆了口氣說：「翎子就是這樣的人。」

「沒關係……血弄髒的事情無所謂，我還比較擔心翎子妳。那個……我接下來該做些什麼才好？該怎麼做才能幫上翎子的忙……？」

「已經夠了，可瑪莉已經盡很多力了。多虧有妳，我們才能彈劾丞相。等到打算幽禁我的勢力都沒了，我們就能認真起來尋找金丹。」

翎子說完站了起來。梅芳一臉慌亂樣，試圖挽留她，翎子則是對著她面露微笑，嘴裡說道：「我只是要上一下洗手間。」

可是我卻覺得鬱悶到不行，鬱悶到腦袋都快打結了。

這樣就夠了？意思是說事情辦完了，就不再需要我了嗎？

我在猜應該不是這個意思。翎子是個善良的女孩，她應該是不希望再給我添更多麻煩吧。不想害我捲進夭仙鄉的麻煩事中。

可是——這樣一來我會覺得心裡有疙瘩。

「翎子！我是不會在這種時候回去的！」

「呀!?」

我情不自禁抓住翎子的肩膀。但我錯了，因為我太用力的關係，將她按倒在床鋪上。

那對因困惑染上水氣的雙眸仰望著我。不知道為什麼，薇兒和佐久奈開始在後面瞎嚷嚷。

咦？我們的姿勢好像變得很微妙，不過……我是不可能在這種節骨眼上收手的！

「翎子妳曾經對我說『幫幫我』！把世快打倒就結束這一切，未免太薄情寡義了吧!?」

「那個……那個！……太近了……」

「再說我擁有跟妳結婚的權利！雖然那就只是權利而已……總之我直到最後都會負起責任，會一直待在翎子身邊的！我想要成為翎子的助力！」

「妳都這麼說了……那我再也沒辦法……」

「沒辦法!?難道這樣對妳來說很困擾……？妳是不是討厭我……？」

「不是的！我喜歡可瑪莉小姐！」

「咦？是這樣嗎？太好了……」

當下我身上一緊。沒頭沒腦地，我覺得有個冷冰冰的東西碰到我。

於是我轉過頭，奇怪的是佐久奈正面帶笑容抓住我的腳踝。

「佐久奈？妳怎麼了？」

「沒什麼，只是覺得不碰觸可瑪莉小姐會受不了。」

我聽不太懂，但還是別放在心上了吧。我轉過頭看翎子，繼續說了些話。

「總而言之！我也很喜歡翎子。所以想要成為妳的助力……咦，喔哇啊啊啊啊啊!?」

又有被抓緊的感覺。這次是溫熱的東西。

不用轉頭也知道。是神不知鬼不覺間，我整個人都被女僕抱住的關係。

「喂，薇兒!?妳幹麼突然做這種事啊!?」

「若是沒辦法像翎子大人那樣，被可瑪莉大小姐撲倒蓋住，我就會受不了。再這樣下去，我會想要抱著可瑪莉大小姐從窗戶跳下去。」

「別那樣啦!!」

我拚了命跟那個女僕格鬥。而且不知道為什麼，就連佐久奈那傢伙也緊緊巴著我的大腿上不放。翎子可能是察覺自己有生命危機，開始鬼鬼祟祟地逃脫……喂！

剛才把手放進我衣服裡的人是誰呀!?咦?佐久奈?可惡……是薇兒那傢伙!都怪妳做些變態行為,佐久奈才會學妳啊!

「放開我,薇兒!對佐久奈的成長造成不良影響的就是妳對不對!?」

「這我不能接受。就只有梅墨瓦大人可以被您擁護,實在太不公平了。」

「啊啊啊啊啊啊啊啊啊啊!!不要對我搔癢啦啦啦啦啦啦啦啦!!」

「……抱歉,閣下。能不能聽翎子說句話。」

這次換梅芳開口,感覺她好像真的很過意不去的樣子。於是薇兒和佐久奈的動作也跟著停下。

不是啦,這麼說也對。現在最重要的是翎子吧。眼下情況根本就不適合去管那些變態。

「抱歉!好了啦,放開我!」

「就是說啊,薇兒海絲小姐。現在沒空在這邊打鬧了。」

「佐久奈說得對。我晚點再陪妳玩,妳稍微克制一點。」

「啊…………?為什麼就只有我…………?那梅墨瓦大人呢…………?」

薇兒在那時定格,臉上神情混亂。

我重新整理好心情後,選擇再次面對翎子。她面紅耳赤地低著頭。

「……可瑪莉小姐,謝謝妳,願意體諒我。」

「那是當然的吧，我們之間的關係早就已經過了需要互相客套的階段了。」

「嗯，所以……我也會坦白一切的。」

翎子說完直率地盯著我看。就在那張小嘴即將說些什麼的瞬間——外頭卻好像有人手忙腳亂地靠近這邊。

「閣下！大事不好了。」

闖進來的人都快要把門踢破，他就是貝里烏斯・以諾・凱爾貝洛。

什麼規矩啊禮儀啊都拋到腦後去了。可是他一點都不在意的樣子，忙著跟我報告。

「克雷爾少尉……艾絲蒂爾失蹤了。」

「啊……？」

「而且京師這邊還發生暴動。梅拉康契帶回消息，跟我們報告說政府相關設施陸陸續續遭人襲擊……」

就在那個時候——外頭發出盛大的爆炸聲響。

我慌亂不已地跑向窗邊，可是根本看不出發生什麼事了。

這時梅芳大喊：「我們去屋頂上吧！」喊完拔腿奔離。

「我們走吧，可瑪莉大小姐！」

「咦？喂——佐久奈！幫我照顧一下翎子！」

象。

被薇兒拉住的我，跟在梅芳後頭追趕她。

我們透過魔法石【轉移】迅速來到屋頂上，接著我們就看到令人驚訝的京師景象。

四處都有爆炸引發的火焰竄升。在路上來來往往的人全都倉皇奔逃，鬧出好大的動靜，而且原本屹立在前方的高層建築還從中間攔腰折斷。眼看上半部就要滑掉，整個滑落下來——緊接著又是一陣「嘶鏗鏗鏗鏗鏗鏗鏗鏗鏗!!」伴隨這毀滅性的聲響，那玩意將街道砸個稀巴爛。

「這……這是什麼情形!?該不會是第七部隊出來搞暴動吧!?」

「那是不可能的，他們是懂得節制的暴徒。」

「但一樣是暴徒，一點都沒變吧……」

「先別管那個了，就像凱爾貝洛中尉說的那樣，沒辦法跟艾絲蒂爾聯繫上。那個認真的吸血鬼不太可能蹺班不跟我們定時聯繫，我想應該是出狀況了。」

「難道是……她該不會被這場暴動波及到吧？」

「不曉得。可是率領艾絲蒂爾行動的克寧格姆大人也聯繫不上。她們應該是留在星辰廳那邊，探索內部深處才對，當那場假婚禮即將舉行，她們自此就音訊全無了。但是那位總統應該是不會有事才對……」

事情一樁接著一樁來，把我都搞糊塗了。

如今為了翎子生病的事，我的腦袋都已經快超負荷了說。

「這也許是丞相搞的鬼……」

眼裡看著京師的慘狀，梅芳此刻如此說道。

「也許他早就做好準備了，等到失去一切的那一刻就要拿出來用。怎麼會有這種人……」

「那我們就去丞相那邊問話吧。」

「好，那傢伙應該是被關在地牢裡。」

☆

當我們跟翎子說一行人要去見世快，翎子便說：「我也要去。」

她才剛吐血暈倒，不要太勉強自己比較好吧？——雖然我這樣安撫她，她卻聽不進去。說她無論如何都想找世快當面確認一些事情。

「閣下，那我們去找艾絲蒂爾。」

「嗯，我很擔心，那邊的事情就拜託你們了。大家要小心別受傷喔。」

貝里烏斯回了一聲「遵命」，之後就行個禮走人。

艾絲蒂爾跟納莉亞的事情就暫時先拜託他們吧。

至於我、薇兒、佐久奈、梅芳跟翎子這五人則是來到監獄這邊。

那是位在紫禁宮西方的巨大收容設施。據說關了很多跟夭仙鄉唱反調的人。在看守人員的帶領下，我們進入位於地下室的牢獄。

骨度世快就坐在嚴加戒備的鐵籠裡。

當他發現我們到來，口中發出疲憊的「啊啊」聲。

「怎麼這麼興師動眾。是來嘲笑我這個罪人嗎？」

「說對了。你這副模樣難看至極。難得有這個機會，就來攝影留念吧。」

「喂，不要把相機拿出來啦！世快！我們有事情想問你。」

我靠近監牢。至於那個被囚禁的丞相，他的目光忽然轉向我背後。

我感覺到翎子屏住呼吸，緊接著我撞見不可思議的畫面。

那就是世快眼底出現安心的色彩，雖然就只有一瞬間。

「吶哈哈哈！看來翎子平安無事呢！太好了太好了。」

「……？你是真的感到慶幸？」

「怎麼了？在懷疑我？去擔心前婚約對象的安危是理所當然的吧。」

我怎麼可能懷疑他。因為這傢伙看起來是真的很擔心翎子，因此我只是單純感到驚訝罷了。

「哎呀真是的。我聽到妳吐了很多血，還以為妳已經翹辮子了——先別說那個了，妳們來找我要做什麼？難道是為了在京師那邊引發的暴動？」

「對——對啊！喂，世快！那個該不會是你挑起的吧!?」

「把別人說得這麼壞！我很愛這個夭仙鄉，這點早就明明白白擺在眼前了吧？為什麼我非得親手破壞自己母國的首都？說這種話真令人難解。」

「那……那些行動是誰煽動的？」

「是尼爾桑彼。」

他說話的音色出乎意料地冰冷，害我嚇了一跳。世快神情變得很嚴肅，彷彿戴上一個假面具一樣。可是在他的雙眸深處，憎惡和後悔交織而成的負面情感正不斷湧現。

「……尼爾桑彼？是在說那個一身黑的軍機大臣？」

「看樣子我一直遭到欺騙。她說會助我一臂之力，加進來一起幫忙營運星辰廳。對了——事到如今我就坦白吧，其實我一直在抓人做人體實驗。」

「開什麼玩笑！」梅芳橫眉怒目地發出怒吼。「你這樣對夭仙鄉算哪門子的愛！你只是一直在折磨那些神仙種不是嗎！」

「這我不否認。但是長遠來看，這麼做都是為了夭仙鄉好。」

「少把自己的行為正當化！都是因為你，才會有那麼多人——」

「請妳冷靜一點，梅芳小姐。先把話聽完吧。」

佐久奈出面拍拍梅芳的肩膀，這似乎讓她的腦袋稍微冷靜一點了。

她嘴裡說了聲「抱歉」，用平日裡會有的態度道歉，接著便沉默不語。

「我不打算將自己的行為正當化。可是為了讓這個世界變得和平，有的時候必須弄髒自己的雙手。我都在星辰廳那邊製作名稱叫做『寶璐』的東西。」

「寶璐？」

「我們會抓走素質足夠的人，施加特殊的法術。接著那個人的意志力就會全部被剝奪，轉換成一種物質。這種物質的名稱就叫做寶璐。外觀上……對了。感覺就很像星星一樣，是會發光的球體。」

這下翎子跟梅芳兩人都驚訝地抬起臉龐。

就連我都注意到了，因為我前不久才聽說過類似的描述。

「第一次見到寶璐，是在尼爾桑彼卿將那樣東西獻給我的那日。我當下很肯定這就是天命。因為那個東西跟我長年追求的物品可以說是完全吻合。可是光靠她獻上的那個物品，還是不夠充裕。我想要純度更高的。後來尼爾桑彼卿就說『讓我幫忙做更多吧？』跟我做出這樣的提議！啊啊！她擁有能夠透過人工手段製作出寶璐的道具！於是我便爽快答應了。接著就按照她的指示，把人抓到星辰廳關起來。再將那些人陸陸續續變換成寶璐。」

「等等丞相……你是基於什麼目的才製作那些『寶璐』的……？」

「其實我一直在說謊。」

世快臉上浮現一抹微笑。

看起來一點都不邪惡，那抹微笑甚至稱得上毫無邪念。

「其實做這些都不是為了夭仙鄉，一切都是為了愛蘭翎子才做的。」

「你在……說些什麼？」

翎子的聲音在發抖，臉上浮現悲愴的神情。

對。照理說他應該是企圖奪取夭仙鄉的壞人才對。事實上他也把翎子幽禁起來，奪走她的自由；在華燭戰爭中害梅芳受傷。

「翎子殿下，我希望妳能夠過上安穩的生活。因為……只因身分是公主就要承受那些痛苦，這樣未免太不公平了吧？不覺得太殘酷了嗎？」

「少……少在那胡言亂語！你隨口胡謅那種話，是想要收買翎子嗎!?」

「就算妳要那樣解讀也無所謂，梁梅芳。但我知道自己正在吐露最真實的心情。」

「你的目的到底是什麼……？」

「我的目的很單純。那就是想要盡量緩解妳的痛苦……我想要治療妳的不治之症。」

「治病？」

翎子聽了為之退縮。

她努力克制住身體上的顫抖，同時抓住我的衣服。

「你……你知道我生病了？而且還知道那是魔核也無法治癒的特殊疾病，知道我罹患那種病？」

「這是當然的，我可是在愛蘭朝內呼風喚雨的丞相。」

翎子就好像遭遇到出其不意的打擊，眼睛眨了眨。

世快則是豪快地笑了，「吶哈哈哈」地笑了一陣後，他改變話題。

「總之為了翎子殿下，我想要試著做出『不老不死仙藥』的最終材料『金丹』。我原本以為寶璐就是金丹，才會讓星辰廳營運下去。」

「那麼……為什麼要傷害我的夥伴？支持我的人都被抓起來了……」

「妳真是不知人間險惡。靠近公主的奸臣無以計數——妳知道自己的部下都是些什麼人嗎？就是因為不曉得，才會有那樣的反應吧。」

「這是什麼意思……？」

「那些嘴上說著『我是站在您這邊的』，跑去親近翎子殿下的人，我可以把所有人的名字都列出來。因為就是我親手將他們抓起來，再變成寶璐的。那些人全都是稍微敲打一下就會敲出骯髒過往的鼠輩。舉凡賄賂、恐嚇，或是仗著身分對他人行使暴力，這些對他們來說都是家常便飯。背地裡還跟人掛鉤做些交易，那些案例多到全數檢舉都嫌麻煩的地步。夭仙鄉是個腐敗的夕陽國家，這點是真的。表面上諂笑靠近妳的那些人，全都只把妳當成可以幫助他們出人頭地的道具，沒一個像樣的。看在那些人眼裡，公主這種存在是他們的踏腳石，可以讓他們飛黃騰達。」

「可是！這是你把朝廷弄得亂糟糟！都已經風紀大亂了……連會議都是到中午才開始……」

「中午開始比較方便，早上大家都忙於各自的職務。」

「還有石碑……你硬逼人民建立起讚揚丞相的石碑……」

「那些對我來說是真的很困擾。擅自做了那種東西，只會讓我覺得難為情。可是夭仙鄉的神仙種都是打從心底讚揚我的政治手腕喔。」

這下翎子顯得震驚無比，我也驚訝到嘴巴都合不攏了。對方帶著如此真摯的眼神說出那些話，卻要說那些都是假話——若真的是那樣，那我再也沒辦法相信自己看人的眼光。

「妳根本不知道國民想要的是什麼，就連對京師都一無所知；但是卻受到身分束縛，被強迫做些有勇無謀的努力。也因為這樣，我才想將妳身為公主或三龍星的地位全部奪走——透過結婚這種手段。」

「我、我怎麼可能不清楚那些。我身為……天子的後繼者，對夭仙鄉的事情可都——」

「對那些在朝廷工作的人，妳有辦法把他們的名字全部說出來嗎？我們是根據怎麼樣的方針執行政策，妳可有辦法確切說明？在夭仙鄉這邊，目前應該要優先解決的社會問題又是什麼？不不，不只是這些政治面的話題而已。舉凡夭仙鄉的人口或面積分別是多少？出生率有多少？被殺掉的人口總數是多少？——我想妳應該都不曉得。」

「…………」

「但這並不是罪。妳是公主，不是政治家。只要像父親那樣熱愛花和石頭就好了。如此一來，妳再也不會那麼痛苦——唯獨這一點，我從最初到現在都是維持一貫的主張。」

對於翎子而言，世快說出的話既銳利又合情合理吧。

在那對紅色的雙眼中，泛起一層淡淡的淚光。翎子被迫理解自己先前的所作所為都淪為空談，試想她會有多麼痛苦啊。

我伸手撫摸她的背，腦子裡在想一些事情。

這個男人想要「拯救翎子」，這樣的氣概值得尊敬。

可是，即便如此，他做過的某些事情還是令人覺得罪不可恕。

「那麼骨度世快大人，到最後，寶璐真的有治好翎子大人的病嗎？」

「啊啊！現實是多麼悲涼啊。那個寶璐只不過是意志力的凝聚體，並不是仙藥配方中最後的材料『金丹』。不管我調和幾次都沒辦法順利配出。」

「既然如此……那就等於是白費功夫了吧，而且還犧牲了那麼多人。」

「豈止是白費功夫，根本就只有帶來負面影響。」

這時地牢那邊忽然震了一下。

地面上好像有某種東西爆發了。暴動似乎依然在持續著。不知道第七部隊那幫人是不是平安無事——我感覺自己的心變得越來越焦躁。

「尼爾桑彼卿假意誆騙，跟我說『寶璐也許就是金丹』，要我替她蒐集大量的素材。講白了就是替她準備一些人。而我也理所當然地比照辦理……但我卻因此犯下愚蠢的錯誤。那個軍機大臣製作寶璐都是為了她自己。至於那些被抽出寶璐成了空殼的人偶，一樣遭到她利用。那個人好像擁有可以操控人偶的烈核解放。我在想上方的騷動應該是這樣引起的。」

「目前還是沒有找到能夠挽救翎子大人性命的方法。而且尼爾桑彼還想利用你做些壞事，企圖謀劃更邪惡的行動——你說的是這個意思吧。」

「很可惜說對了。還不確定尼爾桑彼卿的目的是什麼，像是要奪取夭仙鄉……或是破壞……可以想出很多。只是放任不管的話，將會招致不好的結局，這些就連妳們都能想像得到吧？都怪我沒有把那傢伙管好。」

我覺得那是我們所能想像出的最壞結局了。

接著我偷偷看了眼一直站在我身側的綠色少女。這是多麼絕望的問題。原本是想要成為她的助力，才會來到夭仙鄉這邊的——結果到頭來我什麼都做不到。

「……丞相，你的想法我明白了。」

翎子手裡握起拳頭，嘴裡小聲說了些話。

「其實我當真是對任何事都一無所知的夭仙，根本派不上用場。一直在溫室裡生活，不懂人世間的險惡。可是身為公主，我有必須要履行的職責。」

「翎子殿下……妳都沒在聽我說話嗎？就是為了避免這種事情發生，我才會把妳關起來。若是妳太過勉強自己，病情會惡化的。」

「但我是公主，必須阻止軍機大臣的失控行為。」

「妳這孩子怎麼講不聽！妳病得很重——還說什麼要阻止軍機大臣？那是不可能辦到的事情。那傢伙是怪物。像妳這樣的普通人，一下子就會被殺掉。」

「可是！眼看京師逐漸毀滅，我實在沒辦法坐視不管！」

「小孩子就不要出來亂了！這種事情交給大人處理就好！」

「就算交給你還是無可挽回啊！」

這下換世快氣勢消弭，大概是翎子那番話刺中他的心了吧。

「所以我才需要做出努力。為了阻止軍機大臣……我要成為天子，還要自行找出治療疾病的方法……」

我聽見世快嘴裡發出一聲「嘖」。他用手握著牢籠的鐵欄杆，眼裡直盯著這邊看。

「……天子這種東西不是給人當的。若是成為國家元首，心靈會一日日耗弱下去。」

「沒關係。」

「妳有我或蓋拉……有變成我或馬特哈德那樣的覺悟嗎!?醜話先說在前面，妳的父親就是沒有那種覺悟！因為他沒有，才會找個地方躲起來，透過假山水庭園來逃避現實！他一開始也是懷著滿腔熱血的夭仙！幾經挫折後，最終落得如此難堪！與其變成那樣的軟腳蝦，還不如從一開始就辭退，不登上天子之位！像妳這種心靈脆弱的人，一看就知道會重蹈覆轍！就別懷抱妳追不上的夢想了！」

「快住口啦。」

像是在庇護翎子，我來到前方。

被世快咄咄逼人的樣子嚇到，翎子眼裡都浮現淚水了。追求夢想哪有管夠不夠格。他擅自理出一套想法，就這樣決定別人的生存方式，這點我無法諒解。

「你太小看翎子了。她確實很病弱，對於京師也沒有太多的瞭解。但我覺得她會願意為了夭仙鄉努力，我不允許你踐踏這份心意。」

「可瑪莉小姐……」

「再說翎子也不是單打獨鬥，她身邊還有我。」

這下換世快嘴裡發出一聲「啊？」

「……妳在說什麼啊，黛拉可瑪莉・崗德森布萊德？妳不是來征服夭仙鄉的殺戮霸主嗎……？」

「不，我才想問你在說什麼呢!?我怎麼可能做出那種事情啊!?」

「新聞不是都說妳放話要征服世界嗎！而且實際上還把宮殿炸掉！有些帝國軍第七部隊的吸血鬼遭到逮捕，他們供稱『閣下將會征服世界』！我看妳根本就是想收買翎子，企圖奪取夭仙鄉，是個大壞蛋吧!?」

「喂薇兒，這下要怎麼辦啊!?人家對我的抹黑已經突破極限了啊!?」

「這樣正好。我們就讓他誤會個夠吧——骨度世快大人，可瑪莉大小姐會拿夭仙鄉的國土當平底鍋，做出前人不曾做過的超巨大蛋包飯，當然還會用人的鮮血來代替番茄醬。」

「別亂講啦!!」

我現在沒空去管那個變態女僕了。

必須解開世快對我的誤會才行——不，我看也沒必要解開了吧。

不管其他人是怎麼想的，跟我都毫無關聯。因為我已經決定要為了翎子做些事情。

「翎子，妳只要去做妳想做的事情就好。為了實現這點，我什麼忙都願意幫。」

「可瑪莉小姐……謝謝妳，可瑪莉小姐果然心地善良呢。」

除了擦拭淚水，翎子臉上還綻放淡淡的笑靨。

我又不是多麼善良的人，只是不能原諒世快和尼爾桑彼罷了。

「……崗德森布萊德將軍，妳真的願意幫翎子嗎？」

「我會盡我所能去做，這就是我來夭仙鄉的目的。」

那對酷似小丑的雙眼正在盯著我看，這時翎子看似不安地抓住我。我們兩人就這樣持續互盯幾秒——最後世快嘴裡發出一聲「呼！」，表情放鬆下來，似乎不再那麼堅持了。

「那妳就好好努力吧！那個女孩可是比妳所想的更像個小人物喔。」

「你又懂翎子什麼了？」

「我什麼都知道。但我已經是個失敗的人，沒有權利在那邊說三道四。翎子殿下的事情就拜託你們了。」

世快難得用這麼安分的態度對我們低頭拜託。

這個男人的確有在為翎子著想。可是他惹下類似夢想樂園的事件，讓很多人受苦，這也是事實。為了自己的方便將悲劇加諸在他人身上，我覺得這種行為不可原諒。

「就算你沒拜託我，我也知道我該那麼做。」

「……說得也是，畢竟妳跟翎子有婚約在身。」

我朝著世快瞥了一眼，接著就轉過身。

「我們走吧，翎子。其他那些大人物應該會來負責審訊這傢伙。」

「嗯……」

後來我們就離開監牢。一直到最後，翎子似乎都還很在意世快的事情。這也不能怪她吧，對翎子來說，很難說世快單純只是一個敵人。

而且他還是除了梅芳，唯一會擔心自己死活的夭仙。

「丞相他——為什麼想要替我治病呢……」

「那還用說。我看他就是想讓翎子活久一點，方便拿來利用。只要拿公主當傀儡，他就能夠在朝廷裡面隻手遮天。」

「可是……我總覺得不是這樣。」

「要不要我把他殺掉，看看他腦內的想法？這樣一來所有問題都能夠解決。」

喂佐久奈，拜託妳不要笑著說這麼恐怖的話好嗎？

就像這個樣子，我帶著戒慎恐懼的心情走在牢獄之中。

就在那時——我忽然聽見正上方傳來爆炸聲。緊接著就有強烈的衝擊和震動感來襲。天花板上有一些土屑剝落，我用手去擋，並且抬頭看看頭頂上方。

「可瑪莉大小姐，剛才梅拉康契大尉跟我聯絡了。聽起來暴徒似乎還進攻了這座監獄。」

「……啊？為什麼？」

「因為這裡是政府設施的關係吧。剛才軍機大臣蘿莎・尼爾桑彼聽說有發表正式聲明了──『若是不說出魔核的所在處，我們將會陸續毀掉愛蘭朝的主要據點。』諸如此類的。換句話說，這場暴動的幕後黑手還真的是那個黑衣女子。」

「魔核……原來軍機大臣想要的是魔核？」

翎子將手放在胸口上，一臉不安地問出這句話。薇兒則是點點頭說：「恐怕是那樣。」

「她本人都那麼說了，好像還拿這件事脅迫天子。」

一下子這個一下子那個，每個人開口閉口都是魔核魔核。像這種惡黨，有逆月一個就夠了。不對──難道說尼爾桑彼是絲畢卡的手下？但她給人的感覺不太像。若把絲畢卡的組織比喻成「月亮」……那尼爾桑彼就很像在黑暗中浮現的「星星」。

這時梅芳嘴裡發出一聲「嘖」，接著大叫。

「總之我們先去別的地方吧！我們必須盡快趕到軍機大臣那邊！」

「這、這麼說也對！待在這邊會死掉的！我們快逃──」

就在那瞬間，我正打算邁開步伐奔跑。

可是天花板卻爆炸了。不對，正確說來是天花板崩塌。

我就只能發出悲鳴。這下是不是會死掉？——這念頭才剛閃過，薇兒就突然衝過來擒抱我。被她緊緊抱住的我在地上滾了好幾圈，午餐時間吃的沙拉都快吐出來了，但我拚命忍住，視線跟著投向正面。

「去死吧！黛拉可瑪莉・崗德森布萊德——!!」

有好幾個手拿刀劍的男人朝我襲來。

咦？為什麼？原來尼爾桑彼打算殺了我？——我為此感到絕望，一旁的薇兒丟出暗器。暗器刀刃射中敵人的手腕，鮮血飛散出來。

「梅墨瓦大人！」

「是。」

佐久奈刻不容緩地揮動魔杖。白色的魔力轉換成凍結的冰，朝那些襲擊者打過去。他們連抵抗都來不及，直接變得像冰雕一樣硬邦邦。

那股寒氣太過強烈，讓我身體發顫。發現這點的薇兒用力抱緊我給我溫暖——我還以為是這樣，妳別亂揉奇怪的地方啦，這個變態女僕!?

「放手！還有謝謝妳救我！是說這些人為什麼要狙殺我啊!?」

「有人想要取可瑪莉大小姐的性命，這已經是不變的真理了……但我還不清楚尼爾桑彼有什麼目的。」

「這些人恐怕就是丞相說過的『人偶』吧，感覺他們的眼睛毫無生氣。」

梅芳看似頗感興趣地望著那些冰雕。

從他們身上的確感受不到生氣，還有他們的額頭上留有星形痕跡。或許這就是成為尼爾桑彼傀儡的證明——那這樣一來，莫妮卡不就……

「可瑪莉大小姐！第二波來襲！」

「咦？喔呸!?」

我的脖子被薇兒一把抓住，嘴裡發出奇怪的聲音。

天花板已經遭到破壞，陸陸續續有殺意高漲的成群殺人魔降臨。所有人都惡狠狠地看著我，感覺就像在說：「去死吧，黛拉可瑪莉！」我不懂他們為什麼要這樣。敵人還投出很像手榴彈的東西，它們從我的臉頰旁邊驚險擦過，在我背後引發大爆炸。我還是覺得很莫名其妙啊。

「薇兒海絲小姐！因為沒有魔核供給魔力，我的冰凍魔法使用上會受到限制！我們先暫時撤退，另外重整旗鼓吧！」

「知道了。可瑪莉大小姐，失禮了。」

「咦？——喂薇兒，妳不要扛我啦!?這樣很難為情耶!?」

「那就改成公主抱吧。」

「這樣也很害羞啦!!」

可是薇兒沒有把我當一回事，而是開始瘋狂奔跑。背後有怒吼和魔法混雜在一起射過來。太恐怖了，感覺自己隨時都有可能死掉。可是我不能說那種喪氣話。

我偷偷看看隔壁。就跟我一樣，翎子被梅芳用公主抱的姿勢抱住，我跟她對上眼。

這樣感覺好尷尬喔，於是我就把視線轉開了。不過——我已經決定要為了那個女孩努力。總而言之要先去找尼爾桑彼那傢伙抱怨幾句，不然我沒辦法消氣。

☆

『——軍機大臣蘿莎．尼爾桑彼卿下達聯繫了。會發生如今這場暴動，全都是因為天子陛下失德。革命即將到來。這就是天命。天子陛下，尼爾桑彼卿將會成為下一任天子，請你將「天子資格」——也就是魔核的管理權限轉讓出來。在轉讓完成之前，來自民運人士的暴動將會持續下去。』

設置於京師境內的廣播器傳出聲響。說話的人應該是尼爾桑彼的部下吧。

『還有不肖分子想要來阻擾這場革命。那就是公主愛蘭翎子和七紅天黛拉可瑪莉．崗德森布萊德這幫人。軍機大臣已經祭出賞金，要拿下他們的項上人頭。各位國民一旦發現這行人，請將他們殺害，或是請國民告知目擊情報等相關資訊。再重複一遍——』

「——這是什麼!!胡攪蠻纏也該有個限度!!」

普洛海莉亞・茲塔茲塔斯基再也忍無可忍了，她大聲喊出這句話。

就在京師的上空。連通高層建築的橋梁上，普洛海莉亞看似煩躁地佇立在那，將手交叉放在胸前。她身旁有個長貓耳的將軍——莉歐娜・弗拉特，這號人物也在。

「這一切都讓人看不明白呢。為什麼那個叫做尼爾桑彼的人要做這種事情？是說這種事情有辦法下得了手？」

「回前面那個問題，因為尼爾桑彼是想要魔核的壞蛋。至於後者，那個尼爾桑彼擁有能夠操控他人的能力，才能夠這樣。妳可以看看那些在京師作亂的人。這不像是出於他們本人意願才做出來的事情。他們心靈原先該有的所屬之處，如今好像被埋入某種東西了。」

「為什麼妳知道這些？」

「看看那些空虛的表情就明白了吧。他們的意志力受到外來力量操控。若是莫妮卡・克雷爾的『消盡病』進一步惡化，症狀可能就像那樣。」

普洛海莉亞手裡握著手槍，一面放眼觀察京師的狀況。這麼大的騷動，要單憑一個人的力量鎮壓是不可能的。如果真的要做，那就必須把主謀尼爾桑彼殺了。可是那個尼爾桑彼卻待在某個地方對部下下指令，自己都沒有現身。她讓比特莉娜奔走搜索，事到如今依然沒有找到半點蛛絲馬跡。再說——如今普洛海莉亞和莉歐娜也處在不能隨便動手的狀況下。

夭仙鄉的天子聽說有跟各國首腦聯繫過。

他說：「這是我們國內的問題，請你們不要干涉。」

甚至還大放厥辭，說任何人一旦出手，他都會不惜出動夭仙鄉的軍隊迎接。天子的意圖讓人不明白，有可能是受到尼爾桑彼脅迫才如此主張。

「書記長那傢伙……老是在奇怪的事情上安分守己。再這樣下去就會讓軍機大臣稱心如意啊。」

「我們的國王陛下也說『不許出手』。但我覺得並非另有其他考量，單純只是不感興趣而已……………………嗯??」

這時莉歐娜突然間動作停頓，眼睛還睜大了。

普洛海莉亞對此感到疑惑，開口問道：「怎麼了？」可是對方沒有回應。就算在她面前揮手、跳起空中哥薩克舞，也一樣沒有反應。而是一直盯著京師的一角看。

「是不是被謎樣的電波打到了？妳的毛都倒豎起來了，尾巴也變粗了喔。」

「不……不是為了那個……那個人是姊姊？」

「姊姊？」

普洛海莉亞順著莉歐娜的視線看過去。

那裡有一座由天仙鄉政府經營的銀行。天花板已經被炸飛，外觀上看起來慘兮兮。

緊接著普洛海莉亞當場目擊兩個熟面孔於該處大肆搗亂。

「蒂歐!!拿錢、拿錢!!能拿多少就拿多少!!」

「咿哈——!!這下我就能了無牽掛辭職啦————唔!!」

「妳給我滾開!!這裡所有的錢都是《六國新聞》的活動資金，不是跟妳說過了嗎!!」

「妳快看，梅露可小姐!!在那個相框後面，有一大堆值錢的東西!!——你們這些混帳想要把那些東西藏起來也是沒用的!!我的鼻子可是配備高性能，能夠在廣大沙漠中一秒找出一小顆沙金!!若是不想成為我的爪下亡魂，就把所有的錢都交出來!!」

「幹得好，蒂歐!!原來妳的天職是做強盜啊!!我准許妳當記者又兼差當強盜!!」

…………

…………

「姊姊她……終於變成反社會分子了！？！？！？」

「沒有——不是吧。她也被人操控。應該是。八成是。」

「但我不能把她丟著不管啊!?啊——真是的，這個姊姊真讓人費心！」

莉歐娜從橋上來個大跳躍。速度快到跟流星一樣，朝著銀行迅速迫降。

拿她沒辦法的普洛海莉亞也發動浮遊魔法，決定跟過去。

「咿哈——!!快點把錢一文不剩地交出來——」

「別給人添麻煩!!」

「咕呸!?」

那個長著貓耳的少女一手拿著柴刀，正忙著做些很暴力的事情，卻被人併攏雙腿踢中側面。她變得像柏青哥小鋼珠一樣，輕巧地飛了出去——然後用力撞上牆壁。似乎在那瞬間就失去意識了。眼珠子咕嚕咕嚕地轉，再也沒有任何動靜。

「蒂歐!?想要妨礙我們搶錢的罪犯是誰呀——喔咕！」

至於另外那個蒼玉種，她被普洛海莉亞用手刀劈完就沉默了。

這下現場安靜下來。原本還在牆壁旁邊發抖的一般市民紛紛激動出聲：「是茲塔茲塔斯基閣下！」「茲塔茲塔斯基閣下來救我了……！」聲音裡還帶著鼻音。過沒多久，銀行就被盛大的拍手和喝采聲籠罩。總之普洛海莉亞決定先來得意忘形一下。

「哇、哈、哈、哈！既然我這個普洛海莉亞・茲塔茲塔斯基閣下都來了，那各位也可以放心了！你們這些手無縛雞之力的愚民就先回家，高枕無憂睡覺去吧！」

「現在不是做那種事情的時候吧！」

普洛海莉亞的頭被人打了一下，只見莉歐娜一臉不滿地佇立在她面前。

「這也是尼爾桑彼搞的鬼吧？雖然說這樣的未來原本就有可能成真。」

「妳對自己的姊姊信心不足呢。不過妳可以先看一下——這個新聞記者的胸口不是有個星形記號嗎？」

那個蒼玉種記者已經昏死過去了，普洛海莉亞扒開她的衣服，展示給莉歐娜看。

「按照我的推測，這代表她得了消盡病。因為紅雪庵的莫妮卡・克雷爾身上也曾經浮現出同樣的東西。」

「那個莫妮卡・克萊爾是誰呀？」

「總之有這個星形記號就是被操控的證據。想來尼爾桑彼可能會奪取其他人的意志力，再下某種命令給他們吧。」

莉歐娜頭上浮現問號，腦袋跟著歪向一旁。

可是她好像很快就想通了。那對凶猛的雙眼亮了起來，且她氣勢十足地開口：

「總而言之把尼爾桑彼打倒就可以了吧！」採取這種單純的做法確實快狠準，應該會更好。

這個時候普洛海莉亞突然想到一件事情。那就是被尼爾桑彼盯上的吸血鬼——黛拉可瑪莉・崗德森布萊德現在在哪裡，又在做些什麼呢？

☆

一股具有刺激性的味道竄進鼻腔深處。

跟薇兒海絲中尉有時在調和的藥很相似。這時她發現自己好像躺在床鋪上。當她扭動身軀，胸口那邊就傳來一股刺痛感。

艾絲蒂爾・克雷爾終於醒過來了。

她的軍裝和內衣不知道是什麼時候被人脫掉的。取而代之，傷口那邊裹了一些繃帶，有人對她做過治療。這下她就弄不明白了。為什麼自己的身體會像這樣處處是傷——

「發生……什麼事了……？」

「嗯，看來勉強保住了，不用上天國。」

這話讓她嚇了一跳，視線朝側邊掃去。有個頭上綁著包包頭的夭仙一臉疲憊地站在那。

艾絲蒂爾因此嚇了好大一跳，都從床鋪上跳起來了。

「光耶醫師!?妳怎麼在這——好痛！」

「動作別這麼大，我辛辛苦苦縫合的傷口又會裂開。」

為她這種行為感到傻眼的光耶醫師出手按住艾絲蒂爾。

從她身上感覺不到敵意。透過她的手部動作，甚至可以感覺出對方在安撫自己。低頭看著陷入狼狽狀態的艾絲蒂爾，她嘴裡吐出嘆息並說了聲：「沒事就好。」

「妳受了非常重的傷。若是沒有我，妳肯定會死。」

「那個……謝謝妳……？」

「我看妳應該有很多話想說吧，總之妳先冷靜下來。」

光耶醫師輕輕帶她躺回床上。帶著複雜的心請，艾絲蒂爾抬頭仰望光耶醫師。

這個人就是曾經折磨過艾絲蒂爾妹妹莫妮卡的元凶。

原本應該被可瑪莉閣下打跑，下落不明，卻沒想到她苟延殘喘逃到夭仙鄉這邊。

「看了這個槍枝造成的創傷就知道。妳是被軍機大臣蘿莎・尼爾桑彼弄傷的對吧？不過我有親眼看到妳被擊中的過程。真的是慘不忍睹。」

艾絲蒂爾的記憶變得很混濁。

光耶醫師還補上一句：「要不要喝水？」替她拿杯子過來。艾絲蒂爾道謝後接過杯子。等到杯子就口了才驚覺一件事——這裡面該不會放了毒藥？可是她很快就推翻那個想法。若是對方想趁這時殺掉她，那一開始就不會救她才對。

「繼續剛才那個話題。尼爾桑彼毫不留情拿槍射妳，還把妳丟在京師的垃圾處理場……我很訝異。真沒想到她會在光天化日下對人開槍。等到那傢伙一離開，我就把妳的身體拉走，再搬到這邊。」

「那……這裡又是哪裡？」

艾絲蒂爾東張西望看看周遭。這個地方看起來很像小間的病房。裡面堆著數量可觀的書本。牆壁上的棚架放滿看不出是什麼藥物的藥品，還有一些植物什麼的。

「這裡是我的藏身處，在京師東部地底。」

光耶醫師說完拉了一張椅子過來，在椅子上坐下。接著她優雅地翹起二郎腿，臉上表情變得很嚴肅。

「那個子彈看起來是直接貫穿妳的身體——不過沒打中要害。再說那傢伙的『寶璐彈』並非物質體，而是一種意志力凝聚物。那種型態的東西並不會有碎片散落，因此不用擔心體內會有殘留物。」

「什麼……？」

「意思就是治療起來不算太困難，妳擁有常人難以想像的好運。」

「抱歉我這個門外漢要提出意見……但把我搬運到核領域不是會更好嗎？」

© riichu

「尼爾桑彼那把槍是神具，想要仰賴魔核是沒用的。」
這下艾絲蒂爾連呼吸都頓住，看來她還真的在生死關頭徘徊過。
不管怎麼說，都是這個人救了她。唯獨這點，她能夠肯定。
「請問一下，光耶醫師……謝謝妳救了我。可是……為什麼要這麼做？妳明明就對莫妮卡做過很過分的事情。」
「關於這點，我是真的覺得很抱歉。我明明就是應該救助弱者的醫師。」
光耶醫師在笑，笑容裡帶有自嘲意味，而且她還態度認真地低頭道歉。看著那兩團綁成球狀的頭髮，艾絲蒂爾心想——這個人是不是已經洗心革面了呢？還是說她骨子裡原本就算不上是壞蛋？艾絲蒂爾也不曉得。
「尼爾桑彼曾經命令我做實驗，目的是想要弄清意志力的架構。我從前都是按照她的命令在折磨莫妮卡小妹妹……可是崗德森布萊德閣下曾經那樣斥責我，於是我就想稍微洗心革面。」
「…………」
「難以置信對吧，妳想要打我也沒關係。」
艾絲蒂爾沒辦法苛責光耶醫師。
因為這事情發生得太過突然，讓她的腦袋來不及處理。再說她的體力也不夠去毆打對方。最重要的是，她是誠心誠意跟她謝罪的，而且還為艾絲蒂爾做治療。總之她對這件事想要先持保留態度觀望。

「……我還有該執行的任務。尼爾桑彼軍機大臣到底有什麼企圖？克寧格姆總統現在怎麼了？還有京師發生什麼事，妳能不能跟我講講？」

「好吧，反正我也不能原諒尼爾桑彼。」

光耶醫師再度開口時，抬頭仰望著頭頂。

「那傢伙的目的是要弄到魔核。眼下在京師這邊，那傢伙的手下正在暴動。」

天花板上的魔力燈不穩地搖晃，還能聽見斷斷續續的爆炸聲響。

「她命令手下去殺害黛拉可瑪莉・崗德森布萊德，因為那個吸血鬼有可能會妨礙尼爾桑彼達成目的。」

「唔……！」

直到這時，艾絲蒂爾心中初次湧現焦躁感。

對了，現在不是在這邊睡覺的時候。她得趕到可瑪莉閣下身邊才行——想到這邊，她朝掛在不遠處衣架上的制服伸手探去。

「喂，艾絲蒂爾！妳一定要靜養！快去那邊躺好！」

「這樣……不行！我還有事情要做！必須去跟閣下會合……打倒軍機大臣！還要去救助克寧格姆總統！」

「若是傷口因此裂開，那我救妳就等同白救！再說尼爾桑彼從那次之後就消失無蹤！沒有人知道她在哪啊——」

光耶醫師這番話的道理，艾絲蒂爾都懂，她卻無法乖乖照辦。

她緊緊抓住那套軍服，將軍服拉過來。可是光耶醫師卻開口威脅：「若是妳硬要亂來，小心我對妳施打瞬間讓肌肉僵硬的藥物喔!?」

就在那一刻——從軍服內側口袋飄落一張像是紙片的東西。

「？」

艾絲蒂爾反射性地撿起那樣東西觀看，上面用細小的文字寫了這段話。

〈去死龍窟為一切做個了斷〉

光耶醫師當下說了聲：「這是什麼？」一臉狐疑地窺視那樣東西。

「是不是某種備忘便條？說到這個死龍窟，那好像是位在京師郊外的墳墓，屬於天子一族。」

艾絲蒂爾想起來了。之前闖進星辰廳的時候，她曾經撿起這張便箋。

她還想到另外一件事。這個筆記好像在哪邊看過，字體就好像火柴人在做體操。對了。跟可瑪莉閣下一起光顧之前那間餐廳時，她曾經瞄到過這種字體。

「這個……應該是……軍機大臣留下的訊息……？」

「妳說什麼……？」

光耶醫師臉上的表情充滿震驚，她伸手觸碰那張紙。讀取完灌注在裡頭的魔力痕跡後，光耶醫師先是「嘖」了一聲，接著就呢喃道：「還真的是。」
「這是尼爾桑彼的東西，是不是留給夥伴的訊息？」
「他們要去死龍窟會合嗎？還是死龍窟本身就是他們的基地……？」
「不清楚……但是應該有去一探究竟的價值。」
「那我們走吧，現在馬上過去。」
「都叫妳不要硬撐亂來了——喂！」
無視光耶醫師的叮囑，艾絲蒂爾站了起來。
身上痛到彷彿內臟即將剝離。可是這樣的痛苦也沒什麼大不了的。跟從前在軍事學校受過的嚴酷待遇相比，這頂多像是被棉絮輕撫而已。
——我現在就趕過去，可瑪莉閣下。
艾絲蒂爾咬緊牙關，就此離開光耶醫師的藏身處。
但她這才想起上半身幾乎是赤裸的，於是慌慌張張折返。
害她臉都快噴出火來了。

☆（稍微往回倒轉）

蘿莎・尼爾桑彼就立於天子陛下眼前。

不管看幾次，都覺得這個平庸的男人實在是過分平庸。

對政治漠不關心。女兒結婚的事情會如何發展，他也不放在心上。只把自己關在宮殿的深處，持續逃避那些煩人的現實——就因為一國元首是這副德行，才讓人覺得可笑。

骨度世快一旦消失，夭仙鄉將會立即陷入困境吧。

天子無能。他的後繼者愛蘭翎子也不過是個愛做夢的小角色。

夭仙鄉的命運形同走到了盡頭。不——在那之前，一旦魔核被人奪走，夭仙鄉甚至會再也無法以一國自居。看樣子在六國之中，最先陷落的將會是神仙種。再來只要除掉礙事的黛拉可瑪莉・崗德森布萊德，就再也沒有人能夠阻止尼爾桑彼做任何事情。

「——那麼天子陛下，事不宜遲，魔核的真面目就有勞你告知了。」

天子坐在奢華的椅子上，他的身體頓時嚇到震了一下。

無人前來救助的跡象，這是因為尼爾桑彼已經把人都支開了。

眼前這個男人就好像迷途羔羊一樣，視線徬徨不已，手指動來動去。

「軍機大臣，魔核是什麼東西呀。為什麼妳要把我關起來。」

「都到這個節骨眼上了，你還打算繼續裝傻？應該不至於蠢到看不出自己的處境吧？」

「妳在說些什麼，我完全聽不明白。不願意聽從天子的旨意，那妳就形同反叛者。我要命令近衛兵將妳即刻逮捕。」

「若是要找那些近衛兵，那他們全都死了。被我收拾掉了。」

「快別說笑了。我等一下還預計要出席詩歌鑒賞會……」

「你對京師這邊發生的事情一點興趣都沒有嗎？被那些暴徒所害，夭仙們如今正過得水深火熱呢。」

「那些將軍會負責出面鎮壓吧，還輪不到我出面。」

這些將軍現在變得怎樣了，天子好像毫不知情。

第一部隊隊長正跟黛拉可瑪莉．崗德森布萊德結伴逃跑。第二部隊隊長被人絆住，困在核領域那邊。至於第三部隊隊長則是有跟世快串通的嫌疑，因此遭到逮捕——而且還是這個男人自己下的命令。

「就別再做這些蠢事了，快點把我放了。那樣一來，我將不會對妳這次的無禮行徑問罪——」

尼爾桑彼此時快步走向天子。

對方用那雙呆愣的眼睛仰望她。尼爾桑彼拿起已經點好火的香菸在他眉間用力壓個幾下。天子嘴裡發出悲鳴，從椅子上摔落下來，嘴裡還在呼喊「好燙好燙！」人在地上爬來爬去。明明很快就會被魔核治好，卻在那小題大做。

「原來如此，看來你不習慣疼痛呢。畢竟你的餘生都要在這樣的溫室裡面消耗掉，日日過那樣的日子，會那樣也是理所當然的吧？你不是夠格成為君主的人。都怪你過著放蕩的生活，我們這種壞蛋才會那麼囂張跋扈。」

「妳……妳……在說什麼……」

「我在說不知道自己的國民有多痛苦的君主，沒有存在的價值。你的作用就只有告訴我魔核在哪。」

「我……我……」

天子一直在發抖，彷彿身體受到寒氣逼迫。

他按住額頭站了起來，看樣子剛才的燙傷已經被魔核治好了。

「我……知道國民的痛……」

尼爾桑彼當下的心情變得有些奇妙。

天子沒有祈求對方饒命，也沒有告知魔核的真身是什麼，現在卻哪壺不開提哪壺。

「我並非自己願意才過這種生活……其實我很想成為大家口中的明君……可是卻辦不到。君子不成器——說錯了，是我『沒有成為君子的器量』。從父皇那邊繼承皇位時，我其實也對自己的職務充滿熱情……雖然是那樣。我到頭來還是承受不住。在現實中，會因為我的某個政策讓人們陷入不幸。要讓某個人得到幸福，一定會有人陷入不幸。而且人們還因此對我口吐惡言……有時甚至會有人試圖謀逆，想要把我殺掉……」

「是嗎？但就是要能夠承受得了這份艱辛，那樣的人才有資格當一國之君。」

「所以我才說我沒有那個資格！既然如此，我就只能找個地方躲起來了吧！我不想傷害任何人！也不想被傷害！只要關在自己的房間裡，做些風雅的事情，那樣就夠了！我根本就不想當什麼天子！反正我也不是那塊料！」

砰！——此時尼爾桑彼扣下手槍的扳機。

寶璐彈以肉眼無法看清的速度擊中天子的肩膀。他身上有血液飛濺出來，身體都被打飛了。這次是透過神具引發的攻擊，想要輕易治癒是不可能的。天子嘴巴流出唾液，口中發出像野獸一般的咆哮聲。那樣的痛楚實在太過強烈，讓他都說不出人話了。

「其實這也沒什麼好訝異的。你就跟我預料的一樣，是個小家子氣的人。假如納莉亞．克寧格姆在這方面的特質也更加變本加厲的話，不曉得是不是會變得跟你一樣呢。」

「啊……啊啊啊……啊啊……」

「若是不想死，就把魔核的真實情報交代清楚。你應該不想要挨皮肉痛吧？」

槍口已經對準天子的太陽穴。天子早就已經失去理智了，他好像一個在鬧脾氣的小孩子一樣，揮動手腳胡亂掙扎。是不是做得有點過火了？——尼爾桑彼為此反省，改成用腳踢天子的側頭部。

「我就稍微等你一下吧。接下來我會數十秒，你最好在這段時間內招了。」

天子那對雙眼變得跟小動物一樣，瑟瑟顫抖著。當尼爾桑彼數到八的時候，天子已經開始哭哭啼啼地嘟囔。

「魔……魔核……其實……」

「其實怎樣？你若是不說大聲一點，我可是聽不見喔。」

「魔核……夭仙鄉的魔核其實……並不存在……」

這話令尼爾桑彼大感意外。

「沒有？這話是什麼意思。」

「那個東西不存在。就是字面上的意思……夭仙鄉這邊……根本就沒有魔核。」

「…………」

對方那表情像是在說真話。假如他在說謊，那算是很會演戲了。

時間已經所剩不多。她偽造天子的詔令，不讓其他國家介入，但如果在這邊拖拖拉拉，阿爾卡共和國或姆爾納特帝國很有可能朝這進軍。

照理說不可能沒有魔核存在。天子到底是在說些什麼？

點燃新的香菸，尼爾桑彼接著思考起來，期間不發一語。

來看地表之上，那可是有殺氣狂亂呼嘯，足以讓人瑟縮。
從監獄中逃脫後，迎接我們的是失去理智的成群人偶，他們的攻勢相當猛烈。

☆

「去死吧，黛拉可瑪莉．崗德森布萊德————!!」
「都說了，為什麼老是要殺我啊!?」
那時伴隨「砰呼!!」一聲——周遭有煙霧擴散開來。
是薇兒丟出很像煙霧彈的東西。她用公主抱的姿勢抱住我，在京師的大街上奔跑。四面八方都有魔法攻擊朝我們射過來。才剛修復到一半的「天竺餐廳」再次被炸飛。感覺是我害那間餐廳受到波及的，一時間心中滿是歉疚。
「這下糟了，是第七部隊在趁亂肆虐。」
「也太莫名其妙了吧!?」
「敵人都在作亂了，我們卻不作亂，這樣很不公平——這套主張主要都是那些特殊班的白痴提出的。除了殺害那些暴徒，他們好像還在燒殺擄掠。」
看樣子那群人秉持的生存理論跟我的完全是兩碼事。
也不曉得艾絲蒂爾跑去哪了。她有沒有代替我做七紅天的工作——想著想著，我親眼目擊在大眾澡堂看板處，有個頂著紅褐色頭髮的少女站立。她站起來搖搖晃晃，衣服上面都是血跡。一看到我，那女孩就用快哭出來的聲音大喊「閣下！」

「艾絲蒂爾!?原來妳平安無事!?」

「是的……！多虧有光耶醫師在……」

這話讓我大吃一驚，仔細注視站在她身邊的包子頭女孩。

她正是在紅雪庵那裡被我無意識間打飛的夭仙——光耶醫師。

對方臉上的表情顯得頗為尷尬，雙手交疊在胸前，嘴裡說著：「一個月沒見了。」

「看妳那麼有精神真是太好了，可瑪莉閣下。不，我倒是覺得妳活力充沛過頭。」

「這樣不行，可瑪莉大小姐！這個人是敵人！趕快把頭放到我的衣服裡，聞我的味道躲起來！」

「只把頭藏起來卻沒有藏屁股，要搞這種駝鳥行為也該有個限度吧!?還有我根本不想聞妳的味道——」

「去死吧，黛拉可瑪莉．崗德森布萊德!!」

背後再度有夭仙砍過來。

可是佐久奈適時射出冰柱，將那個人串成肉串。

這狀況可不是在說笑。若是不快點把要說的話說下去，我可能會死掉，這真的不是在開玩笑。

「艾絲蒂爾……發生什麼事了？之前妳跑去哪？還有妳那身傷勢……」

「我被軍機大臣打到，這些傷都是光耶醫師替我治療的……還有……星辰廳那邊……克寧格姆總統她……！」

「妳冷靜點，艾絲蒂爾，有我在不會有事的。」

「閣下……！」

艾絲蒂爾眼裡逐漸蓄滿淚水。她很快就拿袖子用力擦拭掉，臉上浮現出毅然決然的表情。然後做個深呼吸，開口說道「我有事情報告」，進入軍人模式向我敬禮。

「……我們成功入侵星辰廳，原本想要按照預定計畫將丞相的祕密公諸於世，一切就如《六國新聞》轉播影像顯示的那樣。可是……卻遇到埋伏的刺客，導致我們全軍覆沒。」

「全軍覆沒!?納莉亞呢……!?」

「克寧格姆總統、雷因史瓦斯將軍還有那兩個新聞記者都被抓起來了。看來這一切都是軍機大臣事先安排好的陷阱。總統跟我下令，我這才逃出星辰廳，好不容易保住一命……在前往宮殿的途中，我碰到軍機大臣。她開槍打我，害我失去抵抗能力。」

艾絲蒂爾接著說了一句「很抱歉」，對著我低頭鞠躬。

沒什麼好抱歉的。聽到艾絲蒂爾帶回來的報告，我一時間難以置信。因為我從未想過那個納莉亞有可能輸給敵人——但實際上我是真的聯絡不上她。

不對，先別管那個了。

「艾絲蒂爾妳沒事吧!?妳不是被打到了嗎!?衣服上都有血耶……!?」

「我已經幫她做過治療了，不會有問題的。」

光耶醫師此時神情僵硬地插嘴。

「她被神具攻擊，若是放著不管會死掉吧。但我之所以成為醫師就是為了救助這樣的患者。只要好好靜養，艾絲蒂爾就能痊癒，不會留下任何問題。」

「應該不會留下什麼後遺症吧？已經脫離險境了吧？」

「都沒問題了。但還有更重要的……就是……」

光耶醫師變得欲言又止。感覺她好像有點怕我。

是因為恐懼……還是說她在緊張呢？算了那些小細節不重要。

「謝謝妳！感謝妳救了艾絲蒂爾！」

「咦？喔、喔喔……」

「雖然之前因為莫妮卡的事情，我們產生一些過節……可是妳願意救助艾絲蒂爾，我很開心。還有光耶醫師沒事太好了。自從妳被魔法打飛以後，我就一直很擔心……我那個時候做得太過分了吧……對不起。」

「……咦？……噢那個啊……因為我是醫生，像這樣救人是理所當然的事情。」

「真的很謝謝妳，光耶醫師是很棒的醫生呢。」

光耶醫師就好像看到什麼幻覺一樣，表情變得很奇怪。

而且不知道為什麼，她還把臉轉開。在她用手擦了擦眼角後，嘴裡發出沙啞的聲音，說了一聲「哪有」。

「我一點都不棒。受到尼爾桑彼教唆，傷害了應該要救助的人——像我這樣的人早就該死了，卻莫名其妙苟活於世。不曉得上天為什麼要讓我活下去。」

「現在沒空沉浸在傷感中，光耶醫師。」

這時薇兒朝她送上白眼。

「意思就是一切的元凶都是蘿莎．尼爾桑彼軍機大臣是吧？只要拿她來血祭，這場騷動就能解決是嗎？」

「恐怕是……可是我們不知道尼爾桑彼在什麼地方。」

「剛才梅拉康契大尉跟我聯繫了，星辰廳好像被炸到連點痕跡都不剩。不曉得是不是要湮滅證據……這下我們就無從著手了。」

聽說納莉亞在星辰廳那邊遭到敵人暗算，不曉得她有沒有事？

畢竟她也挺厲害的，我想應該是不用擔心——不對，這樣不行。我果然還是擔心到心都快操碎了，一定要趕快找到尼爾桑彼的所在處。

「如果是軍機大臣的所在處……我可能知道。」

可能是傷口還在痛吧。艾絲蒂爾說話的時候一臉痛苦的樣子，臉都皺成一團了。

「是死龍窟。軍機大臣曾經寫了一張備忘便條，上面寫著『去死龍窟做個了斷』之類的，那個東西被我發現。」

「死龍窟？這好像是天子一族的陵墓通稱。」

那些襲擊者不斷來襲，梅芳除了用魔法協助我們擊退這些人，嘴裡還如此說道。

這話讓翎子突然間回過神，將臉龐抬起。

「若是要創立新王朝，按照慣例都要去上一個王朝的宗廟那邊祭奉。看來軍機大臣是真的想要滅掉愛蘭朝……」

「那我們過去吧。我也跟閣下一起前去——唔！」

艾絲蒂爾原本想要邁步奔跑，現在卻按住胸口蹲下來。我趕緊跑到她身邊。她的臉色不好，感覺若是不好好靜養會很糟糕。

「很抱歉，閣下……只是這點程度的傷，我想說我不該表現出懦弱的樣子……」

「妳要表現就表現啦！別勉強自己！艾絲蒂爾妳就跟光耶醫師待在一起吧！」

「可是……」

「沒問題的，這一切我都會想辦法處理好。」

說我能處理好，又沒憑沒據的。但是身為上司，我就只能虛張聲勢。再說我一路走來都是這樣活過來的。艾絲蒂爾一時間呆愣地頓在原地，但她接著又流下眼淚，對我敬禮，嘴裡說著：「就拜託閣下了。」

我給她一個笑容當作是回應，之後再度奔跑起來——應該是說被薇兒扛著運走。

反正我一天到晚形象崩壞，就別管了吧。

總之現在最先要完成的事情，就是去處理那個尼爾桑彼。

☆

「光耶醫師！艾絲蒂爾就拜託妳了！」

這位紅色的將軍只留下那句話就走人了。

真的是一點危機管理能力都沒有。照理說光耶醫師對她而言等同是仇敵，還是曾經折磨過莫妮卡·克雷爾的壞人。

——謝謝妳，光耶醫師真的是很棒的醫生呢。

那毫無半分虛假的笑容打動了光耶醫師的心。

「這就是黛拉可瑪莉．崗德森布萊德啊……」

其實光耶醫生原本早該在法雷吉爾那被尼爾桑彼殺掉。

但卻不知道為什麼，她活了下來。隱約還記得好像有第三者幫助她。

在颳起的風雪中，她記憶模糊，卻還記得某個人說話的聲音。

——若是妳死在這裡就麻煩了。大神帶來的未來預測越來越不準確，但是妳擁有「醫術」這種獨一無二的特技，想必會對她有所幫助吧。

那樣的說話語調好像在哪裡聽過。

也有可能只是她在做夢。是不是上天在對她耳語，要她「活下去」？

不管怎麼說，光耶醫師的醫術還是對黛拉可瑪莉．崗德森布萊德起到作用了。

也許那就是她的天命。已經好幾年都沒有感到如此坦然。

「光耶醫師，我想要偷偷跟在閣下後面……」

「這當然不行啊，妳快點回去床上躺著。」

「怎麼這樣……！若是只有我在那裡悠哉睡大頭覺，那我就沒資格當帝國軍人……！」

「好好靜養也是軍人該做的吧。」

艾絲蒂爾哭喊著她想工作、想工作，卻被光耶醫師拉回房間。

醫生該做的事情就是治療傷患。若是要拯救世界，交給英雄不就好了——帶著這樣的想法，光耶醫師硬是把這名患者綁在床鋪上。

※

如今她待在一個充滿霧氣的世界裡。

周圍都變得朦朦朧朧的，怎麼走都看不見光。原本她心中應該還留有金色的魔力——從前有段曾經拯救過世界的光輝回憶，如今也不知道消失到哪去了。

能夠形塑自我的要素逐漸消失，再來就只剩下整個世界對她的謾罵。

妳沒資格當總統。之所以能夠打倒馬特哈德，都是因為黛拉可瑪莉出力的關係。妳自己什麼都沒做。妳不具備才能。首都那邊的政策漏洞百出。妳根本比不上馬特哈德。妳並沒有為國民著想。我的家人被妳害到家破人亡。現在立刻辭職。跟大家謝罪。去死吧——

看樣子用來保衛心靈的機能正逐漸喪失。

這些出自妄想的惡毒謾罵，有許許多多都成了銳利的刀刃，刺傷她的心。可是她卻不覺得痛，或許是連感受疼痛的情感也被剝奪了。

她應該要做些什麼才好？

現如今連思考都辦不到。照理說應該有必須要去做的事情，心卻無動於衷。

當她在迷霧中持續走了一陣子，接著便看見前方有一道光。

很像在黑夜中浮現的星星，那道光芒很淡。

她伸出手試圖求救，緊接著頭卻被某個人用力敲了一下。這害她栽了一個跟斗，人往地面上倒去。迸發出來的刺痛感被她無動於衷地略過，接著一記怒吼聲直灌下來。

「別擅自行動，妳是我的人偶。」

她的頭髮被人抓住，就這樣遭人用力拉了起來。

耳邊可以聽見邪惡的低語。

「去吧，妳要負責殺掉黛拉可瑪莉・崗德森布萊德。」

她無法判斷善惡，沒辦法明辨什麼該做什麼不該做。

既然如此，就聽從這道聲音的安排吧——在朦朦朧朧的霧中世界裡，她朦朦朧朧地思考著。

※

就在京師邊緣地帶，有一座陵墓座落於此。

由於市區那邊發生大騷動，負責看守的人好像都跑去鎮壓暴民了。這裡的地面開了一個大洞，那種來者無懼的樣子，彷彿是在等待我們到來。

真要說起來，感覺就很像是巨大的人孔蓋。

該處牆壁上建造著一圈又一圈的螺旋階梯，我一步接著一步小心翼翼踏上階梯，試著窺探下方。可是什麼都看不到。那裡被封閉在完完全全的黑暗中。或許是為了避免外面的人看到裡頭的樣子，才張設了魔法結界也說不定。

「……翎子妳有來過這邊嗎？」

「沒有，我想我應該沒有來過。」

「因為這裡是墳墓。若是要祭祀祖先，那算是天子的工作，不是公主該做的事情。」

天子一族的人若是死去，聽說都會來到這個地方安葬。就在洞穴的另一頭，沉睡著翎子的祖先。若是未經許可就進入那種地方，我甚至覺得自己會遭到懲罰。

洞穴深處吹來詭異的風，感覺很像是要引誘我前往死亡世界。

稍微走了一陣子後，我們穿過一層酷似薄膜的物體。就在那瞬間——眼前的景象突然「嘩！」地重建光明，變得開闊起來。看樣子果然是經過加工，用結界讓外部的人看不見內部。

接著我看見一座巨大的地下遺跡。

那座空間像是在地面挖出一個圓形。牆壁上有著色彩極為繽紛的裝飾，看起來金碧輝煌。而且到處都設置了門扉，那些門無以計數——這個地方大概像是死龍窟的交會點吧。

「好壯觀啊。在門的另一頭，是不是有放置屍體？」

佐久奈朝著四周東張西望，看起來興致濃厚。感覺她說話的聲調好像都變得雀躍起來了。難道她其實很喜歡這類東西？

「說起死龍窟的構造，其實我也不是很清楚，按照常理來想，每扇門扉後方應該都放置了歷代天子的棺木。愛蘭朝歷經六百年，共有七任天子……」

「聽了讓人好興奮喔！若是我想要參觀棺材內部，是不是不太好……」

不對，那樣真的不好吧。妳在說什麼啊。

佐久奈這方面的感性異於常人，我在心中對這檔事吐槽，順便走到大廳的中央地帶。

尼爾桑彼不在這邊。我不經意抬頭仰望，看見正要日落西沉的橘紅色天空。京師的中央地帶好像正陷入大暴動——若是仔細聽，還能聽見慘叫聲和爆炸的聲響。

這時我無意間發現翎子一直盯著牆壁上的某個點看。

難以形容她臉上的表情。不曉得是絕望還是看破紅塵那類的，總之那對雙眼醞釀著不可思議的情緒。

「妳在看什麼？」

「……沒有，沒看什麼。」

在她的視線前方，有一扇門。跟其他的門相比，這一扇門的裝飾比較樸素一些。我過去確認門上面的標示牌——這才發現上頭寫著「歷代擔綱者之廟」，但完全看不懂是什麼意思。

「可瑪莉小姐……我——」

翎子在這時欲言又止地提問。

「我以後是不是會成為天子。我真的有辦法當好天子嗎？」

「如果是翎子妳，一定沒問題的吧。」

「……說得也是，嗯。」

我總覺得這些話好像在自我欺騙。

但她一定沒問題。翎子確實罹患很嚴重的疾病，但又不是絕對治不好。接下來我只要跟她一起探尋治療的方法就有救了——才剛想到這邊，當下便有事情發生。

忽然間，牆壁上的其中一扇門發出聲響，還打開了。

在場所有人都錯愕地轉過頭。原本還以為會有屍體跑出來，結果卻不是。

從門後方現身的人，都是一些長相令人熟悉的少女。

「納莉亞⁉連凱特蘿也……！」

她們就是納莉亞・克寧格姆和凱特蘿・雷因史瓦斯。

照理說她們兩個已經在星辰廳那邊失蹤了，此刻卻一聲不響地靠近我們。

薇兒這時皺起眉頭說了一聲：「哎呀？」可是我卻不在意，而是邁開步伐走過去。納莉亞她們可是平安無事啊。若是這樣都開心不起來，那還有什麼事是令人開心的。

「納莉亞！太好了！妳有沒有受傷──」

「可瑪莉大小姐!!快點從那邊離開!!」

當下我耳邊傳來像是風被劈開的聲音。原本正想就此靠近納莉亞，然而我卻辦不到。那是因為薇兒突然用很快的速度衝撞我。喂喂，如果妳是要開啟平常那種變態模式，好歹也先挑一下時間和場合──就在那瞬間，我原本還想抱怨幾句。

可是我手邊卻觸到黏滑的液體。

薇兒就倒在我身上，有鮮血從她的肚子上冒出。

「咦？薇兒……？」

「可瑪莉小姐！」

這次換佐久奈發出尖叫聲，從魔杖射出的冰柱朝著納莉亞她們飛過去。那兩個人無聲無息跳了起來，避開納莉亞的攻擊。

這下我完全看不懂了。等到我回過神的時候，佐久奈已經來到我前方站定，一臉非常警戒的樣子。

她視線前方看著的是——納莉亞和凱特蘿。

直到這個時候，我才發現那兩個人樣子怪怪的。她們的眼裡毫無光芒。平常那對眼睛總是有著滿滿的意志力，就像寶石一樣，如今卻變得非常混濁。她們好像認不出我們了。

還有——納莉亞雙手握著雙劍。

劍尖已經染成紅色的了。

這是——這該不會是……

「唔咕……咳咳！可瑪莉大小姐……」

「薇兒!?妳還好嗎……!?」

「我……我沒事。先別管我了……她們的眼神變得跟城鎮上作亂的人偶一樣……那兩個人……恐怕是被尼爾桑彼操控了……」

薇兒臉色發青，人還痛苦地喘著氣。

感到震驚的我轉眼看向納莉亞。薇兒說的話是真的，否則她們不可能攻擊我們，薇兒也不會受這麼重的傷。我要趕快拯救薇兒。這裡沒有魔核，必須帶她到核領域，或是帶去光耶醫師那邊。不然薇兒會死掉的。

「——這一刻總算來了，黛拉可瑪莉・崗德森布萊德。」

此刻有人從陰影處現身。

那個翦劉種身上穿著軍服，身材算是高䠷。這張臉我沒見過。但我很快就想通了。因為她那身邪惡的殺氣已昭告一切——這傢伙是尼爾桑彼的同夥。

「居然是翦劉種!?妳跟軍機大臣是共犯嗎!?」

「我是主嫌，一直在利用尼爾桑彼的人是我才對。」

那個女人慢慢靠近我們，接著站到眼神虛無的納莉亞身旁。

這個人還用反手拳毆打納莉亞的臉，而且是在毫無預警的狀況下。那具小小的身軀無法在當下穩住腳步，就這樣被打飛了。我嘴裡發出近乎哀鳴的慘叫。

「妳……妳在做什麼啊!?納莉亞妳沒事吧!?」

納莉亞沒有回答我。她搖搖晃晃地站了起來，又回到相同的位子上。那個動作就很像被人操控的人欸。都已經在流鼻血了還面無表情，撞見她這副模樣，我敢肯定——這兩個人果然被操控了。

「可瑪莉大小姐……請您小心。這傢伙是前八英將梅亞利・菲拉格蒙特。」

薇兒說完這話從懷中取出膏藥，再將蓋子打開。
她身上的傷勢也很嚴重，不是靠藥物就能夠治好的。
那個女人——梅亞利・菲拉格蒙特抓住納莉亞的肩膀，眼神不善地盯著我瞧。
「這個女僕說對了。我是蓋拉・阿爾卡共和國的八英將，也是在這個小丫頭和妳手下慘敗的翦劉種。」
「像妳這種人……事到如今還想做什麼……!?」
「這還用問。」梅亞利的殺意全釋放出來，語帶不屑地開口。「這是在復仇。為了找妳復仇，我才會協助尼爾桑彼做實驗。」
「妳在說什麼啊……？尼爾桑彼人在哪……？」
「尼爾桑彼不在這邊。那個黑衣女子把妳們引誘來這，是想讓我收拾妳們。看樣子妳們完全中計了呢。」
「可瑪莉小姐，應該就是艾絲蒂爾小姐拿到的那個……」
聽到佐久奈這麼說，我恍然大悟。是有人故意讓艾絲蒂爾撿到那張便條，而且她搞不好還是被人「刻意留下一命」的。做這些手腳，都是為了把我們引誘來這。
我感到非常懊惱，手裡的拳頭跟著握緊。不——能夠中計是好事。否則我就沒辦法跟納莉亞重逢了吧。
「……喂，梅亞利・菲拉格蒙特，把納莉亞和凱特蘿還來。只要妳照做，我就放過妳。」

這下換梅亞利嗤之以鼻。

「妳是傻瓜嗎?竟然說要放過我?是多麼自視甚高才敢說出這種話啊。」

「我自視甚高,自認是殺戮的霸主!若是不趕快把那兩個人放回來,小心我把妳打成豬頭!看我一秒內讓妳斷氣!這樣妳也無所謂嗎!?」

我的手顫抖不已。恐怕這個女人知道我的烈核解放是如何運作的。也很清楚我的弱點是什麼,所以才敢像這樣現身在我面前吧。

「……妳果然夠愚蠢,光看就讓人唾棄。」

「啊?這是在說什麼啊……」

「妳相信自己的行為代表正義,並且深信不疑。這種神經大條的地方看了就讓人不爽。之前妳曾經用黃金劍瓦解馬特哈德政權。但妳也不想想這起事件的背後,又有多少人在受苦?」

「就是因為有人在受苦,我才要跟納莉亞一起奮戰啊!」

「說錯了!都是因為妳破壞蓋拉・阿爾卡,才會有許多人身陷不幸!我的親朋好友也都因為政權瓦解而顛沛流離、失散各地——最後所有人都死了!」

「咦……」

「可瑪莉小姐危險啊!」

納莉亞翻了個身再度來襲。

她手裡的雙劍和佐久奈的魔杖爆發激烈碰撞，當下火花四散。

這股魄力實在太強了，我差點嚇到腿軟。對方那雙眼睛感受不到任何溫度。話雖如此，這其中亦不含半點殺意，那對眼眸就好像某種機械似的。納莉亞臉上的表情是她平時絕對不會有的。

「喂，黛拉可瑪莉！別在那裡發呆！」

「喔哇!?」

此時凱特蘿拿著長劍從側面突刺過來，可是翎子和梅芳在危急時刻替我擋下了。這讓我覺得歉疚不已。梅芳就算了，翎子可是還在生病。

「妳的【孤紅之恤】唯一弱點就是『天真』。一旦要跟自己的夥伴在不情願的情況下廝殺，妳就無法不顧一切發揮實力——去吧，納莉亞・克寧格姆！快點把她收拾掉！」

「妳這傢伙！居然敢做這麼卑鄙的事情……我絕對不會放過妳的！」

「是妳先做了讓人無法原諒的事情！這世間最邪惡的東西，莫過於自以為是的正義！因為妳的關係，有很多人深陷不幸！妳難道都沒有半點自責的念頭嗎!?」

「這……這個……」

「而且妳還愚蠢到想要一而再再而三做同樣的事情！甚至企圖破壞夭仙鄉的秩

序！毀掉蓋拉・阿爾卡讓許許多多的人承受痛苦，看來還滿足不了妳吧!?我看妳根本就沒有在為因此犧牲的人著想！」

「可是！我又不能對尼爾桑彼置之不理！」

「納莉亞・克寧格姆沒有辦法承受那份罪惡感！所以她才會變成這樣！」

為此感到驚訝的我看向納莉亞。

她正在跟佐久奈一進一退展開攻防戰。閃現發亮的雙劍軌跡和高速射出的冰柱劇烈碰撞，挑起了狂猛的氣流，那動作就好像在舞劍一樣，當納莉亞來來回回做這些事情的同時，她的內心也讓人看不透。可是她的眼眸深處有著深深的絕望。

「在阿爾卡這邊，可是有不少人對那個小丫頭抱持恨意。這個跟支持率是兩碼事。會搞成這樣，肯定跟妳和納莉亞・克寧格姆自以為憑藉暴力帶來的變革有關。這個女孩對於自己用權力挑起的悲劇選擇懺悔，因此才會成為被我操控的人偶。」

納莉亞放出劉擊魔法，無數的斬擊襲向佐久奈。

我心中一愣，帶著目瞪口呆的心情觀望那兩人的戰鬥。

在紅雪庵那邊，光耶醫師也對我說過類似的話——「有人被那種自以為是的正義感逼到走上毀滅之路，妳有考慮過這些人的處境嗎？」

納莉亞已經被尼爾桑彼等人利用心靈破綻趁虛而入。

「夭仙鄉這邊一定也會舊事重演。只要愛蘭翎子成為天子，那這場暴動必定會平息——可是那些追隨骨度世快的人又會如何？因為骨度世快的政策而享受安寧的人們，他們又會有什麼下場？這個活像隻孔雀的小姑娘，看來就如尼爾桑彼所說，是個小家子氣的小人物。總有一天會像她的父親那樣，被罪惡感逼到找個地方把自己關起來吧。」

「唔咕……!?」

佐久奈沒能順利擋下那道攻擊。納莉亞的雙劍沒入她的肩膀，鮮血飛沫隨之噴濺。我連一點聲音都發不出來，就這樣看著那令人絕望的光景。無視倒伏在地面上的佐久奈，納莉亞慢慢走了過來。被那對空洞的雙眼鎖定，我不由得渾身發抖。

「黛拉可瑪莉・崗德森布萊德。看樣子妳正被人追捧成『改變世界的英雄』。不過——像妳這樣的人，其實就是到處散播不幸的犯罪者！」

「…………………………………」

跪趴在地上的佐久奈用眼神對我說「快逃」。

倒在我身邊的薇兒早就已經虛脫了。

凱特蘿和翎子及梅芳之間的戰鬥如火如荼。在這種爭鬥中，雙方都已經打到一身傷。

緊接著納莉亞就拿雙劍對準我。

果然就像梅亞利・菲拉格蒙特說的那樣，她確實有罪惡感。她眼中有一股若有似無的絕望，還能感覺得到哀傷。

這樣的轉變來得令人措手不及。

真沒想到她會在這個節骨眼上，被過去的行動苛責。

之前我跟納莉亞一同為了改變阿爾卡而戰。這次也要和翎子一起，為了改變夭仙鄉而戰。可是眼前這個女人卻主張要我「也去關注那些受到不平待遇的人」。

我想納莉亞的心地應該是非常善良的吧，因此才會被尼爾桑彼和這種人洗腦。

如果換成迦流羅，不曉得她會怎麼想。若當事人是皇帝，她又會怎麼想呢？絲畢卡的話，她會如何看待——我在腦海中自行想像其他人會提出何種意見。但之後我搖搖頭，將那些雜念甩除。

我自己本身對這種狀況是不能容許的。

光只是這樣就夠了。

「我知道了。」

眼裡瞪視著梅亞利，我開口說了些話。

「若是因為我的關係害妳受到傷害，那我道歉。我跟納莉亞都是為了阿爾卡好才會作戰……可是我們做那些事情會傷害到某些人，我們完全沒有為他們考慮。妳們從一開始就一直在做壞事，但眼下那並不是重點。抱歉讓你們感到難受，對不起。」

時間彷彿靜止了，梅亞利當下渾身一僵。
她的眼神就很像看見某種奇妙的動物，可是立刻又狼狽不堪地大喊。
「事……事到如今還在說那種話!!妳是笨蛋嗎!?」
「對啊，我就是笨蛋。再說都已經事過境遷，做過的事情不可能再收回去，因此只能去思考往後要如何彌補。」
「妳在說什麼……」
「我想要改變世界。若是有人在我眼前受到傷害，我沒辦法坐視不管。尼爾桑彼做出那麼暴虐的事情，我怎麼可能原諒她。」
「愛說笑!!像我們這樣的人就是因為妳那番言論才會吃盡苦頭!!」
「我會負起全部的責任，會讓這個世界逐漸轉變成受到傷害的人也能感到公平的世界。我還想要改變許多人的心，因為媽媽說那是我的使命。」
此時納莉亞揮舞雙劍，朝著我衝了過來。
單憑我根本無法抵擋她的攻擊。
既然這樣——
「可瑪莉小姐！」「黛拉可瑪莉!?」——翎子和梅芳雙雙發出尖叫聲。凱特蘿好像已經被她們兩個聯手打暈了，那這邊應該是沒問題了吧。
納莉亞右手的那把刀以可怕的速度來襲。我還被地面上的石頭絆到，在危急時刻閃避成功。我的運氣實在是太好了。自從來到夭仙鄉，不知道為什麼，常常會出於巧合撿回一命。

納莉亞左手那把刀刻不容緩地襲來。

這次我就無法閃避了。

臉頰上熱熱的。是我的皮膚被切開了，紅色的血液飛散開來。

「嗯……！」

但這還不至於構成致命傷。在我感到疼痛之前，我就用盡全力站穩腳步了。

納莉亞那彷彿凍結的冰冷表情微微抽動。

我就這樣倒向前方，伸出手抓住她。雙劍狂暴來襲，將我的肩膀切開。一股劇烈的疼痛竄開來，這次我嘴裡發出慘叫聲。可是我不能在這種時候放手，因為納莉亞正在黑暗中飽嘗痛苦。既然這樣，我就必須拉她一把。

「我沒有……勉強！不會有事的，納莉亞！妳身邊還有我啊！」

「喂閣下！妳別勉強——」

面對狂暴化的納莉亞，我拚盡全力抱住她。

梅亞利為此發出驚訝不已的呼喊。

我則對準納莉亞的脖子——應該說是脖子上的星形痕跡，張嘴一口咬下。納莉亞哀叫了一聲。她胡亂掙扎，想要把我推開。可是我是不會輸給她的。她柔軟的肌膚被我刺破，滿溢出來的紅色液體被我「啾——啾——」地吸入口中。

尼爾桑彼和梅亞利的暴行不可原諒。

不去譴責自己，光顧著評論他人不好的一面，這樣未免太卑鄙了。納莉亞就是因為心地善良，才會徹底淪陷。就算這些人那樣說妳，納莉亞妳依然是對的——有必要讓她理解這點。

「可……瑪……莉……？」

屬於「意志力」的光芒逐步回到她眼中。

在那之後，整個世界都染上金色的色彩。

☆

她待在充斥霧氣的世界裡。

感覺好像有某種重要的東西逐漸毀壞。每當她揮舞老師給她的雙劍，就會出現飛濺的血花。自己到底砍到什麼了，就連她也不曉得。因為是命令，這也是沒辦法的事情，她擅自下了註解。

可是她的心卻在哭泣。

照理說，應該什麼都感受不到了。

每當她砍開某些東西，沉眠在胸口深處的理性就會大喊「住手」。

她的身軀在搖晃，有某種東西緊緊抓住她的身體。

她必須按照命令行事。為了那個在黑暗中發光的星星，必須將所有的障礙劈成兩半——基於這樣的想法，她才會舉起刀劍。可是卻有人抓住她的手。

「快住手，納莉亞。」

她驚訝地抬起臉龐。這個聲音似曾相識。

是在年幼的時候，聽過無數次的聲音——來自納莉亞很喜歡的一個人。

「老師……？」

「那對雙劍應該是為了他人而揮舞的刀劍，並不是拿來斬除他人的。」

這下納莉亞突然有種清醒過來的感覺，原來是她在無意識間不停砍傷他人。

緊接著那段記憶都回來了。她敗給梅亞利・菲拉格蒙特——被尼爾桑彼抓住，心還被掏空，差點被那份罪惡感壓垮，還認為自己不夠格擔任元首。可是老師卻溫和地搖搖頭，說些話開導她。

「納莉亞妳是對的。」

「可是……」

「不能被敵人誘騙。納莉亞妳只需要抬頭挺胸活下去即可。妳身邊還有可瑪莉跟著，不要緊的——只要跟那個孩子一起攜手改變世界，所有的問題都會迎刃而解。這才是妳應該要做的事情。」
「是真的嗎……？」
「沒錯，可是可瑪莉有的時候會身處險境。妳身為姊姊……或者是妹妹，要替我好好看顧她。」
老師說完輕輕地抱住納莉亞。有股令人懷念的氣息，還有那份溫暖。納莉亞正打算就此閉上雙眼——但忽然間，她才察覺這個人不是老師，而是另外一個人。
對方有一頭燦爛的金色頭髮，還有既溫和又充滿殺意的紅色眼眸。
這個人就是黛拉可瑪莉・崗德森布萊德。
「沒事的。」
她靜靜地開口。
「妳承受的痛苦——我會替妳分擔。」

※

軍機大臣說過。
「那些傢伙都是以『善良』為武器作戰。因此她們極度討厭傷害他人的行為。本質上跟天子陛下很相似——因此我們只要瞄準這點下手就行了。只要讓她們知道有人因為她們的關係受苦，那樣就沒問題了。」

梅亞利認為這是個好點子。

原本梅亞利・菲拉格蒙特就沒什麼家人。她獨善其身，靠自己的力量向上爬。成為阿爾卡的八英將，生活之中都是以殺害他人為樂。有馬特哈德的權勢撐腰，不管她做出多麼卑劣的非法行為，也全都會獲得赦免。找到那些無辜的人，基於好玩毀掉他們，這樣的事情不是一兩次了。

可是她人生中的輝煌榮華卻好景不常。

因為納莉亞・克寧格姆和黛拉可瑪莉・崗德森布萊德為阿爾卡帶來變革。

梅亞利做過的壞事全都被攤在陽光底下。她被關進監牢，失去自由。曾經身為同僚的帕斯卡爾・雷因史瓦斯改過自新，聽說跑去為納莉亞・克寧格姆做事了——可是梅亞利並不是像他那麼純粹的人。也沒有巧言令色到可以裝出改過自新的樣子。

她想要復仇。不管用上什麼樣的手段，都要把那兩個小丫頭毀掉。

於是她盡己所能逃獄，而且還成功了——但如果有人來追擊她，會妨礙到她的計畫，於是她假裝自殺，用這種方式騙過監獄的看守員。等到逃獄後，她就在阿爾卡的首都中徘徊，等待復仇的機會到來。

「哎呀不得了，看樣子天命是站在妳這邊的呢。」

後來有個嘴裡叼著冒煙香菸的黑衣女子現身。

「如果不嫌麻煩，要不要試著利用我？我會替妳製造對黛拉可瑪莉・崗德森布萊德和納莉亞・克寧格姆復仇的機會。」

這個謎樣的儒學者跟任何種族都無相似之處。

她的名字叫做蘿莎・尼爾桑彼。

※

金色的魔力在死龍窟中吹襲。

一位深紅色的吸血鬼身上帶著奔流不止的殺意——她就是黛拉可瑪莉・崗德森布萊德。支撐著納莉亞・克寧格姆的身體，她一直在瞪視這邊。

梅亞利咬緊牙關後退一步。

為了不讓她發動烈核解放，梅亞利才會陷害納莉亞・克寧格姆。

黛拉可瑪莉「心地善良」，理當會有罪惡感，她試著煽動過了。

可是不管哪種做法都沒有效。黛拉可瑪莉似乎超越梅亞利所想，是更加堅強的吸血鬼——開什麼玩笑。開什麼玩笑。開什麼玩笑。

「納莉亞・克寧格姆！妳在做什麼!?趕快把黛拉可瑪莉殺了！」

可是納莉亞沒有任何動作。

不知不覺間，她眼裡再度出現光芒。那是充滿意志力的燦爛光輝。明明都已經被尼爾桑彼轉換成寶璐彈了。一旦意志力被轉換成寶璐彈，這樣的人就應該變成廢人才對。卻不知道為什麼，月桃姬找回她的意志力。

「妳竟然敢做出這種好事。」

因憤怒而顫抖的聲音傳入耳中，那對紅色的目光朝著梅亞利刺去。

「不可原諒，我要親手了結妳——！」

有那股金色的魔力做後盾，月桃姬的雙劍朝著梅亞利殺去。

梅亞利嘴裡發出一聲「嘖」，手裡拿起長劍應敵。看樣子利用對手弱點的階段已經結束了。除了閃避從側面來襲的桃紅色刀劍，梅亞利還發動烈核解放【心刀滅卻】。

「唔——!!」

納莉亞的身體為此搖晃了一下。

這是從前追隨馬特哈德時，藉機悟得的特異能力。所有的人都會成為她的玩物——因為有這種意圖支配他人的思想，這身足以擾亂精神的特異能力才會應運而生。只要跟梅亞利對上眼，對手就會遭到洗腦，在某段時間內喪失行動能力。

納莉亞曾一度敗給這樣的特異能力。若是運用得當，也許還能打敗黛拉可瑪

© riichu

莉．崗德森布萊德——想到這邊，梅亞利的嘴角跟著向上勾起，不料就在那瞬間。

「唔啊……!?」

一雙刀劍沒入梅亞利的胸口。

激烈的痛楚隨即迸發開來，讓她緊緊咬住牙關。手上的力氣全沒了，長劍掉落到地面上。就在她眼前，早已擺脫迷惘的月桃姬英氣凜然地站在那。她還大聲喊出一句話，就連血花都快要被震飛。

「同樣的手法——我怎麼可能上當第二次!!」

這下梅亞利才察覺。在【心刀滅卻】發動的瞬間，納莉亞就透過【盡劉之劍花】將迷惘一刀兩斷。接著再假裝她被這招直擊，想要藉此引得敵人大意輕忽——像這樣厚顏無恥做些假動作，自己居然還會被騙，令梅亞利不禁想咒罵自己太輕敵。

「妳……妳這個臭丫頭————!!」

梅亞利全副精神都放在揮動武器上。可是她再度受到一陣劇烈衝擊洗禮，腳邊踉蹌了幾下。

一把金色的刀劍刺中她的肩膀，這樣還沒完。以剛才刺中的部位為軸心，梅亞利的身體逐漸轉換成金色。

她火大地看向納莉亞後方——不齒地盯著黃金漩渦的中心看。

黛拉可瑪莉・崗德森布萊德就在那。身旁有無數的刀劍在旋轉，這個吸血鬼渾身上下都散發著殺氣。當梅亞利感受到那股凶悍，她頓時變得說不出話來。光只是和對方對峙就能明白——那種對手不是尋常人可以對付的。居然想試圖激發對方的罪惡感，簡直是種愚蠢的行為。

那個小丫頭的意志力太過強勁，梅亞利怎麼比都比不上。

無數的刀劍全都不約而同鎖定梅亞利所在方位——

「妳去反省吧。」

「可瑪莉，妳讓開。」

那些凝聚了殺意的刀劍帶著燦亮的光芒奔馳而來。

納莉亞揮舞著雙劍，將梅亞利的身體砍得七零八落。再也壓抑不住心中湧現而出的憎惡，梅亞利發出號叫聲。可是她的身體卻使不上力。蓋拉・阿爾卡的遺臣沒能完成復仇大計，而是倒落在自己的血泊中。

☆

此刻心靈逐漸平靜下來。

當能夠斬斷一切的【盡劉之劍花】收斂的同時，那股桃紅色的魔力也隨之霧散。

納莉亞這才回過神，轉頭看可瑪莉。她直到現在還是帶著一身的金色魔力佇立著。將納莉亞從霧中拯救出來的，正是那名吸血鬼。果不其然，自己總是受她關照——在心中大嘆自己沒用的納莉亞主動靠近那個女孩。

接著她又發現另一件事。就是地面上倒著渾身是傷的薇兒海絲，還有佐久奈・梅墨瓦，甚至是凱特蘿。

「喂，克寧格姆總統！要趕快把大家帶到核領域去！」

「說……說得也是。對不起……」

聽到梅芳那樣催促，納莉亞頓時變得很沮喪。

夥伴們渾身是血。她覺得這很可能是自己剛才揮動手中刀劍的傑作，心中既是歉疚又是感到難為情，真想一死了之。可是要懺悔等之後再說吧，現在必須盡快把她們帶到受魔核影響的地方。

說時遲那時快，納莉亞背後有一股氣息出現，好像有人站在那邊。

是身上發出金色光芒的可瑪莉，她就站在那兒。納莉亞都快哭出來了。她的肩膀上有被刀刃劈開的傷口，這個也是納莉亞的傑作。

「可瑪莉……對不起……」

「妳——是我的妹妹。」

「咦？」

「別擔心，納莉亞妳是對的。」

那些說起來不算流暢的話直觸納莉亞的內心。

她粗手粗腳地擦拭淚水。筆直望向那對紅色的眼眸，嘴裡大聲喊出一些話。

「謝謝！多虧有妳，我才能豁然開朗！」

「……………」

「可是姊姊應該是我才對！因為老師已經拜託過我了，對我說『要多照顧可瑪莉』！」

「………………？」

納莉亞的頭歪了過去，這樣的姿態真是可愛得不得了。

若是要成為一國元首，就必須具備相應的覺悟。納莉亞原以為六國大戰發生當時，她就已經做好這樣的覺悟了。可是每當她受到尼爾桑彼和梅亞利譴責，她就被迫認清自己的不成熟之處，進而被絕望的漩渦囚禁。

其實自己壓根就不適合當元首吧？真有必要為了保住地位，就去傷害他人嗎？

尼爾桑彼讓她心靈中的傷痕擴大，最終害她無法動彈。

可是可瑪莉出面呼喚她。只要有這個少女在身邊，自己就不會有問題。

在霧氣之中，意志力正發出耀眼的光芒——她再也不會感到迷惘。

「喂，這位總統！動作快一點！」

梅芳在這時抱住凱特蘿大叫。

說真的，納莉亞很想跟可瑪莉一起作戰。但想來想去，她覺得治療大家還是該擺在第一位。

於是納莉亞就從懷裡拿出【轉移】用的魔法石，同時轉過身。

「可瑪莉，我要跟梅芳一起前往核領域。大家會受傷都是我的責任，我很快就會回來……所以可瑪莉妳要去打倒尼爾桑彼，跟那邊那位公主一起攜手完成。」

那個綠色的少女聽完，嚇到肩膀抖了一下。

她——愛蘭翎子這個人……

看納莉亞的眼神就好像看見受到世人懼怕的怪物一樣。

「……妳怎麼了？」

「啊……那個……沒……沒什麼……」

是不是在害怕尼爾桑彼？可是納莉亞覺得她沒必要膽怯。只要有可瑪莉在，肯定沒問題的。愛蘭翎子只要跟納莉亞・克寧格姆一樣，抬頭挺胸登上天子之位就行了。

這時可瑪莉忽然走向趴在地上的梅亞利。

接著她一把抓住梅亞利的脖子，語氣聽起來很淡漠，靜靜地問了一句話。

「尼爾桑彼在哪？」

「嗚咕……」

「尼爾桑彼在哪裡？」

有那麼一陣子，梅亞利用空洞的雙眼仰望天際。

最後她變得自暴自棄，嘴裡發出沙啞的聲音。

「那傢伙去天子那邊了……是紫禁宮……想要問出魔核的詳細情報……」

「真的？」

「呵呵……咕哈哈哈哈哈……我一直被人利用……尼爾桑彼妳就給我好好吃點苦頭吧……我一定會拿刀刺進妳的咽喉……」

說完這段話之後，梅亞利就好像整個人壞掉一樣，光顧著在那笑。看來她自暴自棄到出賣自己人了。納莉亞心想這女人還真是直到最後一刻都無藥可救啊。

過沒多久，【轉移】用的魔法開始發動。被光芒包覆的納莉亞轉頭看可瑪莉。

她已經把翎子抱過來，飄浮在半空中了。

那小小的唇瓣微微地動著——她正在說的話是：「大家就拜託妳了。」

納莉亞大大地點了個頭，還提高音量回話。

「抱歉，可瑪莉！夭仙鄉的事情就先暫時拜託妳了！」

她感覺可瑪莉好像有點頭。

之後一根金色的柱子以極快的速度朝向天際延伸。

望著那夢幻般的景象，納莉亞閉上眼睛。

魔法石放出的光芒逐漸增強——

最後納莉亞她們的身影也忽然間消失無蹤了。

有些人居住在陽光照射不到的地方，對他們來說過強的光線就形同毒藥。月桃姬。深紅的吸血姬。

一旦待在這些令人目眩的人們身旁，自己的卑微渺小就會變得更加突顯出來。像這樣被迫認清，知道自己和她們有多不一樣，頓時有種想上吊的衝動。

看到納莉亞・克寧格姆和梅亞利・菲拉格蒙特之間的對決——這情景對愛蘭翎子來說，彷彿像是一劑凶猛的毒藥。意志力被奪走，身體也被人轉換成傀儡，照理說都已經無力抵抗了——即便如此，納莉亞還是為了阿爾卡共和國再度站了起來。

她覺得自己無法辦到這點。

一看到在光亮之中閃閃發光的黛拉可瑪莉和納莉亞，從前優柔寡斷到了極點的愛蘭翎子也因此變得更加確定。因為她被迫看清這一切，落了個體無完膚的下場。

像她這樣的人，根本就比不上那兩個女孩，她已經認清現實了。

從小愛蘭翎子接受栽培時，人們會對她說「妳要成為天子」。她沒有兄弟姊妹。能夠繼承父親衣缽統管這個夭仙鄉的，只有身為長女的翎子。從她一生下來，這件事情就已經決定了。

朝廷裡的人都對翎子嚴加教育。在那個時期，天子已經開始對政治失去興趣，逐漸變得漠不關心。一些愛蘭朝的高層有了危機感，他們變得熱心起來，希望下一任天子起碼要是配當君主的人。於是翎子就被關在宮殿裡，被人從早到晚逼著學習聖賢書。夭仙鄉的未來都繫在妳身上了——面對年幼的公主，負責教育她的人拿這句話叮囑她好幾次。

翎子認為這一切都是順理成章的事情。

能夠決定人的命運的，就是教育；還有老師，再來便是聖賢書。

這種像籠中鳥的日子，讓翎子的意志力朝向特定的方向發展。說白了就是——

「自己之所以誕生就是為了要引導夭仙」「天子的所作所為都必須為夭仙鄉著想」「人生中最大的喜悅就是看著神仙種繁衍興盛」。翎子被人強行灌輸這份使命感。

她完全被禁止跟外部的人交流，負責教育她的人說：「那樣會造成不必要的思想混亂。」

翎子也接受這樣的說法。如果說這麼做是為了夭仙鄉好，她就無從抱怨，反正翎子對於每天只要關在籠子裡讀書的日子也很滿足。

她唯一被允許接觸的人就是梁梅芳。

這個人被招聘來打點、照料翎子身邊的生活大小事。

梅芳好像是在後宮中侍奉的官吏。她覺得這個人年紀跟自己相仿，卻很有擔當。這位負責照顧她生活起居的女孩，既聰明又伶俐。翎子想要什麼，她都能夠機敏地察覺。才剛想說這裡沒有筆，梅芳就幫她拿過來；覺得背上很癢，梅芳就會幫她抓癢。

「翎子就像是人偶，還是被操控的人偶。只會淡漠執行人家交代的任務。」

「是這樣嗎……？」

「是啊，像妳這個年紀的女孩子，應該更加任性妄為才對。」

翎子沒有看過其他的女孩子，所以她不清楚這些。

但就算是這樣也沒關係。對翎子來說，紫禁宮就代表整個世界。即便她長大成人了，這點也不會改變吧。還是會關在宮殿裡，每天都持續為夭仙鄉打拚。她的父親經常蹺班，因此天子的工作內容具體而言該做些什麼，翎子也只能透過研讀史書來想像了。

梅芳還把翎子評為「不知人間疾苦」，拿這件事笑她。

「若是一天到晚只知道窩在這種宮殿裡，妳會越來越難以認清現實。翎子應該要去外面的世界看看。對於那些將來要受自己統治的人們，他們都是什麼情況，還是要先瞭解一下比較好。」

「可是——其他人都說我不能到外面去……」

「若是要找偷跑出去的捷徑，我知道很多。來宮殿侍奉之前，我是在京師的一般家庭中長大的，可以為翎子帶路喔。」

「可是可是……」

「京師裡面有很多有趣的東西，其實翎子妳也很想去外面看看不是嗎？」

外面。籠子外面。那是至今為止都只能憑空想像的世界。

翎子因此被人誘惑。

如今回想起來，或許梅芳那是在憐憫翎子。

或許她的遭遇真的算是不幸吧。從小就被關在房間裡，被人逼著學習。來到休息時間，她也只能呆呆眺望在窗外飛的鳥兒。

每天都是面對桌子讀那些聖賢書，日日都是在學習帝王之道。

她甚至不覺得這樣的情況有任何異樣。

心中也沒有湧現出反抗的情緒。在人們用言詞巧妙誘導下，她早就已經被調教成「不覺得履行公主職責是種痛苦的勤學孩童」。這樣的生活明明就距離「普通」很遙遠。

「我們利用中午的休息時間溜出去吧。在東門側面開了一個小小的洞。如果是兩個小孩子，輕鬆通過沒問題。」

「如果被發現該怎麼辦……」

「不會有事的，妳身邊還有我跟著。」

——正是因為這樣，梅芳的存在對於「公主愛蘭翎子」而言形同毒藥。

於是梅芳便牽起翎子的手，帶她逃脫紫禁宮。

翎子的心臟不停跳動。

沒有遵從別人的吩咐，這讓她覺得自己在做壞事。而她將要踏入未知的世界，也因此帶著一顆好奇心，還在想自己會不會就此心臟爆炸死去。

等到穿過洞穴後，有一陣子都是在走小路。

梅芳除了鼓勵一直膽怯發抖的翎子，更是大步向前邁進。

接著她們的視野就變遼闊了，整個世界都充滿光亮。

最終呈現在眼前的，是五光十色的京師風景。

這下翎子才初次見識什麼叫「色彩」。那樣的景象實在是太耀眼了。

有各式各樣的人來來回回穿梭走動，甚至還有馬車或牛車來來去去。路旁一間接著一間的釉面建築都顯得很樸素，跟宮殿裡頭的根本沒法比——可是那些刻在牆壁上的傷痕或塗鴉，全都帶出了栩栩如生的生活感。

人們的聲音聽起來好歡快。這裡還有食物的香味、熏香的味道，五顏六色又明亮的商店商品。這時有個孩子跑過來撞到翎子。他低頭說了聲「對不起」，接著又開心離去，似乎在跟朋友玩你追我跑。

讓翎子受到了不小的衝擊。

那裡有許多關在宮殿裡絕對不會看到的東西。

「來吧，我們快走吧。必須在午休時間結束之前回去。」

當時梅芳笑著拉起翎子的手。

那個世界看起來好開心。跟宮殿裡頭死氣沉沉的氛圍不一樣。她在這之前都在做些什麼啊，為什麼她就是沒辦法過上跟這些人一樣的生活呢？

過沒多久，梅芳買了某個東西過來。

「這樣東西是在旁邊那裡賣的串燒。雖然那間店的大叔老闆很小氣，但是味道無可挑剔。這個羊肉很柔軟，翎子妳也吃吃看。」

「嗯……」

「好不好吃？我小的時候也常常吃——妳怎麼了，翎子!?這個東西難吃到讓妳想哭啊……!?」

「不是的……不是那樣……」

淚水一顆接著一顆滑落，再也忍耐不了的翎子開始啜泣。

「那是怎麼了？是不是肚子痛……？」

「這個好好吃。就是因為很好吃……我才會那麼難過……」

一旁的梅芳還感到困惑，翎子就已經嚎啕大哭起來。路上行人擔憂地看著她們。在這之中甚至還有人說：「還好嗎？妳媽媽怎麼了？」出言關心她倆。這份溫柔就像銳利的錐子一樣，刺痛翎子的心。

她體內有某種東西毀壞了。

或許就是這樣的「反璞歸真」招致毀滅。

自從這天過後，愛蘭翎子就生病了。

※

現下蘿莎・尼爾桑彼正待在紫禁宮的大廳裡。

她腳邊倒著那位天子。在那之後，她用短刀插了這個人好幾次。一開始他還有一國之君的樣子，好歹硬是挺了一陣子——可是過沒多久似乎就來到極限了。天子顧不得顏面，將魔核的相關細節全盤托出。

這下尼爾桑彼真的感到訝異了。假如他說的都是真的，那夭仙鄉就是一個邪惡至極的王國。

「快把我……快把我放了……已經夠了吧……」

天子在呻吟。在地上慢吞吞地爬啊爬的，接著抓住尼爾桑彼的腳踝。

看到他露出這種搖尾乞憐的眼神，尼爾桑彼差點忍不住笑出來。對於夭仙鄉來說，所謂的悲劇就是讓這種男人立於一國的頂點。果然用世襲的方式選出君主是種不像樣的做法。

「妳想要知道的事情，我都已經說了……那我應該已經沒用了吧……」

「既然這樣，我就給你個痛快。」

尼爾桑彼毫不留情地扣下扳機。幾乎是在槍聲響起的那一刻，天子的身體也飛了出去。

她自口中吐出白煙，抬頭仰望天花板。

這下六個魔核之中，她已經掌握其中兩者的情報。

一個是夭仙鄉的魔核。另一個是阿爾卡的魔核。

前者從天子的口中問出。後者則是納莉亞・克寧格姆變成傀儡之後，再讓她親口說出。

已經達到三分之一了。為了實現他們的野心，他們正逐步作好準備。

夕星稱他們自己的集團是「星砦」。

星砦跟從前那個逆月不一樣，是一個小型的組織；並沒有像絲畢卡那樣，底下養了一堆人員，積極從事有組織性的恐怖攻擊活動；也沒有在各國打造分部，從事傳教活動。人員數一旦變多，思想上也容易變得不夠純粹——夕星討厭那樣，才會打造出由少數精銳人員組成的組織。

「究竟最後是誰能夠掌握這個世界，這結果恐怕就只有上天知曉了吧。」

在尼爾桑彼看來，擁有一統世界資質的人共有三個。

一個是深紅的吸血姬「黛拉可瑪莉」。

再來是逆月的領頭羊「絲畢卡」。

以及星砦的頭頭「夕星」。

為了改變這個世間所有人的心，黛拉可瑪莉因此不斷努力。

絲畢卡會挑選出心靈純淨之人，努力打造烏托邦。

夕星則是想要將所有的人類一次性毀滅，重新塑造他們的心，這也是她努力的目標。

尼爾桑彼覺得在這之中，最具備正確性的人正是夕星。像人類這種一身汙濁色彩的生物，就應該要毀滅掉。只要有六個魔核，要重新塑造這個世界也不是什麼困難的事情。

「……哎呀。」

眼下尼爾桑彼發現周遭的世界變得吵雜起來。

仔細聽，會聽見京師各處傳來人們高喊「可瑪莉」的呼喊聲，緊接著令人為之瑟縮的魔力就籠罩這一帶，那股力量像是要將一切全都破壞殆盡。這份壓倒性的魔力足以和夕星並駕齊驅。再加上那股意志力，還有無止境的良善。

她彷彿聽見頭頂上有某種東西窸窸窣窣碎裂的聲音傳來。

就在下一瞬間——伴隨著震耳欲聾的破壞聲，天花板被炸飛了。

閃避那些如暴雨般澆灌下來的瓦礫之外，尼爾桑彼的目光還朝向上方看去。那裡湧現出金色的魔力，還有在空中盤旋的無數刀劍。

再來就是足以將敵人當場射殺的殺意。

「不可原諒。」

是黛拉可瑪莉・崗德森布萊德。

尼爾桑彼早就預料到了。看來梅亞利・菲拉格蒙特失手了，沒有把她收拾掉。她還不經意看見抱著黛拉可瑪莉的公主愛蘭翎子。對於企圖奪取國家的壞人，她的正義感倒是特別強呢。真是辛苦了。

「飛吧。」

一股龐大的魔力狂猛地吹來。

原本在她背後展開的刀劍全都朝尼爾桑彼進逼，猛烈得有如暴風雨一般。

阿爾卡的翦劉種們就是對這樣的烈核解放無計可施，最終才會戰敗吧。

就算是尼爾桑彼，若是被正面打中也會沒命。

那她只要沒有被正面擊中就好。

「仁者居於靜，妳就老老實實待著吧。」

在那些刀劍都還沒有飛來的時候，尼爾桑彼已經早一步扣下手槍扳機。

用寶璐彈變化而來的意志力子彈高速射來。

當那些子彈正準備要被金色刀劍擊落——尼爾桑彼立即稍事默念，並扭曲了彈道。

黛拉可瑪莉在那時微微地屏住呼吸。

那波寶璐彈就這樣擊中她的側腹。

「可瑪莉小姐!?」

血花飛濺開來。愛蘭翎子因而發出悲痛的叫喊聲。

金色的魔力眼看正逐漸散去。那些刀劍全都失去力量，叮叮咚咚地掉在地面上。黛拉可瑪莉臉上盡是難以置信的表情，身體隨即癱軟下去。想來她做夢也沒想到烈核解放會被人這樣正面突破吧。

「哎呀……是不是沒打中要害？妳的運氣還是那麼好。」

那張小嘴有鮮血流下。

那個吸血姬就這樣被重力帶著下墜。

尼爾桑彼連續射出五發事先裝填好的寶璐彈，翎子趕緊發動【防護罩】魔法。在這五發之中，有兩發子彈被擋下來，另外還剩下三發子彈。那些寶璐彈就這樣朝著黛拉可瑪莉的臉飛過去。就在那時，突然出現不可思議的現象。

金色的魔力消失了，這次換成七彩色澤的魔力迸現。

一件七彩的羽衣包裹住黛拉可瑪莉的身體——但那些事情只發生在短短一瞬間。不知不覺間，她已經變回原本那個手無縛雞之力的小丫頭了。

就很像蠟燭的火將要燒盡時，火勢會突然變強的現象。

就在那個時候。

天花板上的瓦礫奇蹟似地在這個時間點上落下。

剩下那三發寶璐彈全部都被瓦礫阻擋，還因此被擊落。尼爾桑彼發動空間魔法【召喚】，調用新的寶璐彈。她將這些轉換成子彈裝填進手槍中，並且重新鎖定——可是黛拉可瑪莉的身軀早就已經被瓦礫遮住了。

運氣很好，好到不自然的地步。

尼爾桑彼帶著冷笑放下手槍。

★

等我恢復意識後，出來迎接我的是一陣劇烈疼痛。

我嘴裡發出呻吟聲，在地上痛得打滾。

「唔……呃……嗚嗚……！」

好痛，血都流出來了。那種感覺就很像肚子被炸開。這裡沒有魔核可以用，我這樣下去會死的，好可怕。但我不能認輸，因為我已經決定要為了翎子而戰。那個尼爾桑彼害我的夥伴們遭受折磨，我無法原諒她。

「可瑪莉小姐！妳還好嗎!?不對……妳怎麼可能沒事……都流了這麼多血……」

「我……沒事……我是不會死的……」

仔細看會發現腹部那邊的傷口並不是太嚴重，只是稍微刨掉一些而已。

打個比方好了，那些第七部隊成員在日常生活中就動不動炸掉，不然就是裂成兩半。跟這些相比，我的傷連屁都不如。不對，或許只是那幫人太異於常人也說不定。

「可瑪莉小姐……妳別勉強自己……」

「我沒有在勉強自己。」

我用力咬牙撐起身體。

這份痛楚強烈到快讓我抓狂，可是眼下沒空去顧慮這些了。

「我會想辦法收拾尼爾桑彼，怎麼能夠讓那種人破壞夭仙鄉。就連魔核也一樣，絕對不會交給她。只是魔核在哪裡，我還不曉得……總而言之！我一定會提供援助，讓翎子能夠當上下一任天子！打從一開始，我這種想法就一直沒變過！」

所以妳放心吧。帶著這樣的意念，我用雙眼凝望她。

說起這個綠色的公主。愛蘭翎子——不知道為什麼，臉上表情像是快哭出來一樣。

「？妳怎麼了，翎子。」

「我……我……為什麼……事情會變成這樣……」

我不是很明白。她是不是在為我的傷勢擔心？

可是看起來明顯不只這樣。在她眼中，隱約能夠看見悔恨。她現在到底在想什麼呢？——感到疑惑的我，原本正要在那一刻詢問。

此時卻發現瓦礫堆之後好像有人在動。

我必須盡快打倒尼爾桑彼。

為了辦成這件事，有樣東西不可或缺。

「翎子，抱歉……我有個小小的請求。為了讓我發動烈核解放，我需要鮮血。

只要一點點就夠了，希望妳可以分給我——」

「咳咳！」

翎子在這時咳嗽。

那讓我連肚子的疼痛都忘了，當場愣住。

大量的血液流了出來。那些紅色的液體在地面上蔓延，連我的襪子和裙子都被沾溼了。簡直就像噴泉一樣，鮮血不斷從翎子的口中湧出——而且完全沒有停止的跡象。每次她一咳嗽，混雜唾液的鮮血就會滴滴答答地落下。

妳也不用分這麼多給我啊。

「翎子!?妳還好嗎!?是不是很痛苦……!?」

「……嗚……好難受……」

我能做的就只有輕撫她的背。

感覺眼前所見的一切好像都變得黑暗起來。

對了。就算打倒尼爾桑彼，整起事件也不算完全落幕。若是沒有找到金丹，把仙藥製作出來，翎子就毫無未來可言。照這個樣子來看——我覺得她沒辦法活太久了。

為什麼魔核沒辦法拯救翎子。

就算手腳被炸飛，心臟爆炸，魔核也都能夠一視同仁治好啊。

為什麼唯獨這個少女的疾病無法被根治？——我懊惱到渾身發顫，緊緊抱住翎子的身體。

「——那是夭仙鄉的詛咒，真是可憐啊。」

毫無預警地，我聽到像是來自死神的聲音。

在神不知鬼不覺間，那名黑衣女子已經站在我背後了。

是蘿莎・尼爾桑彼。我用帶著淚水的雙眼瞪視她。

「妳……是不是知道些什麼？」

「這些都是從天子那邊聽說的，據說夭仙鄉的魔核在六百年前就壞掉了。」

背靠著瓦礫，尼爾桑彼替香菸點火。

看來她並沒有要立即對我出手的意思。是不是因為對方沒有發動烈核解放，她才會那麼輕敵。我以最大限度的警戒心應對，同時細聽尼爾桑彼說話。因為我覺得要趁現在從她口中套出情報才對。

「正確說來不是『毀壞』，而是用『無法繼續發揮功用』來形容會更貼切吧。為什麼會發生那種事情，我不太清楚。就連天子好像也不曉得。總而言之，夭仙鄉的魔核單靠它本身似乎是無法發揮『無限回復』功用的。」

「那怎麼可能……因為夭仙若是受傷，還是能確實治癒不是嗎？就連天子被佐久奈殺掉也都復活了啊。就只有翎子比較特別……」

「對，愛蘭翎子算是例外中的例外。」

翎子正在痛苦地喘息。

我看了於心不忍，伸手撫摸她的背。

「為了讓毀壞的魔核能夠正常運作，需要有輔助機能幫襯，可是並不存在能夠讓魔核正常運作的魔法。這是因為魔核本身就是魔力泉源。就算真的有那種魔法存在好了，一般人也無法讓那樣的魔法持續發動，永恆不衰。因此就必須藉助跟魔法不同的力量，那來自於其他的技術。」

「來自於其他的技術……？」

「就是意志的光輝。命運的呢喃。講白了就是烈核解放。」

尼爾桑彼讓手槍不停轉動，笑著說了這句話。

「妳應該已經注意到愛蘭翎子總是在發動烈核解放吧？」

「唔……!?」

那聲音不是來自我，而是翎子驚訝地屏住呼吸使然。

就跟尼爾桑彼說的一樣。我已經發現翎子的雙眼總是發出紅色光芒。這就是烈核解放發動的證據，時常在燃燒意志力的證據。

「不是的……這是……原本就是紅色的……」

「妳別說話，翎子。不用太勉強自己。」

「這話倒是說對了。太過勉強自己是不行的，翎子殿下。妳之所以會生那種病，原因就在於時常消耗意志力。還有因為這場疾病所產生的傷都沒有回復的跡象，也是因為妳總在發動烈核解放的關係。從天子口中聽說的時候，我也很訝異——真沒想到這整個國家居然要強求一名少女背負。」

翎子現下正流著淚水，嘴裡囁嚅道：「不是的、不是的。」

尼爾桑彼繼續毫不留情地訴說。

「翎子殿下的烈核解放據說叫做【先王之導】，能夠讓物質恢復成『應有的姿態』，並固定在那樣的狀態下，就是這樣的一股力量。很有這個國家的風格，那種能力源自於聖賢書中所崇尚的尚古思想。有了這個，夭仙鄉的魔核才得以保持毀壞前的姿態。因此乍看之下就像仍在正常運作。」

「可是自從魔核壞掉，已經正常運作六百年了吧。翎子又不可能活六百年……」

「【先王之導】並不是透過愛蘭翎子的意志產生的力量，而是跟從前蓋拉・馬特哈德營運的夢想樂園實驗有著異曲同工之妙。這位可憐的公主大人被人強行植入來自身外的特異能力。她在愛蘭朝之中，正是用來守護魔核，人稱『擔綱者』的重要人物。」

這下翎子臉上神情徹底染上絕望的色彩。

從她的反應可以看出——尼爾桑彼所說的話全都是真的吧。

「原先【先王之導】只不過是六百年前出現在某個人身上的一套烈核解放罷了。因此那個人死去之後，魔核的機能照理說就會完全停止。為了防止這種事情發生，愛蘭一族才要讓烈核解放傳承下去。烈核解放是源自於心靈的力量，只要心靈型態上相似，就能夠孕育出相仿的力量。因此歷任的擔綱者為了要孕育出『跟初代相同的心』，都會接受強制矯正。」

「那是什麼……我不懂妳的意思……」

「這種事情，常人是無法理解的。像我這樣的愚蠢之人就更不可能看得透徹。可是愛蘭朝倒是很懂得舉一反三。被選來當擔綱者的人，據說必定都是愛蘭一族的女眷。那些女孩年紀還小的時候，人就被關進宮殿裡，接受徹底教育。應該要在正常情況下發展的自我遭到壓抑，心靈遭人扭曲，讓她們的人格變得更貼近初代擔綱者。翎子殿下所受的教育並不是為了成為下一任天子——她是被培養成用完即丟的擔綱者才對。」

「怎麼這樣……」

「在華燭戰爭中，愛蘭翎子的個人情報已經揭露不少了。她的興趣是養盆栽。喜歡的食物是白菜。特別中意那個懷錶。小時候還養過貓——這些全都是初代擔綱者的興趣和嗜好。不是愛蘭翎子本身自行發展出來的東西。」

那些話太難懂了，我還真是有聽沒有懂。

她的人格是被人刻意塑造出來的，還被人逼著使用烈核解放。身體受到的傷害越來越大。

長達六百年的悠久歷史就掛在她這副小小的身軀上。

翎子臉上的表情因為痛苦而扭曲，喘息到肩膀上下起伏。這個女孩子到底背負了多大的悲劇？她又獨自懷抱著多大的痛苦？

「說起歷任擔綱者，每一個都夭折了。由於烈核解放帶來的負擔，她們必定會身負重病，因此遭到侵蝕。還有一件事，就是神仙種之所以被稱為『夭仙』，似乎是出自擔綱者容易早死，源於這種自古以來的慣例——愛蘭朝的天子們為了讓擔綱者能夠活久一點，似乎摸索過各式各樣的方法，其中一個就是『不老不死的仙藥』。」

「唔……沒錯！還有仙藥！只要能夠找到金丹這樣東西，翎子就會得救吧!?」

「我想金丹恐怕就是魔核。」

「咦？」——這個聲音是從翎子口中發出的。

「人們認為魔核分別都有自己獨特的形狀，這也是逆月那幫人沒辦法輕易找到的原因。但原先魔核就像一顆閃閃發亮的球體，宛如行星一樣——這些是夕星說的。換句話說，金丹並不是什麼寶璐，身為魔核的可能性極高。若是要調和起來製作成藥物，當然就必須將魔核『消耗』掉。」

翎子聽完變得面色蒼白，還因為恐懼而渾身震顫。

若是不消耗掉魔核，翎子的疾病就無法治癒。

那就等同——

「翎子殿下必須做出抉擇。」

尼爾桑彼肆無忌憚地靠近。

她臉上帶著邪惡的笑容，嘴裡如此說道：

「是要選擇自己的性命，還是國民的性命。」

「————」

怎麼會有這麼扯的事情。

現代社會都是基於魔核的再生之力構成的。一旦失去魔核，想必會有很多人死去。可是不用魔核來製作藥物，翎子就會死掉。

這樣根本沒辦法選。

這時尼爾桑彼從衣服內側取出已經出鞘的短刀。

這舉動讓我不寒而慄。我擋在翎子前面護住她。可是對方的速度卻快到肉眼跟不上，我的肚子被人踢中，整個人飛了出去。被子彈打穿的傷口，偏偏事到如今才在彰顯它有多痛。可是我現在沒空將精神放在這份疼痛上。若是不阻止尼爾桑彼——

「——快住手！不准妳繼續傷害翎子！」

翎子的臉龐染上恐懼色彩。

尼爾桑彼無視我的呼喊，光顧著揮動那把短刀。我強忍痛楚站了起來，怎麼能放任這種人為所欲為——我是絕對不會退讓的，帶著這樣的覺悟，我正打算衝撞過去。

然而翎子的胸口卻被人劃開。

只不過並沒有血液流出來。遲了一下子，我才發現尼爾桑彼就只有靈巧地劃破衣服。

翎子的胸口處暴露在外來空氣下，她的肌膚蒼白到病態的地步。是不是營養不夠才會那樣？——我腦子裡浮現出不合時宜的想法，那肯定是因為腦袋無法接受現實才會這樣。

「看吧，這就是夭仙鄉夠愚蠢的象徵。」

「咦……」

翎子的胸口上有刀刃刺在上頭。

那是一把很小很小的刀，可是卻深深刺進她的血肉之中。

每當她呼吸，胸口上下起伏，刀柄的部分也會跟著浮動。

就很像寄生在眼前這個少女的身上。

翎子用很小的聲音懇求，嘴裡說著：「妳別看。」可是我的目光卻牢牢定在她的胸前。那樣的景象實在太過詭異。至於那把刀，我也已經猜到是什麼了。

尼爾桑彼淡淡地提示答案。

「這個就是夭仙鄉的魔核『柳華刀』。」

「不是的……！這個……根本就不是魔核……」

由於所處的立場使然，翎子也只能說「不是」吧。若是她承認了，那就等同是告知敵人魔核的真面目。

但是就連我這個外行人都看得出來。

那把刀一直在吸收翎子的生命。

換句話說——這個東西一定就是【先王之導】作用的對象。

「很痛對吧？是不是很痛苦？妳的命運從一出生就決定了。說來還真是殘酷啊。可是人類這種生物無論何時都很殘酷。不惜犧牲像妳這樣的無辜少女，卻裝作若無其事苟延殘喘。不覺得應該要毀滅才對嗎？」

「不……不……」

「但這就是現實。妳會在痛苦之中死去。被夭仙鄉的壞人利用，直到斷氣為止。說到這邊才想起來，天子好像還沒有準備下一任擔綱者呢。似乎是沒有合適的愛蘭一族女眷可用——也就是說只要殺了妳，夭仙鄉的魔核就會完全陷入機能停擺。」

「……………」

「這樣的世界本身就是個錯誤。妳也這麼認為吧。妳很想像普通的女孩子那樣過活對吧，但是卻礙於身分的關係無法如願。就連天子都曾經仰天長嘆——『啊啊！為什麼那孩子會以天子女兒的身分誕生！』因此今日就讓我來為妳做個了結吧。我可以葬送妳。也沒什麼好怕的，葬禮還是會確實舉辦，妳大可放心。」

尼爾桑彼在這時慢慢舉起手槍。

遭受現實打擊的我無法有任何動作。

糾纏翎子的詛咒實在太過沉重。已經不是我努力就能夠解決的不是嗎？就算鎮壓京師那邊的暴動也無法解決。即便是打倒尼爾桑彼，依然沒辦法挽救翎子的性命。這個少女背負的東西實在太過巨大。若是我能夠幫忙分擔一半就好了，可是我卻辦不到。這樣的處境實在太不公不義，究竟該怎麼辦才好——

「妳就受死吧。」

那句話讓我嚇到回神。

翎子即將被人殺死。她渾身僵硬，臉上的神情因恐懼而扭曲。尼爾桑彼的手指就放在槍枝粗惡的扳機上。

而那對疲憊至極的紅色眼睛曾面向我這邊，卻也只有那麼一瞬間。

那目光就很像在跟人求救的年幼孩童。

「快——快住手啊啊啊啊啊!!」

我彷彿被一股力道反彈出去，用那樣的速度飛竄而出，接著就只顧著抓住尼爾桑彼。然而她一點都不為所動，嘴裡發出看似傻眼的嘆息。

「喂喂，別開這種玩笑了，崗德森布萊德將軍。繼續放任她在這種情況下存活，不是太可憐了嗎？與其隨意放任那份痛苦綿延，還不如狠下心殺了，這樣才是更加慈悲的做法吧。」

「不准妳傷害翎子！因為翎子還想活下去！」

「那是當然的吧，任何人都不想死啊。但有的時候死掉不是會更好嗎？眼下她就是因為活著才要遭受那些痛苦。」

「妳少囉嗦、少囉嗦！翎子……我會負責拯救！」

「哎呀。」

我用力將尼爾桑彼推開。

肚子那邊有鮮血流出，我頓時失去意識片刻。但我還是撐住了，嘴裡接著發出吶喊。

「妳要振作一點，翎子！去光耶醫師那邊吧！如果是那個人，或許她能夠治好妳……！」

「嗯……嗯嗯……謝謝妳。可瑪莉小姐……」

我讓翎子靠在我的肩膀上，幫助她站起來。我們兩個人一起踩著像是病人的步伐走向外頭。可是尼爾桑彼怎麼可能允許我們這麼做。毫不留情射出的子彈再度貫穿我的側腹，這次我再也沒辦法站穩腳跟。於是就連翎子都一起拖下水，匆匆倒在地面上。

她換上蒼白的臉色，不停凝視我。

妳沒必要擺出這麼悲傷的表情，因為我會收拾好這一切的。

「沒事的，翎子……妳什麼都不用擔心。」

「不要再繼續下去了，可瑪莉小姐，妳會死掉的……」

咳咳。

翎子又吐出鮮血，看來她也已經來到極限了。

我實在沒辦法接受這樣的結果。前陣子才剛有人幫忙傳遞，告知媽媽要說給我聽的話，她告訴我『妳要幫助有困難的人』。我好不容易才稍微改善喜歡當家裡蹲的習性，靠著自己的意志來到外面。如今有個少女來拜託我幫忙，難道我就連拯救一位少女都辦不到嗎？

「可瑪莉小姐，已經夠了。」

這時翎子忽然笑著對我這麼說。我有種被推落地獄深淵的感覺。

「妳……妳在說什麼啊？我一定會治好妳的病。應該能夠找到某種方法才對。等到妳康復了……妳就要成為天子引導夭仙鄉。」

「對不起，可瑪莉小姐。我一直在說謊。」

這樣的反應出乎我的意料，害我當場愣住。

她身上不帶一絲希望。眼前人臉上的表情就很像在對自己犯下的罪孽懺悔。翎子先是吸了一口氣，接著才靜靜地坦白。

「我根本就不想成為天子。夭仙鄉的事情，對我來說一點都不重要。」

夕陽餘暉照射過來。

被鮮血和西沉的落日映襯得滿身通紅的公主訥訥地開口。

「我並沒有領導其他人的力量，愛蘭翎子什麼才能都沒有。」

「妳在說什麼啊……翎子妳不是說過嗎……說要『阻止丞相的惡行』。都是為了夭仙鄉著想，才會這麼說吧……？」

「不是的。是因為公主應該要承擔這樣的責任，所以我才不得不去做。只是被責任感驅使……其實我根本就沒有為夭仙鄉的未來考慮。我也無法去考慮那些。因為我並沒有足以成為天子的器量。看到可瑪莉小姐和納莉亞小姐，我才萌生一種想法，那就是我沒辦法變得跟妳們一樣。無法成為那麼優秀的人。光只是顧及我自己的事情，我就已經疲於應付了……」

她的淚水撲簌簌地滑落。跟血液混合在一起，那些水滴落到地面上。

「我想要像普通人那樣生活。」

「普通……？」

「自從那天被梅芳帶到籠子外……我就產生想要像普通人那樣生活的念頭。胸口上不會插著一把刀，也不會被奇怪的疾病侵蝕，更不用為了國家犧牲自己的身體……若是能夠過上這樣的人生該有多好。」

「……………」

「我想要在京師的某個角落開一間店，能夠投入園藝相關的行業應該很不錯。隨著季節的不同，蒐集當令花朵交給客人……不用去想生死的問題……我想要過這種和平的生活。希望在我度過的每一天中，都能夠像尋常人那樣，擁抱幸福和不幸。還想找個人結婚，對象是像妳這樣心地善良的人，然後度過跟我真正相襯的一生……」

「……………………………………………………」

「真的很對不起。」

翎子動了動身體。

「我其實小家子氣到無可救藥的地步。」

她臉上有著灰心的笑容。

「可瑪莉小姐不需要為我這種卑鄙又滿口謊言的人承受傷害，因為可瑪莉小姐是足以改變世界的英雄。」

這些話或許蘊含了與我訣別的意味。

從她的衣服內側，有某個東西滑落。是之前約會的時候，我們曾經買過的綺仙石，上面還刻了名字，眼見它逐漸沉入血泊之中。望著如此令人絕望的光景，我開始咒罵自身的愚蠢。

——我有辦法成為天子嗎？是否真的能夠成為一個稱職的天子？

在死龍窟，翎子曾經提出這樣的問題。我當時毫不猶豫地回答：「肯定沒問題。」可是她在尋求的，並不是那種不負責任的鼓勵。我想她真正需要的是婉轉否認吧。

我已經被這個世界荼毒了。

例如納莉亞是一直打從心底想要改變阿爾卡，她從一開始就是充滿光輝意志的月桃姬。

迦流羅也是一樣。嘴巴上說「我根本不想當將軍」，對於芙亞歐或花梨做出的壞事卻感到不可饒恕，最終決定要自行挺身而出作戰。

然而翎子不一樣。

那不是靠一股氣勢就能夠解決的問題。

她沒辦法像納莉亞或迦流羅那樣，發憤圖強挺身而出，自行突破困境。

而是會對那副身軀無法負擔的境遇逆來順受，因痛苦而喘息。

有很多人會被強行賦予的使命壓垮，這樣的人多不勝數——事到如今我才注意到這點。愛蘭翎子是被迫背負沉重命運的平凡少女。她也不具備足夠的意志力，能夠自行跨越這些障礙。她就只是擁有尋常心智，且極其普通的一個女孩子。

我的眼淚流了出來。

拿起沾滿鮮血的綺仙石，將那個東西放回翎子衣服內側的口袋中。

「翎子……對不起，我對妳的事情根本一無所知……」

「沒關係，我也一樣。」

接著翎子慢動作起身，被魔核刺中的部分有血液流出。或許她這具身軀已經來到極限了。我不發一語望著她站起來的樣子。

「可瑪莉小姐之所以會受傷，都是我害的。都怪我被半吊子的責任感驅策，才會把妳也拖下水。所以……我會負起全部的責任。」

「妳在說什麼……」

「若是能夠拯救妳，我很樂意去死。」

對方臉上的笑容因為恐懼而顯得僵硬。

翎子視線前方就站著一個死神。

她嘴裡吐出香菸的煙霧，笑起來的模樣宛如惡魔。

「——看樣子是我小看妳了，妳還真是一個勇者呢。是打算忘記恐懼，跟我針鋒相對嗎？」

「妳的目標是我吧，請妳不要對可瑪莉小姐出手。」

「我的目標當然是妳——但這樣好嗎？若是真的做出那種事情，夭仙鄉的魔核可是會壞掉喔，會有很多人受傷。妳有辦法為這件事負起責任？天子陛下似乎就無法承受那份罪惡感呢。」

「唔……！」

翎子在這個時候顯得狼狽起來。那樣的惡魔耳語，就連納莉亞都曾經栽過一次。

可是她表現出猶豫的樣子，真的就只有那麼一瞬間。

「我……我……其實我！都只會顧慮到自己的事情！」

翎子的口中有血液流出。即便是這樣，她也沒有停下。

她的雙眼已經因為發動烈核解放變得紅通通的，用那對眼睛瞪視尼爾桑彼的同時，翎子還高聲大叫。

「我就是一個無可救藥的小人物！只要能夠拯救眼前這位可瑪莉小姐，那樣就夠了！再說……就算魔核消失了，人們也不會因此死去！只是不能再進行娛樂性戰爭而已！所以——！我覺得！神仙種的事情對我來說根本一點都不重要……只要能夠拯救可瑪莉小姐就好了！」

她到底在說些什麼，我現在連聽都聽不懂了。

但我知道翎子是在為我擔心。

她明明就已經渾身是傷了，明明就快死掉，卻還是為了這樣的我，願意挺身而出，我只明白這點。她接著直視尼爾桑彼大喊。

「來吧軍機大臣！現在就把我殺了！」

「妳不要勉強做那些事情了！」

當下我反射性抱住翎子。這導致她幾個腳步踩得不穩，差點跌倒。我強忍痛苦支撐住她的身體。在極近距離下，對方用極為困惑的目光看我。

「翎子的心情，我都明白。這樣就已經足夠了。妳已經非常努力了。接下來妳就把公主、將軍、擔綱者這些煩心的事情全都忘了，只要這樣活著就好。」

「可是……我的性命已經……」

「那個我也會想辦法！我可是全天下最強的七紅天大將軍！能夠靠著小拇指殺掉五兆人的殺戮霸主！只不過要把翎子的病趕跑罷了，輕輕鬆鬆就能辦到！」

「…………」

這樣說也太不負責任了吧。就很像不懂現實殘酷的孩子在窮嚷嚷。

然而翎子的身體變得越來越沒有力氣了。

有一陣子，她好像在低語些什麼，身上的動作都停了下來。

最後她紅色的雙眼流下淚水，雙肩還在發抖——可是她臉上依舊浮現笨拙的笑容，小聲說了一句：「謝謝妳。」

「……可瑪莉小姐是英雄呢，我很喜歡這樣的可瑪莉小姐。」

「這樣啊，拜託妳不要再糟蹋自己的性命了。」

「抱歉在妳們很忙的時候打岔。」

尼爾桑彼像是看準時機插話一樣，在這個時候對我們出聲。

「是不是已經做好赴死的準備了？」

「怎麼可能做好啊！我會保護翎子的！」

「那還真是偉大呢，可是我也有我的難處要顧。若是不把夭仙鄉的魔核回收，夕星可是會跟我鬧彆扭的。」

她手裡的槍慢慢舉了起來。

我懷裡的翎子在顫抖。我感覺自己就要怒到忍無可忍了，牙齒也咬得死緊。翎子拚命想要活下去，可是眼前這個女人卻想要毀掉那一切。

我絕對不能容許這種事情發生。

必須在這阻止尼爾桑彼。

因為她的緣故，有很多人受到傷害。納莉亞也好，還有佐久奈、凱特蘿、薇兒、艾絲蒂爾、梅芳，甚至是光耶醫師，以及天子、世快、夭仙鄉的神仙種們——最重要的是，翎子正為此痛苦地喘息。

「翎子！抱歉！我要吸妳的血了……！」

「咦……？」

做好覺悟的我重新面向翎子。她眼裡有著困惑，而我無視這點，打算朝著她的脖子咬下去。可是敵人是不可能默默等我們做完這一切的。

「受死吧。」

一陣巨大的槍聲響起。

那扳機被人毫不留情地扣下。

閃閃發亮的子彈以駭人的速度逼近。

我當下只覺得目瞪口呆，目光轉向尼爾桑彼那邊。一旦面臨死亡，意識就會加速，整個世界的運轉速度都會放慢。可是我的身體卻沒有動靜。我在想這樣下去可能會連翎子都一起被人殺掉。

但現在不是感到膽怯的時候。

不能讓翎子死去。

這個少女對於那不公不義的命運已經隱忍許久。

她今後有足夠的資格得償所願，得以用「普通」的方式過活——帶著如此悲壯的覺悟，我緊盯著那個子彈，正巧就在這一刻……

「唔——!?」

尼爾桑彼那彷彿戴了假面具的神情首次因驚愕而為之抽搐。

只因旁邊有一塊瓦礫以肉眼跟不上的速度飛了過來，就此將子彈彈開了。尼爾桑彼很快又有了動作。

她繼續射出早就已經安裝在左輪手槍裡的子彈——可是很快又遭到謎樣物體衝撞，所有的子彈都被打落。

這下我才注意到一件事，那就是宮殿的牆壁已經被人破壞。

就在牆壁後方，我看見兩道人影。

「——黛拉可瑪莉！趕快發動烈核解放！」

「那傢伙就是萬惡的根源？既然這樣，不殺掉不行。」

有個身上穿著禦寒衣物的蒼玉種和長著貓耳的將軍現身，正望著我們這邊。

她們就是普洛海莉亞·茲塔茲塔斯基跟莉歐娜·弗拉特。普洛海莉亞手裡拿的那把槍正在啵咕啵咕地冒煙。至於莉歐娜，她則是用手掌玩弄如小石子大小的瓦礫，身上帶著滾滾的殺意。看樣子是她們幫忙擋下尼爾桑彼的攻擊——我有種得救的感覺，就在那一刻，我都高興到發抖了。

但同時卻有一聲「咚哐————!!」聲出現——源自於我背後發生的誇張大爆炸。

我跟翎子都驚訝地回過頭。就在被破壞的房間入口處，有一大堆吸血鬼排山倒海湧了進來。

「閣下！是不是把那傢伙宰掉就行了!?」「閣下居然滿身是血……!?不能放過那傢伙……!!」「我們就征服夭仙鄉，順便把恐怖分子殺掉吧!!」「即將展開殺戮。即將展開殺戮。目標是黑衣女子。」「看我把她血祭啦————!!」

這也太沒頭沒腦了，第七部隊那幫人就這樣殺了過來。

換作是平常，這樣的景象就跟惡夢沒兩樣。可是現在我卻覺得感動到快哭出來了。

試問可曾有哪個瞬間，這些恐怖分子看在我眼中是那麼可靠？

「你……你們幾個！這是在做什麼啦！」

我將眼淚擦掉，接連喊出幾句話。

「這裡可沒有魔核啊!?你們別太亂來!!」

「我們並沒有魯莽行事。」

在我沒察覺到的情況下，我身旁已經出現一個像是枯樹一般的男人——站在那的人正是卡歐斯戴勒，大概是靠空間魔法或其他東西轉移過來的吧。他開口時臉上帶有笑容，依然像是罪犯會有的那種笑法。

「我們第七部隊的工作就是追隨閣下作戰。有沒有魔核頂多會跟約翰的生死有關，並不是多重要的事情——啊啊！可是閣下！您這模樣究竟是怎麼了!?全身都傷痕累累呀！」

「咦!?這是……是那個！我故意放水！單方面虐殺對手太無聊了！」

這下那些吸血鬼開始吵鬧起來，嘴裡說著：「喔喔。」「不愧是閣下……！」

不對吧，你們眼睛是脫窗啊。不管怎麼看，我身上都是滿目瘡痍啊。

「喂黛拉可瑪莉！妳還是去休息吧！我會把那傢伙燒成火球。」

「住手啦，臭小鬼。要是你這傢伙出面搗亂，只會死得跟隻蒼蠅一樣。」

「你說什麼!?我看我就先把你做成烤全狗吃掉好了!?都已經到這種關頭了，我醜話先說清楚，黛拉可瑪莉是只能靠虛張聲勢度日的弱小吸血鬼啊!?若是我們不爭氣一點，她會死的耶！」

「啊？你是白痴喔？」

「白痴的是你才對吧！我會把那傢伙宰掉！」

「耶——！每次死第一的都是約翰，這絕對是預言，帶著火焰ＧＯＧＯ自殺攻擊，超有可能遭到反擊白白死掉。我們會在旁邊目送，喊阿門就對了。」

「我先從你這個混帳開始宰啦!!」

約翰和梅拉康契吵起來了。

帶著火焰的拳頭對準梅拉康契揮過去，可是梅拉康契用踢的方式來反擊，朝著約翰的下巴來個漂亮踢擊。約翰當下口中發出「嗚噗嘔！」的奇妙慘叫聲，就這樣昏過去了。

喂，你們這些笨蛋，知不知道現在是什麼情形啊。翎子都一臉傻眼的樣子了。

抱歉翎子，這幾個人平常總是這副德行。

「妳還在做什麼，黛拉可瑪莉！我會負責壓制軍機大臣，妳趕快使用【孤紅之恤】！」

「說……說得也是！」

聽到普洛海莉亞那麼說，我才回過神。

不能放過這個好機會，我再度朝著翎子綻放笑容。

「……我需要妳的血液，可不可以分我一點。」

「那個……聽說吸血鬼若是要吸血，就只能對重要的人那麼做……」

「翎子很重要啊，我一定會保護妳的。」

翎子聽了變得動作僵硬，臉也紅了。

我也不等她答應，直接張口咬上去。伴隨著短暫的吐息，聲音洩漏出來。翎子看似尷尬地抱著我。從她的肌膚上，溫熱的血液流了出來——緊接著我嘴巴裡就有黏稠的觸感擴散。

「少自以為是了。」

一陣槍聲跟著響起。

重新裝填完子彈的尼爾桑彼似乎又扣下扳機。

「真是太沒教養了，居然在吸血鬼吸血的時候橫槍奪愛。」

卡歐斯戴勒動手發動空間魔法。在我跟尼爾桑彼之間的直線地帶上，開啟了用來【轉送】的門——子彈就這樣被吸了進去，最後消失無蹤。

這下就沒什麼好擔心的了。

此時翎子渾身緊繃僵硬，喘著氣開口說：「那個……可瑪莉小姐……」

烈核解放是心靈力量。翎子的血液融入我的身體中，她的心念也跟著流入。她還沒有放棄求生，所以我想要盡全力給予支持。

「可瑪莉小姐……」

「別擔心，一切都包在我身上。」

一絲血液從嘴角留下。

那對因困惑而搖曳的紅色眼睛就這樣望著我。

在這之後，整個世界再度染上七彩之色。

★

一股爆發性的魔力迸射開來。

那是足以改變世界的虹色奔流。位於中央的，正是有著發光紅眼的吸血姬——黛拉可瑪莉・崗德森布萊德。宮殿的牆壁再也無法承受那股魔力，因而發出碎裂聲，伴隨著那陣哀鳴，逐漸崩落。受到震顫的大氣觸發，宮殿裡的樹木都在沙沙作響。吸血鬼們就像小孩子一樣，開始又是跳躍又是狂叫，嘴裡喊著：「可瑪莉！可瑪莉！可瑪莉！」

就在黛拉可瑪莉四周，有虹色的羽衣浮現出來。

那是很像夭仙會穿的仙女風格衣裝——想來是透過魔力將這種形象重現出來吧。

「尼爾桑彼，我不會原諒妳。」

對上那充滿殺意的目光，尼爾桑彼面露苦笑。

她原本還在想，無論如何都要避免讓對手發動烈核解放。

【孤紅之恤】還有很多不明點。

尤其是具備性能能隨著被吸血者轉變的特性，這樣攻略起來會變得更加困難。

一旦吸收吸血鬼的血液，將會獲得破天荒的魔力和身體機能。吸食蒼玉種的血液，肉體會變得堅硬起來。吸到翦劉種的血液，將會擁有足以操控刀劍的黃金之力。一旦吸食和魂種的血液，又會獲得能夠讓時間加速的特異能力。

那麼吸食神仙種血液換來的孤紅之恤，又會是什麼樣子的？——早知如此，先前在「天竺餐廳」相遇的時候，應該要讓她吸食夭仙的血液，而不是翦劉種的吧？尼爾桑彼為此感到後悔。

「時候也差不多到了吧。」

尼爾桑彼並沒有愚蠢到跟實力深不可測的對手正面硬碰硬。不，能力的詳細情況並不是太大問題。而是單槍匹馬去挑戰【孤紅之恤】這種行為本身就很愚蠢。

再說現在的情況實在太糟了。

尼爾桑彼周圍有太多的敵人。

像是普洛海莉亞・茲塔茲塔斯基、莉歐娜・弗拉特，還有來自第七部隊的頑強吸血鬼。除此之外，尼爾桑彼還嗅到宮殿外有那些【童子曲學】已解除的傀儡接近的氣息。是因為受黛拉可瑪莉莫大的意志力干擾，洗腦效果才會解除吧。

「妳就覺悟吧！尼爾桑彼！」

身上帶著七彩的魔力，黛拉可瑪莉朝這邊跑了過來。

那模樣可愛到就很像小孩子在跟人玩追趕遊戲一樣，讓尼爾桑彼愛不釋手，想要將她轉換成寶璐，裝飾在自己的家中。可是有一點她十分明白，那就是一旦小覷對方，她將要付出慘痛的代價。

「——呵呵呵，看樣子沒辦法跟妳來場像樣的戰鬥了。」

尼爾桑彼說完拿出收在懷中的魔法石。

這裡頭封入了【轉移】。

現在她就先暫時撤退吧。光只是知道夭仙鄉的魔核真面目，這樣就已經足夠了。想來之後若是要奪取這樣東西，依然多的是機會吧——尼爾桑彼在心裡邪惡地笑著，並將魔力注入魔法石中。

「——？」

然而【轉移】並沒有發動。

仔細看會發現魔法石上出現裂痕。也許是迴路短路。不管注入多少魔力，還是沒有反應。可能是剛才被天花板的碎片打到才壞掉——

「這怎麼可能……」

「去反省吧!!」

等到尼爾桑彼注意到的時候，黛拉可瑪莉的拳頭已經逼近眼前了。

她連躲開都辦不到，因為時間點抓得太完美。

飽含魔力卻又貧弱的一擊，結結實實打在尼爾桑彼的臉上。

她的身體因此失去重心。不僅如此，愛蘭翎子剛才揮灑在地面上的血液還害她腳滑。於是尼爾桑彼這下連站都站不好了，像顆陀螺般止不住地旋轉。

★

唔喔喔喔喔喔喔喔喔喔喔喔喔喔喔!!可瑪莉!!可瑪莉!!可瑪莉!!——幾乎震耳欲聾的可瑪莉呼喊在整個紫禁宮之中迴盪。

尼爾桑彼的身體邊旋轉邊飛走。

剛才跟她纏鬥的時候，明明就無法撼動對手。是不是有了烈核解放，多出魔力補助的關係？——想到這邊，我突然注意到一件事。

那就是我的意識比平常還要清晰。

應該是說跟以往待在房間裡放鬆殺時間的我沒有任何差別。

我身上明明就有因【孤紅之恤】而湧現出來的虹色魔力。

或許是有了神仙種的力量加持才會這樣。

「呵呵……呵呵呵呵。妳真是讓我大吃一驚啊，崗德森布萊德將軍。」

這時尼爾桑彼按住額頭，搖搖晃晃地站了起來。

她的腦袋好像撞到瓦礫尖角了，臉上都被紅色的血液沾染。

「真沒想到退路就這麼被截斷了，我手邊剩下的寶璐彈也不多，再加上四周都是敵人，可謂四面楚歌——如此隆重的迎賓戲碼，都快讓我流淚了呢。對我這種卑鄙又卑微的惡人來說，簡直是光榮到過分抬舉了。」

「妳就別再做無謂的掙扎！我會在這逮捕妳的！」

「我偏不要。」

尼爾桑彼笑著做出回應，並用手槍射出子彈。

我拉起翎子的手，拚死命閃避。我看被那個打中一定會死。因為這次不像吸了佐久奈的血液那樣，身體並沒有變硬。

「喔哇!?」

「呀——！」

我在樓梯那邊絆到腳，人跟著跌倒。

緊接著發光的子彈就從我頭上驚險地通過。命中佇立在我背後的石柱，發出好大的爆炸聲。那根石頭柱子好像還在轉眼間就碎掉了。

但我現在沒空去為撿回一命感到開心。

因為這次尼爾桑彼踩著和忍者不相上下的步伐接近我們。

「妳還真是頑強啊，崗德森布萊德將軍。」

很像在變魔術一樣，她手邊出現一把短刀。

堪稱神速的一擊襲向我的咽喉。

可是翎子當下將我的手一把拉過去，讓我成功在千鈞一髮之際閃避攻擊。

「為什麼妳要幫愛蘭翎子到這種地步？」

「因為翎子是我的朋友！而且她還來拜託我幫忙！我怎麼能夠對她見死不救！」

「聽了令人欽佩呢。像妳這樣的人，正是所謂的仁義之士吧。」

這次短刀從側面來襲。

而我運氣很好跌坐在地上，這才逃過一劫。還不只這樣，尼爾桑彼踢到我的身體，人跟著往前栽倒。這樣下去我會被壓扁——說時遲那時快，我正準備站起來逃跑，卻在那瞬間出現轉折。

「噗咕！」

那就是我的腦袋好像直接命中尼爾桑彼的臉了。

她按住鼻子，朝自己的背後搖搖晃晃地後退。在手指跟手指的縫隙間，鼻血滴滴答答地流下。至於那些第七部隊的吸血鬼，他們全都在狂吼：「唔喔喔喔喔喔!!可瑪莉!!可瑪莉!!」不對吧，這應該只是單純的巧合。

「呵呵，呵呵呵……原來如此。這下有趣了。」

「哪裡有趣了！我可是不會原諒妳的！要把妳打得落花流水！」

「可瑪莉小姐……！妳別亂來！」

「翎子妳就在旁邊觀戰吧！我可是最強的七紅天大將軍！像她這種莫名其妙的卑鄙小人，我怎麼可能會是她的手下敗將！」

嘴裡發出雄糾糾氣昂昂的喊叫聲，我出手打向尼爾桑彼。

換作是平常的我，絕對不會做出這種事情。可是就在這一刻，我覺得自己好像無所不能。一想到翎子，不管受什麼樣的傷都不覺得痛了。即便是要有勇無謀衝向敵人攻擊，我也不會感到恐懼。

只覺得無論如何都要打倒尼爾桑彼。

「這種孩子氣的攻擊怎麼可能——唔咕!?」

不知道為什麼，我的拳頭居然打中尼爾桑彼的下巴。

緊接而來的又是一陣歡呼聲。

我慢了一下才察覺。那就是在尼爾桑彼背後，有一塊巨大的岩石掉落，而且還奇蹟似地封住她的逃跑路線。我可不能放過這個好機會。

「妳總是在對大家做過分的事情！什麼魔核！什麼寶璐！居然為了那些東西傷害別人，我不能原諒這種行為！妳給我去反省！跟大家道歉，笨蛋!!」

我在尼爾桑彼身體上啵啵啵地用拳頭敲好幾下。

每次敲擊都會有一群吸血鬼鬼吼鬼叫，在那邊「唔喔喔喔喔喔喔喔喔!!可瑪莉!!可瑪莉!!」地喊著。

我已經進入渾然忘我的境界。因為對眼前這個敵人很生氣、很憎恨，我才會失去理智。照理說我這個戰鬥外行人的攻擊是不可能管用的，但是——

「——也該鬧夠了吧。」

「唔咕!?」

尼爾桑彼突然出手抓住我的脖子。

好痛，好痛苦，可是那些虹色的魔力並沒有收斂的跡象。所以我還行。

「放手……！我要拯救翎子……！」

「少在那鬼扯。這種心善只會成為毒藥。妳也知道翎子殿下正在痛苦喘息吧。知道她就只能等著面臨死亡不是嗎？讓人看見這種渺茫的希望之光，在迎來毀滅的時刻，絕望感也會變得更大。」

「我才不會讓她走向毀滅！我會想辦法治好那種病的！」

「看來妳都學不乖呢。這種自以為是的正義感，只會催生出像梅亞利・菲拉格蒙特那樣的人。妳難道有辦法為自己的行為負責嗎？沒辦法負責對吧。」

「我是一定會負責的啊!!」

「是嗎？看來妳比我或夕星都還要來得更加惡質。」

尼爾桑彼說完就將我的身體大力拋出。我的背撞擊在地面上，意識在瞬間中斷了一下。但可能是打的位置很剛好，我並沒有受到太大的傷害。

翎子正在用悲痛的聲音呼喊我的名字。還有某個人在大喊：「閣下危險啊！」這才讓我察覺尼爾桑彼的槍口正對向我這邊。

「都結束了，妳就安息吧——」

「哇哈哈哈哈！妳的敵人可不是只有黛拉可瑪莉一個喔！」

就在那瞬間。

之前一直默默觀戰的普洛海莉亞突然將子彈打出。

尼爾桑彼嘴裡「嘖」了一聲，隨即發動某種魔法，她的右手發出淡淡光暈。接著她就將拳頭揮了出去——天底下居然有這種事情，那個人赤手空拳將子彈打飛了。

「什麼……」

「一般的魔力彈丸對我來說是沒用的。」

這下換普洛海莉亞驚訝到愣住。抓準這個空檔，尼爾桑彼丟出短刀。普洛海莉亞有危險！——當我腦海中浮現這個念頭，人也跟著衝了出去。就在那瞬間，不知為何天花板上落下了瓦礫，將短刀撞到地面上壓爛。

「這怎麼可能……」

「軍機大臣！妳現在還有空看旁邊嗎!?」

這次換成莉歐娜從上空踢出宛如流星的一記腿踢。尼爾桑彼沒辦法在第一時間閃避。她原先站立的地面忽然間搖晃歪斜起來。好像是剛才那個瓦礫掉落的時候，那道衝擊連帶將地板打穿了——長著貓耳的少女輕輕鬆鬆就踢中敵人的頭部。

尼爾桑彼的身體飛了出去。

而她飛過去的方向，運氣不好正好有第七部隊的吸血鬼們等在那。

「去死吧。」

貝里烏斯拿起斧頭畫圈揮動。

尼爾桑彼在那時發動【防護罩】魔法。斧頭跟魔力護罩互相撞擊，帶來的強烈衝擊讓整座宮殿都搖晃起來。可是這樣還不足以讓她停止行動。於是其他吸血鬼就拿起他們的武器，紛紛殺向尼爾桑彼。

「給我去死啦————————!!」

「咿哈————!!睡覺覺的時間到了，小妞————————!!」

那些話明顯是待會要被殺掉的人才會說出口的臺詞。

尼爾桑彼試圖舉起她的槍應戰。

「砰!!」的一聲——寶珞做成的子彈射向那些吸血鬼，可是卻沒有打中他們，因為這些子彈撞上那幫人隨便亂射的魔法彈。好可怕的巧合，而且巧合還一再發生。看來尼爾桑彼手裡的子彈也剛好用完了。就算她扣下扳機，還是只剩「喀嚓喀嚓」的空響。尼爾桑彼「嘖」了一聲，決定透過【召喚】取來新的寶珞。

可是一切都為時已晚。

「耶——！快炸死吧。」

梅拉康契放出來的爆發魔法將寶璐炸個粉碎。

尼爾桑彼那張宛如死人臉的面容微微扭曲。吸血鬼們嘴裡發出號叫的同時，手裡還在揮舞刀劍啊、錘子等等。尼爾桑彼向後踩個幾步，試著閃避這些攻擊——卻沒能成功。

那是因為憑空出現幾隻「手腕」，牢牢抓住她的腳踝。

「——哎呀，軍機大臣。居然想逃跑，這樣可是會被人看不起喔。」

說這話的人是卡歐斯戴勒。

是卡歐斯戴勒在遠方將自己的雙手【轉移】過來了。

直到這個時候，尼爾桑彼首次發出苦悶的呼聲。

「喂喂，再怎麼說怎麼做也太過分了吧？你們一大堆人圍攻一個人——」

「那有什麼關係！妳可是來找可瑪莉小隊麻煩的大罪人。」

「就是說啊，這個愚蠢的傢伙————!!」

「敢跟閣下作對，就為此帶著懊悔死去吧————!!」

那些來自第七部隊的成員毫不留情發動攻擊。

無數的斬擊都沒有遭到抵擋，全都命中了，現場血肉橫飛。

尼爾桑彼就這樣被打飛到背後。

她還在地面上滾了好幾圈，直到後腦勺用力敲中堆積成山的瓦礫堆，這才停下來。

可能是被這個動作觸動的關係——那堆瓦礫山開始發出聲音逐步崩塌。尼爾桑彼趕緊站起來，可是她這次又因踩到血滑倒。

「等等……這樣未免太卑鄙了吧……像這種的……」

尼爾桑彼顯得目瞪口呆，抬頭仰望崩塌下來的瓦礫山。

最後她還是沒能抵抗成功，宛如一隻被蛇盯上的青蛙。

然後——在一聲像地鳴聲的「嘶轟————!!」過後，那股衝擊力傳遍四周。

緊接著，這個黑衣女子的身影就被崩塌倒下的石材推走淹沒，完全看不見了。

普洛海莉亞在這時大喊：「撤退撤退！」人開始跟著後退。

我也拉著翎子的手離開現場。這陣倒塌崩壞可不只限於那堆瓦礫山。就像掀起了漣漪一樣，接二連三有東西遭到破壞。這次換成原本就搖搖欲墜的紫禁宮發出壯絕的聲響，也開始跟著崩塌了。

「可瑪莉小姐……！」

「我們先去外面吧！喂，你們也趕快逃啊！想被捲進去嗎!?」

這些來自第七部隊的吸血鬼邊喊著可瑪莉隊呼邊衝出宮殿。我強忍身上的痛楚，盡全力挪動我的腳。這下就分出勝負了吧。若是被宮殿的殘骸壓住，尼爾桑彼應該也不可能安然無恙才對——

然而就在這個時候。

翎子好像注意到什麼了，她睜大眼睛。

「等等，有一股魔力——」

「怎麼了!?若是走不動，我可以背妳……」

「不是的。是下面……好像有什麼東西在動。」

「咦……？」

翎子過來抓住我。

就在我還一頭霧水的時候，她已經把我按倒在地面上了。

等到我回過神，這才發現普洛海莉亞和莉歐娜也都面色鐵青地杵在那，就連卡歐斯戴勒和梅拉康契也難得露出狼狽的模樣。到底發生什麼事了——當下我感到不可思議，可是又沒辦法有任何動作。

這時爆發了一股衝擊，整個世界都為之搖撼。

接著我眼前的景象就一口氣刷白。

★

有句話叫船過水無痕。

等到回收天仙鄉的魔核，她就打算抹殺一切的痕跡。

因此尼爾桑彼事先動過一些手腳。那就是在紫禁宮底下預先埋了魔力炸彈——只要讓這個東西啟動，那她曾經以軍機大臣身分活動過的紀錄將會消失殆盡。再來愛蘭朝就會衰退，這裡將會成為夕星的天下，照理說是應該會如此。

「呵呵呵……看樣子現在不能再保留手段不用了……」

被埋在瓦礫堆下的尼爾桑彼開口自言自語。

她全身都是傷。真不知道上一次受這麼重的傷是幾年前的事情？她不否認自己大意輕敵——可是蘿莎・尼爾桑彼也沒有高潔到能夠在這個時刻承認自己難堪戰敗。

黛拉可瑪莉・崗德森布萊德的能力，她心裡大致上有底了。

若是想要突破這樣的能力，那她所需要的武器就是盡可能喚起「不幸」。

既然如此，她也只能引爆魔力炸彈了。

「不曉得妳的喪禮會有誰來，去死吧，崗德森布萊德將軍。」

尼爾桑彼從懷中取出通訊用礦石。

這是用來朝引爆裝置輸入魔力用的。並沒有跟剛才那個魔法石一樣，遭到毀壞。看樣子在最後一刻，上天還是站在她這邊的——除了讚揚自己的厄運，尼爾桑彼還靜靜地注入魔力。

地底下似乎有某種東西在蠢蠢欲動。

緊接著紫禁宮就被魔力所引發的火焰包圍。

★

看樣子剛才有一瞬間，我失去意識了。

是疼痛喚醒我。我嘴裡發出苦悶的喘息，慢慢睜開雙眼。

最先看到的是遼闊無邊的夜晚天空，太陽正要沉到地平線以下。在紫色的天空中，閃閃發光的星星逐漸露臉。

怎麼會這麼漂亮。

我覺得夭仙鄉的傍晚天空，看起來比姆爾納特的更加清澈。

「可瑪莉……小姐……太好了……」

這時我聽見一道聲音從旁邊傳來。接著我就像被彈簧彈起來一樣，整個人爬了起來。

就在不遠處，一名綠色少女倒在那邊。

「翎子!?妳還好——」

「嗎？」——這個字沒能說完。

翎子身上的衣服已經破損到看不出原本的樣式了，身體各處都帶著看起來令人痛心不已的傷口。在這種情況下，唯獨刺在胸口上的魔核特別有存在感。看來那個東西還沒完全毀壞。拿翎子的生命當養分，似乎還活得好好的。

翎子這時嘴裡「咳！」了一聲，並吐出鮮血。

她臉上有著淡淡的笑意，同時開口說了些話。

「太好了。看樣子……可瑪莉小姐平安無事。」

我現在才明白發生什麼事。

那就是宮殿裡早就被人安裝炸彈了，大概是尼爾桑彼引爆的吧。周遭全都變得慘不忍睹，早已夷為平地。我那些夥伴全都趴在地上，嘴裡發出呻吟聲。各處都有滾燙的鮮血流出。

我覺得自己的腦袋好像快燒掉了。

很想大吼大叫，逃避現實。

這一定是幻覺。以前還當家裡蹲的時代做過一些惡夢，這一定是那些惡夢的延續。

可是翎子卻說「沒事的」，伸手握住我的手。

「大家不會有事。只要去有魔核的地方……就能得救。」

「翎子……翎子……！」

「除了我……大家都不會有事。可瑪莉小姐的烈核解放……或許……擁有這樣的力量吧。」

什麼叫做「除了我」。若是翎子沒辦法得救，那不就沒意義了嗎？是這個女孩保護我的吧，否則要怎麼解釋我受的傷那麼輕微。我明明才是想拯救她的那個人——卻反過來被她拯救。

「翎子……對不起……我……」

「別哭，能夠拯救可瑪莉小姐，我很慶幸。」

「不要說那種話啦……我也很想拯救妳……想要治好妳的病……」

「沒關係，這就夠了。」

翎子勉勉強強擠出笑容。

那樣的笑容讓人看了於心不忍，不由得想將目光別開。

「可瑪莉小姐能夠得救，這樣就夠了。」

啊啊，我——

「因為可瑪莉小姐……是我很喜歡的人。」

我是有多愚蠢啊。

不管是之前薇兒遇到麻煩，還是佐久奈出事，甚至是納莉亞的事；迦流羅事件，以及莫妮卡的事情。

我通通都只是埋頭橫衝直撞而已。

想說只要這麼做總會有辦法的。

在我心底深處，總是認為努力會有回報。

擅自認定發動烈核解放就能解決一切。

「可瑪莉小姐……願意來幫我，而且還幫到自己滿身傷。」

「喂……翎子……」

「妳還說我是朋友……當我這種卑鄙小人是朋友……其實我不想當朋友，更想當可瑪莉小姐的新娘……」

她身上的溫度逐漸消逝。

翎子的身體越來越沒有力氣。

紅色的眼淚從她眼中滑落。

「所以……只要能夠幫到可瑪莉小姐，我就滿足了。」

「別……別這樣就滿足啊……接下來還會有更多快樂的事情等著妳……翎子以

後會像普通的女孩子那樣生活吧……妳別放棄啊……」

「沒關係。」

「別放棄!!我們去找光耶醫師吧!!沒事的……我會背著妳過去那邊……」

話說到這邊，我頓時大吃一驚。

因為她眼睛的顏色出現轉變。

之前那種鮮豔的紅色好像一直在變淡。

也許這才是愛蘭翎子原本該有的姿態。

「沒關係，不用在意我的事情。」

插在她胸口上的刀「啪嘰」地浮現裂痕。

魔核開始損毀，因為用來維持烈核解放的力量已經見底了。

「妳在說什麼啊……」

「請可瑪莉小姐為其他有困難的人使用妳的力量吧。」

「妳別說……別說這種話嘛……我會保護翎子的……會幫助妳，讓妳能夠像普通人那樣生活……所以妳不要這麼說……」

「有這份心就夠了。可是……要活得像個普通人……應該很難吧……」

「──────」

到頭來我仍然是半點覺悟都沒有的家裡蹲吸血姬。

不具備足以拯救他人的力量。

也沒能遵守母親的教誨。

說到要改變世界，那就更不可能做到了。

有條性命正要從我的手掌心中滑落，我卻連幫忙保住這條命都辦不到。

什麼七紅天大將軍，什麼拯救世界的英雄。

我連一個普通的少女都救不了，根本就只是沒用的小角色吧。

「謝謝妳，可瑪莉小姐。」

翎子笑了。

她笑著與我道別。

「雖然時間很短暫，但是我很開心。」

砰！

我彷彿聽見氣球炸裂的聲音。

不知不覺間，從翎子衣服內側湧出了鮮血。

那一片赤紅咕嚕咕嚕地擴散開來，將我的裙子也染紅了。

翎子全身都沒了力氣，一動也不動。

就很像壞掉的人偶一樣，沒有任何動靜、不發一語。

「——可喜可賀可喜可賀，看來她總算解脫，不用再承擔擔綱者的職責了。」

就在我背後，那個死神正在笑著。

我感覺到自己的心慢慢死去。

取而代之，心中湧現一股不明所以的情感，那是種令人發毛的感覺。

我轉過頭。

蘿莎·尼爾桑彼就拿著槍枝站在那。

她嘴裡叼著點燃的香菸，臉上有著滿意的笑容。

至於眼下發生什麼事？即便是我的心正要死去，我對此也看得十分透徹。

是這傢伙奪走翎子的夢想。

不被身分束縛，想要過普普通通的生活——就只是這樣微小的願望，她卻連一點慈悲都吝於施捨，而是把它破壞掉。

從愛蘭翎子身上奪走一切。

「喂喂，崗德森布萊德將軍。看妳這樣會錯意，我會很困擾喔。翎子殿下本來就沒有機會得救。就算我不下手，總有一天她也會死吧。」

「…………」

「不是都說過好幾次了嗎？與其繼續放任她遭受痛苦，還不如讓她早死早超生，這樣對翎子殿下來說更好。因為她看起來很痛苦的樣子呢。」

「…………」

「現實往往都不能盡如人意，天命是很殘酷的。與其掙扎，還不如順應潮流，那樣更輕鬆愉快。這就好比是水往低處流。」

「…………………」

「妳就讓開吧，崗德森布萊德將軍，必須將魔核從那個屍體中分離出來。目前看來應該已經被固定在骨頭上了，要拔出來也算是工程浩大。」

尼爾桑彼說完咯咯笑。

我看不出這有什麼好笑的。

理性跟大道理都被我拋到腦後。是這個女人殺了翎子——光只是這個事實就足夠了。

其實我是什麼都做不好的廢柴吸血鬼，到頭來還是無法拯救翎子。

但是我必須阻止這傢伙。

不能再讓更多人感到悲傷。

「……停止吧。」

我身上的魔力炸裂開來，意志力也在燃燒。

不知不覺間，我已經站了起來。

「尼爾桑彼。」

「嗯？還要打嗎？妳的好運明明就已經到頭了啊——」

此時「轟!!」的一聲——那身魔力猶如風暴來襲般猛烈吹襲。

虹色的羽衣纏繞在我身上。

劃破傍晚的天空，幾道五色柱朝著天際延伸而上。

我在震動的大地上用力踏穩腳步，瞪視眼前這個黑衣女子。

「不可原諒。」

「唔——」

有那麼一瞬間，尼爾桑彼出現膽怯的反應。

對了，只要用一擊就夠了，我要一擊決勝負。奪走翎子夢想的人，我不會原諒她。就讓我來教訓她。只讓她道歉一次是不夠的。因為這傢伙滿口謊言，必須讓她發自內心懺悔。

「喂……莫非妳——」

「飛吧。」

★

傳說中夭仙鄉一旦有天子的降世，將會有五色彩柱貫穿天際。

眼前這壯烈的景象簡直就是那傳說的再現。

自傍晚天際的彼端，屬於夜晚的光線照射過來。

雨水滴滴答答染溼我的頭髮。

不——這不是雨水。而是在歌頌天子的品德，傳說會因此降下的祥瑞「甘霖」。

這些甜美溼滑的液體將血跡全都洗刷掉，淨化這個世界。京師裡的人們看見高掛在天空中的彩虹，抬頭仰望之際全都發出歡呼聲。

「……原來妳還留有運氣可用，真是個頑強的吸血鬼。」

在尼爾桑彼喃喃自語時，嘴裡還「嘖」了一聲。

神仙種是很長壽的種族。

透過特殊的呼吸法調理，據說生存時間能夠逼近其他種族壽命的三倍長。可是這種讓人捉摸不定的特徵，不曉得會如何表現出來？原先尼爾桑彼一直都為此感到不可思議，不過——她沒想到是透過操控命運，來展現出虛擬似的長生。

而【孤紅之恤】相傳是千年才會出現一次的究極烈核解放。若透過神仙種的血液實現那奇蹟般的特異能力，將能夠操控命運，任天意為我所用，可謂是風采卓著的絕對奧義。

「原來是這樣啊，那就說得通了。」

想來這虹色的【孤紅之恤】是能夠讓她身穿幸運之衣的力量吧。

當魔力爆發，那就代表這種羽衣將要「出現」或是「結束」。

在發動的瞬間，整個世界都會染上彩虹般的顏色，並形成羽衣。之後使用者就會恢復神智，暫時會有一段時間變得很幸運（這種狀態恐怕是沒有在發動烈核解放的「通常狀態」——那是因為她還能夠在這段期間內發動黃金色的【孤紅之恤】）。一旦降臨的厄運超過容許範圍，這種羽衣就會解除，整個世界會再度染上彩虹的顏色，發動「最後的幸運」效果。

在她初入夭仙鄉之時，大概就已經喝過神仙種的血液了。所以來到京師觀光或是參加華燭戰爭的這段期間，都會有脫離常軌的幸運眷顧她。在那之後，當黛拉可瑪莉來到紫禁宮，尼爾桑彼對著她開槍，當下那個時間點上就無法承受厄運，羽衣遭到破壞，並釋放出「最後的幸運」。這導致瓦礫不自然落下，因此擋下了槍彈。

可是她不久前吸了愛蘭翎子的血液，再度發動【孤紅之恤】。有這份好運加持，才會把尼爾桑彼傷得體無完膚，那些姑且先談到這——一直到最後一刻，地雷爆炸了，才讓她用完所有的幸運。

時間點來到現在，宣告終結的魔力又爆發了。

換句話說，接下來將要展現「最後的幸運」，將會有某種足以扭轉天命的特級效果到來吧。

黛拉可瑪莉慢慢舉起她的手。

可是尼爾桑彼無法看出端倪。紫禁宮已經因為那場大爆炸燒成火海了，在尼爾桑彼和黛拉可瑪莉周圍找不到大型障礙物。

待在這種光禿禿的地方，照理說她不可能還那麼走運，運氣好到足以扭轉局勢的地步。

「呵呵呵，那我們就來做個了斷吧。」

尼爾桑彼對著槍枝裝填寶璐彈。那是從納莉亞・克寧格姆身上萃取出來的祕藏頂級貨。

她也因為那場爆炸弄得渾身是傷，很想快點回收魔核回去休息——想到這邊，她將槍口向上抬，然而就在那瞬間出現了變化。

忽然間，尼爾桑彼嗅到某種東西靠近的氣息。

那不是人，也不是魔法，甚至不是某種攻擊。

「隕石。」

直至黛拉可瑪莉口中發出語帶殺意的呢喃。

這才讓尼爾桑彼錯愕地仰望天際。

有某種東西劃破虹色的天際，迅速接近這邊。

「——!?」

是星星。

有星星墜落。

拿閃閃發亮的虹色天空當背景，一顆巨大的隕石掉了下來。

劃破空氣，甚至有人因此發出悲鳴。

光之粒子四散，壯絕的「啪唧啪唧」摩擦聲陣陣作響。

天網恢恢疏而不漏——這肯定是上天降下的天罰，要滅掉地表上的大惡黨。

「唔……」

突然有一陣風颳了起來，緊貼著大地呼嘯而過。

落在四周的瓦礫都如同紙屑般吹起。

那些恢復意識的吸血鬼全都呆愣地仰望天空，嘴裡發出「啊啊……」的呢喃聲。

尼爾桑彼無法動彈。

她聳著身體，手腳都使不上力。

「這就是——」

香菸從她口中掉落。

「這就是……天命嗎……不……她連天命都扭轉了吧？……妳到底擁有多麼強大的意志……」

「粉碎吧。」

此時黛拉可瑪莉張口釋出殘酷的宣言。

©riichu

隕石瞄準黑色的惡人迅速墜落，那股衝擊波都快要把她的身體吹飛了。尼爾桑彼忙著用寶璐彈胡亂迎擊，這麼做卻毫無意義。這種攻擊根本不可能阻止得了。這樣下去她會死——但這份恐懼都還來不及萌生完成。

隕石就已經壓上來了。

「嗚——咕喔！」

她的耳膜破裂，開始聽不見聲音。全身的骨頭都扭曲了，甚至連痛楚都感受不到。但即便是這樣，尼爾桑彼還是沒有放棄，一直在抵抗。但不管她做什麼都沒意義，因為天命已經受到操控，塑造成這一切都不會有意義的樣子。尼爾桑彼發出不成聲的聲音，嘴裡喊著仇敵的名字，意識隨即遭到剝離。

那份衝擊實在太過劇烈。

讓整個夭仙鄉都充斥彩虹色的光芒。

★

有的時候不管再怎麼努力，還是無法顛覆命運。

或許是我太自以為是。

拯救世界的英雄。殺戮的霸主。最強的七紅天大將軍。

我根本不值得被人冠上這些響叮噹的外號。連想要救助的人都沒辦法好好拯救，這種沒用的將軍，又有誰會願意跟隨？

「翎子……」

宮殿被隕石弄到殘破不堪，而在宮殿的正中央。

我望著橫躺在地面上的翎子，一直在哭泣。

那個綠色的少女，臉上浮現出安穩的表情。

可是臉色很蒼白。身體連半點力氣都沒有了，人一動也不動。如今她的胸口還在流血。

這個少女——因尼爾桑彼射出的子彈喪命。

我試著觸碰她的頭髮。

明明敵人都已經不在了。

都已經沒有人繼續折磨翎子了。

「妳快醒醒……」

她的眼睛卻還是沒有再度睜開。

跟愛蘭翎子一起度過的短暫時光全都重回腦海，可是我們兩個交集不足的地步甚至來到令人驚訝的程度。儘管如此，我還是因此得知她擁有一顆和普通女孩相仿的善良之心。

我們去京師那邊約會，參加華燭戰爭，翎子還穿上結婚禮服。看到她親口吐露想要過普通人的生活——這些全都烙印在我的腦海裡，揮之不去。

實在太不公平了。

翎子是一個很普通的少女。這樣的女孩卻受到命運捉弄，眼看即將喪命，那樣的世界還不如毀掉——當下我只感到絕望，嘴裡不停發出啜泣聲。

「還真是慘不忍睹，星砦那幫人根本不曉得手下留情為何物。」

此刻有某個人站到我背後。

他身上穿著翩然飄動的和服，目光就如刀刃般銳利。

這個人是迦流羅的哥哥——天津・覺明，他現身了。

那個男人慢慢走向我這邊。

「還好嗎？最好趕快回到姆爾納特或核領域。」

「你過來……做什麼……」

「只是要做個確認，是公主大人吩咐我的。」

公主大人是指誰啊？

就在這個時候，我忽然想到一件事情。

如果是迦流羅。

如果是能夠讓時間逆流的天津・迦流羅，或許就能夠拯救翎子了？——可是另一位天津卻像是在否認我的想法，隨即搖了搖頭。

「【逆卷之玉響】只能夠讓時間逆流，並不能治好愛蘭翎子的病。打從出生的那一刻起，那個少女就被魔核的詛咒侵蝕——換句話說，操作時間並不能扭轉終將面臨死亡的命運。」

「可是……」

「還是妳想要讓時間逆流到詛咒發生之前？若是倒回六百年，死掉的人就會變成迦流羅。我可不允許這種事情發生。」

「…………」

這下我可以說是山窮水盡了。

深深的絕望包覆著我的心。

「沒辦法救助愛蘭翎子，妳是不是覺得懊惱？」

「那……那……」

我眼裡含著淚水，開口放聲大喊。

「那是……當然的吧……！翎子她就是應該得救才對……不應該是這樣……」

「這算是妳第一次遭遇挫折吧……人遭遇挫折其實有重要的意義。」

天津說完抬頭仰望天空。

黑夜已經逐漸拉下帷幕。

「妳至今為止都過得太過順遂。就是要知道失去有多麼令人恐懼，才能夠變得更強。」

「唔……!!」

我身上的血液直衝腦門，手裡的拳頭握得死緊。可是我的身體又很快虛脫下去，這是因為我連說句話反駁的力氣都不剩了。

那時天津看似不快地發出嘆息，接著又說了一番話。

「是不是對妳來說，這話藥效有點過猛？若妳一直是那個樣子，根本沒辦法和夕星或弒神之惡抗衡。」

「…………」

「放心吧，崗德森布萊德女士，我想妳的意志力強大到超乎妳的想像。」

咦？——這話讓我抬起臉龐。

天津還是老樣子，臉上都沒有任何表情。

「妳的項鍊墜子沾到血了。」

聽到他那麼說，我低頭垂望自己的胸口。

媽媽給我的鍊墜已經被染紅了。

因為翎子吐出來的血液全沾在上面。

「去吧，快前往核領域。愛蘭翎子並不是足以在歷史上留名的人——換句話說，就算留她一命，也沒有太大的價值，她只是一般人，但為了讓妳的心靈康復，這麼做是必要的。」

「這是什麼意思……？」

「去了就知道，我想說的是那個小姑娘還有救。」

我當下只覺得自己的腦袋變得好混亂。

天津朝著僵在原地的我遞出魔法石，封在裡頭的魔法似乎早就發動了。我看這恐怕是【轉移】魔法吧——一陣刺眼的光芒流瀉出來，罩住我和翎子的身軀。

只要前往核領域就能得救。

這句話所代表的意思——應該就是……

「天津……！」

我感覺自己的心跳越來越快，就在這一刻，我抬起頭張望。

可是他的身影突然間消失無蹤。

而我眼前景物全被光芒籠罩。我想要按照天津的話去做，手裡緊緊抱住翎子那具越變越冷的身軀。邊擦拭淚水，邊喃喃自語，像是在祈禱般輕語：「沒事的，沒事的。」

過沒多久，我跟翎子就被傳送到核領域了。

才情。

★

愛蘭翎子是半點覺悟都沒有的一般人。

她不是成為天子的料。不僅如此，甚至沒有成為公主的器量，或是成為將軍的才情。

一直以來都想像那些在市井中生活的普通女孩子一樣，過上類似的人生。

可是她卻被愛蘭朝的詛咒束縛住，想做也做不了。認為自己會就此為國家奉獻生命——一面追求不老不死的仙藥，在她心底深處，卻又是萬念俱灰。

她欠缺意志力。心靈太脆弱，不夠格引導別人。

黛拉可瑪莉・崗德森布萊德對於她如此窩囊的一面，願意用真摯的態度看待。

跟那個吸血鬼一起度過的時光很開心。雖然自己的人生爛得一塌糊塗——但是在最後一刻能夠成為那個人的護盾，這點讓翎子感到欣喜。

事到如今，她已經沒有任何悔恨了。

就讓她死後隱身於草葉後方，守望可瑪莉小姐吧。

可是——她果然還是……

真的好想再多活一下子。

「梅芳……可瑪莉小姐……父親大人……對不起……」

翎子的眼眶熱了起來，眼裡流下淚水。這也不能怪她。無論是誰，面對死亡都會感到恐懼——可是她卻發現某些事不對勁。

為什麼自己還能夠哭泣。

如果死掉，人們就只剩魂魄還殘留在人世間。

失去肉體還能夠流眼淚，這樣算是合理嗎？

「————！」

好像有人在呼喚她的名字。

翎子眼裡看見微弱的光芒。

當整個世界沒入黑暗，卻有一道光如同星星般閃爍。

「————！————！」

不是只有一個人，有好幾個人都在呼喚愛蘭翎子的名字。

她緩緩挪動早已變得僵硬的身軀。

手向著光芒所在處伸過去，就在那瞬間——

「翎子!!妳醒過來了啊!?」

「咦……？」

有人抓住她的手。

為之驚愕的翎子睜開眼睛。

緊接著映入她眼簾的，是黛拉可瑪莉．崗德森布萊德的臉，她看起來像是無比感動，眼裡都浮現淚水了。這女孩嚎啕大哭，緊緊握住翎子的手。

「太好了……太好了……！我還以為妳死掉了……！」

「翎子妳還好嗎!?有沒有哪裡痛!?」

「可瑪莉小姐？梅芳……？還有大家都……」

看來她被人放置在屍體安置所，一直躺在這裡沉睡者。

病房裡面聚集了許多熟面孔。有黛拉可瑪莉．崗德森布萊德、梁梅芳、薇兒海絲、艾絲蒂爾．克雷爾、佐久奈．梅墨瓦、納莉亞．克寧格姆、凱特蘿．雷因史瓦斯、普洛海莉亞．茲塔茲塔斯基，甚至連莉歐娜．弗拉特都在，大家齊聚一堂。

而且這些女孩全都不約而同發出安心的嘆息聲。

這情況把翎子搞糊塗了。難道她沒有被殺掉？

此時梅芳用力擦擦眼淚，接著開口說道：

「對不起，翎子。我明明是妳的隨從……應該要馬上趕到妳身邊……都怪我不好，才會害妳吃了那麼多苦頭……」

「這是怎麼一回事？——好痛！」

翎子正打算撐起上半身，就在那瞬間，她的側腹有一股劇烈的痛楚蔓延開來。

她就這樣向後摔回床鋪上。可瑪莉變得慌亂不已，轉頭東張西望，嘴裡還嚷嚷著：「趕快叫光耶醫師過來!!」至於梅芳，她的表情就好像世界末日要來臨一樣，在那邊尖聲叫喊：「妳別死啊，翎子!!」

「翎子殿下，請您不要太勉強自己。」

這時身為女僕的薇兒海絲出言叮囑。

「那個……我並沒有勉強自己，只是覺得有點痛。」

「會覺得痛是理所當然的吧，因為妳被尼爾桑彼的神具打穿肚子了。幸運的是並沒有造成致命傷。」

「就是說啊！之前不是有跟我一起買了綺仙石嗎？都是那個東西擋下子彈，翎子才會獲救。」

可瑪莉把那些粉碎四散的石頭碎片拿過來。

就算是這樣，還是有一堆事情讓翎子弄不明白。為什麼她會得救？尼爾桑彼怎麼了？還有更重要的——之前總是如影隨形，因為病痛而生的倦怠感已經完全消失不見了，怎麼會這樣呢？

「可瑪莉小姐……我……」

「那些小細節都不重要啦！」

可瑪莉突然過來抱住她。翎子的心臟撲通直跳，明知如此，仍不忘感受那份來自可瑪莉的溫暖。對方身上有一股輕柔又好聞的味道，讓她的腦袋變得暈陶陶的。可瑪莉就好像在念咒語一樣，重複說了好多次「太好了……太好了……」。

「真的是太好了。翎子的病都治好了，接下來將會逐漸康復的。」

「都治好了嗎……？那魔核呢……？」

「魔核在那邊，可能再過一個星期左右就會毀壞吧。」

薇兒海絲說完，將目光朝向床鋪旁邊的桌子。

那隨手擺放的感覺就好像放了一個錢包一樣，夭仙鄉的魔核「柳華刀」就擺放在桌子上頭。

翎子這才大吃一驚，注意查看自己的胸口。看著和可瑪莉胸口緊貼在一起的部分——在這種姿勢下，原本應該要有粗糙到像是在刮著骨頭的金屬觸感才對。可是如今卻什麼都沒有，可以直接感受到可瑪莉身上的柔軟。身體會變得那麼輕盈，想來是因為魔核取出來的關係吧。

可瑪莉在這時邊哭邊用力抱緊翎子。

「已經沒事了，今後再也不用擔心任何事情。」

「嗯……」

翎子的臉頰都紅了，乖乖待著不動。

眼淚跟瀑布一樣流啊流的，落在可瑪莉的衣服上。

她的那份溫柔正一點一滴沁入翎子心底深處。

當然不是只有可瑪莉而已，在這裡的所有人都很擔心她。這些事把翎子的心塞填得滿滿的——同時也湧現了罪惡感。

「對不起。就為了我這種人……我明明是不值得可瑪莉小姐救助的小人。」

「妳不用道歉啦，翎子哪是什麼小人。妳賭上性命救了我，明明就是很棒的人啊。」

「唔……」

「所以妳不要這樣貶低自己。妳真的很偉大。我根本就比不上妳，因為妳擁有如此美麗的心。像這樣的翎子，夢想就應該要實現才對，我是這麼認為的。」

這時可瑪莉靜靜地放開她。

那爽朗的笑容呈現在她眼前。

「或許之前妳遇到的都是一些令人難受的事情，可是接下來翎子可以自由生活了。將軍、公主或天子這些身分都不再跟妳有任何關係。只要做妳自己想做的事情就好。」

「這是……？」

「我已經出面跟人談過了。」

這次換梅芳語帶歉疚地開口。

「之前我一直都沒有尊重翎子的心情。我一直都覺得很抱歉，這是真的。雖然說這種話已經晚了——但我已經打過天子，要他改變想法。叫他別勉強翎子，讓妳做想做的事。」

「妳打他了……？」

「也不算啦。就那個嘛，主要都是在對談。總之天子已經答應了。翎子再也不會被愛蘭朝的詛咒囚禁。天子他都說了——『之前那樣強迫妳，對不起』。雖然我叫他自己來跟妳說……」

「…………」

刀刃被拔掉，變得輕快的胸口彷彿有陣清爽的風吹過。

接著滑落的眼淚量突然間增加好幾倍。

可瑪莉小姐她們都擔心地問我：「妳還好嗎!?」

翎子沒辦法壓抑心中那份激情，將頭低了下去。

當她短暫深呼吸一陣子後，人總算恢復冷靜。

同時心中還有一股暖意上升。

「……謝謝妳們，各位。」

除了露出笨拙的笑容，翎子還對所有人道謝。

可瑪莉等人也對她露出純真無邪的笑容。

納莉亞這時拍手說了句：「為了慶祝她康復，我們來舉辦派對吧！」

普洛海莉亞接著說道：「那我們就趕快來準備餐點吧？」不知為何還拿著槍。

「請先等等。翎子大人並沒有完全康復。」「如果要慶祝，那就要在想到的時候直接做，那樣才是最棒的！對吧，凱特蘿！」「咦？是！就像納莉亞大人說的那樣！」「這個女僕根本是隨便應一應吧。」「難得有這個機會，就讓我用白極聯邦的佳餚招待大家吧！來做貓咪內臟鍋。」「喵!?那算哪門子佳餚啊!?妳亂講話講得太過火，小心我抓死妳喔!?」「哇哈哈哈哈！辦得到就試試看啊！」「喂，不要突然開戰啦!!我會死掉耶!!」「可瑪莉大小姐一起參戰吧。若是輸了就拿來當下鍋的材料。」「我才不要參加那種東西!!」「沒問題的！我會負責守護閣下！」「那我也要守護可瑪莉小姐！」「妳們兩人居然在賺取好感點數，未免太狡猾了。為了獲得貓肉，我要大顯身手。」「不用大顯身手啦——!!」「這裡是病房喔！若是影響到翎子的傷勢該怎麼辦！」「梅芳說得沒錯，妳們幾個都給我去反省!!」——

這一連串互動讓人看不明白。

可是看到那些夥伴開始大聲吵鬧，翎子頓時覺得感慨萬千。

啊啊，我是多麼幸福的人啊。

之前她總是在為自己進退兩難的處境哀嘆。可是她根本就不是一個不幸的人。

因為在愛蘭翎子身邊，有這麼多人願意支持她。

可瑪莉這時開口說了一句「真是的」，轉頭看翎子。

「……對不起喔，翎子。其實這幾個人並不是真的要開戰，她們只是在鬧著玩。」

「沒關係。我覺得很開心，不要緊的。」

「是、是嗎？那就好……」

可瑪莉用擔憂的目光望著翎子。

她的眼神充滿了溫柔，溫柔到無可限量。自己一定要回報這份恩情才行——翎子在心中下定了這份決心，臉上浮現出最真誠的微笑。

（完）

終章
[0]

《六國新聞》　三月二十三日　早報

『崗德森布萊德閣下即將即位成為天子

夭仙鄉的天子陛下於二十二日發表詔令，說要將天子之位禪讓給姆爾納特帝國的七紅天大將軍黛拉可瑪莉·崗德森布萊德閣下。崗德森布萊德小姐是二十一日舉辦的華燭戰爭獲勝者，此外蘿莎·尼爾桑彼軍機大臣曾經挑起暴動，她還迅速鎮壓這場暴動，對這件事有功勞。

「夭仙鄉的神仙種都很支持她，她來當天子無可挑剔。無論是成為翎子的伴侶，或是成為我的繼承人，都沒有比她更合適的人選了。」天子陛下在記者會的會場如此斷言。崗德森布萊德小姐曾經堅定拒絕三次，後來就答應了。王朝將會因此改朝換代，形成一場「易姓革命」，夭仙鄉將會從愛蘭朝轉換成崗德森布萊德王朝。崗德森布萊德小姐還會迎娶前王朝公主翎子殿下來當伴侶，成為新王朝的創始者。在夭仙鄉各處都出現五色虹柱，這些都是祥瑞的徵兆，為她即位一事給予祝福。可瑪莉閣下有望擁抱似錦前程。』

※

「哦——事情變有趣了呢！」

將看完的報紙扔在一旁，絲畢卡・雷・傑米尼笑了出來。

這裡是夭仙鄉的京師。在主要大道上佇立著巨大的樓閣——還有個高出地表五十公尺的露天咖啡座，她正在那邊優雅地啜飲加了血液的咖啡。

遠方有人在放禮炮。如今這個「華之都」處處都熱鬧非凡。

之前一直在當天子的愛蘭奕許將要退位，而且要接任成為繼承人的還是那個吸血鬼少女黛拉可瑪莉・崗德森布萊德。這次的騷動可不只局限在京師而已。想來六國境內的居民碰上這晴天霹靂的大事件，全都大吃一驚吧。

「看來黛拉可瑪莉又拉攏新的國家了。我們也不能輸給她們吧？」

「我們不需要跟人分勝負，只要能夠達成逆月的目的就好。」

「有道理！反正贏的人會是我，沒什麼好擔心的！」

「…………」

在絲畢卡正對面，有個身穿和服的男子坐著，表情顯得很微妙。

這個人是天津・覺明。是逆月幹部「朔月」的其中一員，種族是和魂種。

「話說回來，夭仙鄉是個好地方呢！讓我想起從前！這一代以前都是很壯烈的戰場喔？那大概是從你這代往前回推三十代的祖先曾經生活過的時代。」

「哼，活了六百歲的人，說的話就是不一樣呢。」

「沒錯沒錯！我還比你大六百歲！想要撒嬌可以來跟大姊姊說喔？我會摸摸你的頭。」

「妳不像是大姊姊，應該是老太婆吧——咕噗！」

天津把喝到一半的咖啡全噴出來。

還一直咳咳咳地咳嗽，灑出來的咖啡都把桌巾弄溼了。

絲畢卡臉上是笑容滿面，嘴裡大喊：「你中計了！」

「我有把我的血液混進去，天津果然也沒辦法喝血呢。」

「天底下不存在有辦法喝血的和魂種。」

天津用手帕擦拭嘴角，嘴裡發出嘆息聲。

「……對了，公主大人來夭仙鄉這種鄉下地方要做什麼。」

「我來調查星辰廳。」

「是不是不能原諒骨度世快幹過的那些壞事？妳意外地有正義感呢。」

「我看你才是說了有趣的笑話，等一下賞你糖吃。」

絲畢卡說完笑著透過【召喚】拿出某樣東西。在桌子上喀咚一聲落下的，是一個奇妙的物體。那一個巨大的手環……不對，應該是項圈才對吧。

看起來是金屬材質的圓圈，上面還鑲嵌六個發出藍色光芒的巨大球體。

「這是什麼，巨型佛珠？」

「有哪個僧人會拿這麼大的佛珠念經啊？若是有，那就有趣了！我會想見面看看——但是很可惜，這個是從星辰廳那邊偷來的神具。這每一個球體都是天球儀，能夠用來剖析星星運行的古文物。」

絲畢卡看似開心地撫摸其中一顆球體，嘴裡繼續說著。

「你知道嗎？星辰廳表面上是『調查星辰運行的組織』，背地裡卻是『夢想樂園的延續』，真面目則是『用來製作寶璐的工廠』，而它原本的面貌是『調查星辰運行的組織』。」

「又繞回來了。」

「若是要追溯萬物的根本，那就像是一個圓環——總而言之，是骨度世快將這裡的本質扭曲了。不過歷任的星辰大臣都有在認真調查星星，而且還在守護這個神具《夜天輪》。從大約六百年前開始就這樣了。不只是夭仙鄉，這對六國而言也是非常稀有的珍寶喔。」

「那到底是用來做什麼的？」

「天球儀的作用肯定是那個吧？跟戀人一起眺望夜空的時候，為了讓自己可以說出星星的名字，事先用來做練習用的啊。」

絲畢卡說完呵呵大笑。還是老樣子，這個吸血姬總愛扯些子虛烏有的戲言。

看樣子這六個天球儀上，分別都刻了屬於它們的星座。

此外——對於天津來說比較眼熟的，就只有其中兩個。

有一個代表這個世界的夜空，一個是常世的夜空。另外那四個看都沒看過。

「我進一步詳細說明吧，這其實是邁向偉大旅途的地圖。為了讓逆月的目的得以達成，這個東西可以指引明路。多虧有梁梅芳和納莉亞・克寧格姆將星辰廳的事情暴露出來，我才可以堂而皇之偷取。不管是骨度世快還是蘿莎・尼爾桑彼，甚至是黛拉可瑪莉・崗德森布萊德，她們都是我的掌上玩物。這幾個人都沒有察覺自己已經被利用了，光顧著感到悲傷、感到欣喜——真的是好可愛喔！讓我都想吸食他們的血液了。」

「但那個尼爾桑彼所屬的組織，最好還是小心為妙。一旦掉以輕心，我們反而會遭到利用。」

「對了對了。我會來到夭仙鄉的另一個理由，就是要去見那些自稱是星星什麼的人。」

絲畢卡說著，動手朝著咖啡丟入方糖。

「可是我卻沒見到。那個軍機大臣不是被姆爾納特帝國抓起來了嗎？要再次入侵帝都實在很累人，只能放棄了。」

「除了尼爾桑彼，有感應到其他人的氣息嗎？」

「沒有，我有在夕星浮現的那個方位四處走動查看，但都沒有見到任何人。看樣子來這邊的就只有尼爾桑彼。」

「公主大人，妳對於星砦的事情是怎麼看的？」

「就應該把他們殺了啊！」

絲畢卡用雀躍的語氣繼續說下去。

「那些人是破壞我理想鄉的壞蛋。打算把所有的人類都毀滅掉，就連那些應該要被選中，心靈很美麗的人——也就是那些『家裡蹲』，他們都想要滅掉！當然我不是在否認殺人這種行為。若是想要完成某種大事，那就一定會有人犧牲。所以要殺人的時候，應該要仔細挑選對象才對！可是星砦卻不理解這點！若是放任這些人囂張跋扈，我的夙願就難以達成。」

「說得也是，這麼說也對。」

「夕星本體正待在常世那邊，毀壞屬於我的小世界。我要盡快去殺了她。所以才需要毀掉魔核，打開通往常世的門，不過——我說天津。」

絲畢卡說到這，改用試探性的目光望著正前方這個男人。

「你已經知道夭仙鄉的魔核是什麼了嗎？」

「還不曉得，愛蘭朝藏得很巧妙。」

「你在說謊。」

禮炮再度打向天空。

那是在慶賀黛拉可瑪莉・崗德森布萊德即位。

「你的職責就是潛入夭仙鄉，探查魔核的祕密。這個叫做天津・覺明的人，不可能連點小尾巴都抓不著吧？」

「妳太看好我了。」

「我這都是正當評價啊！但你老是偷偷幹些骯髒事對吧！就是因為這樣，才會被特利瓦討厭喔？不過呢——我是還滿喜歡像你這種很有間諜風味的人啦。」

「…………」

「尾隨你讓人大開眼界呢。夭仙鄉的魔核是即將毀壞的柳華刀，目前好像已經從愛蘭翎子的胸口上拔出來了吧。」

「……莫非——」

「我可沒打算做任何事情喔？因為這件事不用勞煩我特地出手。」

天津的表情頓時變得陰鬱起來。與他相對照，絲畢卡的雙眼就像星星一樣閃閃發亮。她張口含著從口袋中拿出的血液糖果，像個孩子般笑說：「來看看接下來會發生什麼事吧～」

那個神具《夜天輪》上面的星球就像在呼應她的心一樣，光芒陣陣閃動。

☆

話說翎子怎麼會得救？

用一句話來濃縮，就是事實上「愛蘭翎子已經被登錄到姆爾納特帝國的魔核裡了」。她所受的病痛之所以能夠來到核領域治療，是因為姆爾納特的魔核為她供給魔力的緣故。若是深入細想，就會知道一個魔核並非一定要對應某種種族才行。就連貝里烏斯也一樣，明明是隻狗，卻可以透過吸血鬼的魔核重生好幾次——不過我不是很清楚這一套機制詳細說來是怎麼運作的。總而言之這次發生的事情簡直就像是奇蹟。另外翎子的傷可以治好，那也意味著她的烈核解放時隔十年終於解除。

失去【先王之導】保護的魔核逐漸崩壞。

紫禁宮那邊的夭仙是這麼說的——「再過大約一個禮拜就會徹底毀壞」。能夠拖到一個禮拜，據說是因為翎子持續發動十年的烈核解放，因此預儲了這一段額度。

可是這個預儲額度簡直就像是上天的恩惠。

在這一個禮拜內，翎子的疾病已徹底康復——而她選擇再次成為擔綱者，踏上發動【先王之導】的路。

「這件事情只有我能辦到，我必須去做。」

一旦失去魔核，那從各方面來說都很不妙。以天子為首的夭仙鄉高層當時臉上全都神情複雜。一旦繼續擔任擔綱者承擔職責，翎子的身體又會被病魔侵襲。最重要的是她將會再度被束縛住，大家都覺得這樣一來翎子太可憐了。

可是翎子意外地能屈能伸。

除了維持魔核的這份職責，此外跟愛蘭朝有關的任何公務，她都不會參與。翎子要把自己想做的事情擺在第一位。

關於她的病，翎子也說沒必要那麼悲觀看待。可以在一定期間內發動【先王之導】，等待那段「延長期」累積起來。一旦累積夠了，她就解除烈核解放，去找姆爾納特的魔核治療一直以來所受的傷——她似乎打算重複這樣的過程，讓「柳華刀」存續下去。

雖是那樣說，但除了她，也找不到其他擔綱者了。

天子愛蘭弈許還說他不打算培育下一任接班人。

換句話說，夭仙鄉的魔核總有一天會毀壞。雖然必須在那之前想出對策，但是——時候還未到。

翎子已經恢復自由了。今後再也沒必要去在意那些麻煩的規範，可以按照自己的意思過活。這也是翎子靠著自身意志贏取的未來。

說她不具備意志力是騙人的。只是她的意志並非成為天子，而是想要「過上普通的生活」，就只是這樣罷了。她的意念強度甚至可以跟納莉亞或迦流羅相提並論吧。

這是多麼棒的事情啊。

只要我帶著不可動搖的意志，持續主張「我想辭職」，那可能真的就能辭職也說不定。

總而言之言而總之，我就來替翎子加油打氣吧。

…………………………………

……………

……不對。先等等。

有幾件事情還滿讓人在意的？

「恭喜您，可瑪莉大小姐。可瑪莉大小姐要即位成為天子了。」

「怎麼會！？！？！？」

「聽說這個就是在愛蘭朝中代代相傳的天子之證『傳國玉璽』。」

「給我那種東西也只會造成我的困擾啊！」

這裡是天子的居城紫禁宮。待在沒有遭到破壞的建築物一室中，我呈現抱頭狀態。

再來似乎要召開名為「即位典禮」的莫名其妙儀式。天子說了：「妳要成為下一任天子，當然要召開這場典禮啊。」是當然在哪裡？我完全無法理解。話說為什麼我會成為下一任天子，這我也完全想不通啊。

「這樣太奇怪了吧!?我可是吸血鬼啊!?妳覺得我有辦法當夭仙鄉的領導人嗎!?」

「任何事情不去做都不會知道結果的。此外請您看看《六國新聞》做出來的街頭訪查結果——在一萬人中，有一萬人都贊成可瑪莉大小姐即位。支持率達到百分之百。」

「這明顯就是捏造的!!」

就在外頭，還有第七部隊那幫人在大聲吵鬧，嘴裡「可瑪莉!!可瑪莉!!」地叫。

他們似乎都在為我的即位送上祝福。剛才卡歐斯戴勒還說：「我們終於做好準備，要來統治夭仙鄉了。」臉上還出現邪惡的笑容，這情景被我牢牢印在眼中。

「可瑪莉小姐……對不起，讓事情變成這樣……」

有人對我歉疚地說了這麼一句話，她就是愛蘭翎子。

這女孩扭扭捏捏地望著我，臉頰紅通通的。

「那個……父親大人是這樣說的，可瑪莉小姐能夠即位，在法律上都是合情合理的安排。」

「怎麼會有這麼亂來的法律……」

梅芳則是語帶嘆息地補充：「一點都不亂來。」

「閣下能夠繼承天子的地位，這也不算是在意料之外。那是因為妳在書面上跟翎子已經構成結婚關係了。」

「請先等等，梅芳小姐。那份無法無天的文件現在在哪？讓我把那個東西燒成灰燼吧。」

「喂不要替火柴棒點火啦！妳安分一點！」

「那是因為！雖然只是名義上的，但是可瑪莉大小姐還是跟我以外的人結婚，就算整個天地顛覆，我也不能容許這種事情發生！透過我的【潘朵拉之毒】可以得知可瑪莉大小姐會跟我結婚，共築幸福的家庭，應該是這樣才對！所以說我們趕快來交換誓約之吻吧。」

「不要過來黏我啦!!到旁邊去!!」

我把薇兒推開，跟她拉開距離。

這個女僕還是一樣脫序。但這傢伙會陷入混亂，那種心情我也能體會。

這是因為就連我都不知道自己是什麼時候跟翎子結婚的。

可是梅芳說了：「一旦在華燭戰爭中贏得勝利，那就形同和翎子構成結婚關係。因為那一場戰鬥是具備法律效力的。」聽起來似乎是這個樣子。或許我已經在不知不覺間落入毫無退路的處境中。

「不……不會有事的，可瑪莉小姐。因為夭仙鄉的法律都是這個國家擅自決定的。在姆爾納特帝國這邊，可瑪莉小姐是還沒有跟任何人進入結婚的狀態。」

「這套道理真是把人搞糊塗了……那即位成為天子的事情該怎麼辦？」

「關於這點……必須要說服國民或父親大人，不然就是說服法律，又或者是……」

我要說服的對象也太多了吧。

「翎子大人，我們來認真談一談吧。」

這時薇兒咳咳幾聲清清喉嚨，用酷酷的目光望著翎子。

「關於結婚的事情，我決定徹底無視。因為可瑪莉大小姐命中註定要跟我結婚。今天晚上我們還預計要一起眺望星空，互相訴說愛意。」

「拜託妳談些正經事啦。」

「因此針對即位的事情，有些事要先詢問一下——可瑪莉大小姐是真的打算成為夭仙鄉的天子嗎？妳明明都還沒成為姆爾納特帝國的皇帝。」

「『還沒』是什麼意思啊。我可是連皇帝都不打算當。」

「妳儘管放心，可瑪莉小姐。雖然還是會順水推舟舉辦即位典禮……可是妳並沒有正式即位。只要鬧一鬧，應該就有辦法擺脫了……」

我就只能用這麼原始的手段喔。

在我的經驗裡，還不曾碰過鬧一鬧就能解決的事情，沒辦法對此抱持期待，不過……我看我就使盡吃奶的力氣大聲疾呼「我才不想當什麼天子！」好了。翎子就是靠這種做法獲得自由的。我也一樣，總不能一直隨波逐流下去。

這讓我稍微鬆了一口氣。

感覺這次事件又讓我朝自己的目標更加邁進一步。

那就是去幫助有困難的人。還有——實現世界大同。

這是媽媽拜託我的事情——一方面是基於這樣的理由。不過話又說回來，我也是打從心底希望這個世界能夠統一。若是有人像翎子那樣，正在受苦，我會想成為他們的助力。若是有人像以前家裡蹲時代的我一樣，正遭遇困境，我希望能夠幫助他們振作起來。如此一來我才能夠抬頭挺胸去見媽媽。

姆爾納特帝國、阿爾卡共和國、天照樂土、夭仙鄉。

剩下的最後兩塊拼圖就是白極聯邦和拉貝利克王國吧。其實也不能這麼說啦，我們跟那兩個國家並沒有交惡，只是——我就是有那種感覺。像這種時候，直覺往往都會變得很準。

我接著嘆了一口氣，轉頭看翎子和薇兒。

「啊——好了啦，我知道了。那我去見天子。」

「嗯，我也一起去。」

「那麼我會協助妳們。就讓我來出面說明，讓他們知道可瑪莉大小姐有多麼懶惰，好讓天子陛下感到失望。像是到現在還會留著青椒不吃啦、為了可以休假不工作，製作『裝病用病名列表』，然後交替使用這些藉口。半夜去上廁所的時候，誤把窗戶外面的樹木當妖怪，在那邊嚎啕大哭之類的。」

「妳給我閉嘴啦!!」

吐槽完之後，我直接邁開步伐走掉了。

這下已經解決一件事了。再來只要讓即位成為天子這檔事難產，那安寧的家裡蹲生活就會回來了吧——就在這個時間點上，我還自以為一切都能夠順利收場。

「嗯……？翎子小姐。」

這時薇兒突然發出驚呼。緊接著是梅芳，連她也屏住了呼吸。

上天的安排，不是人類可以推知的。

在毀壞之前的「延長期」還有一個禮拜？這種事情又有誰能說得準？

翎子的胸口在發光。

她趕緊將手伸進衣服裡，取出某樣東西查看。夭仙鄉的魔核「柳華刀」已經變得殘破不堪。那恐怕是宣告它即將毀滅的終末之光吧。

翎子臉上的表情像是快要哭出來一樣。

「啊啊……魔核它……」

這件事發生得太過突然，大家都愣住了。

當下發出的那些聲響，很像玻璃要碎掉的聲音。

「柳華刀」爆裂粉碎，變得四分五裂。

那些碎片變成光之粒子，從翎子的手掌心掉落。不管是我還是薇兒，我們都只能呆呆地看著這一切。從壞掉的魔核中心，有強烈的閃光迸射出來。

最終在那六個魔核之中，我們還是失去一個——而這份絕望還持續不到一秒。

也許這跟吸血動亂當下撞見的現象是一樣的。

通往常世的門扉開啟了。

身體有種被吸過去的感覺。

「等等……」

「可瑪莉大小姐！請您抓住我！不對，我來抓住您！」

「妳在趁亂摸哪啊!?不對現在沒空管這個——哇啊啊啊啊啊啊!?」

再來就只剩下白極聯邦和拉貝利克王國——剛才還得意洋洋地想著這些，如今覺得那樣的自己真是丟臉。在學院的考試裡，我猜題不是連一次都沒猜中嗎？

再怎麼抵抗也沒用。等到我回過神，那道光已經把我吸過去了。

我就這樣被強制轉移到別的地方去。

後記

承蒙各位的關照，我是小林湖底。

我想大家已經注意到了，在本作中登場的幾個國家，分別都有參考用的原型。話是這樣講，我在舞臺設定上拿捏得非常~寬鬆，因此就只有形象外觀比較接近。並沒有將各自的風俗文化過度體現。我頂多只想弄到「好像有那樣一個氛圍」就好。

我看比較明顯能夠看出的應該就是天照樂土。再來就是白極聯邦吧。還有這次的夭仙鄉，用不著多說，參考的就是中國。以時代來說，感覺上就很像混了明朝到清朝的特徵。請各位好好享受可瑪莉一行人的東洋風冒險奇譚。

接著是遲來的答謝。

給描繪可瑪莉等人活躍表現且描繪得纖細美麗的插畫負責人りいちゅ大人，還有將整個故事妝點得鮮活起來的裝訂負責人柊椋大人，連細部都給予諸多指導的責任編輯杉浦よてん大人，以及其他跟販售、刊行有關的各位，再來就是選擇了這本書的讀者們，我要對你們所有人致上深厚的謝意——謝謝你們！！！

來到第七集，一方面是要導入家裡蹲吸血姬系列的中盤戰，但是卻演變成比預料中更加嚴肅的對決。第八集打算走家裡蹲吸血姬的慣常路線，要讓她們在常世譜寫出輕鬆開心的旅遊電影風格……若是能夠打造成這樣就好了，究竟成品會變成怎樣呢？

接下來是通知兼宣傳。

在《月刊 BIG GANGAN》上，《家裡蹲吸血姬的鬱悶》漫畫版正在連載中。負責作畫的人是りいちゅ老師。大家可以沉浸在原作的氛圍中，盡情享受可瑪莉的活躍表現，我個人也非常期待此作。而且裡面還有小說版中沒有畫出來的角色，甚至是一些場景，還請各位務必看一看。請多多關照。

小林湖底

國家圖書館出版品預行編目資料

家裡蹲吸血姬的鬱悶 / 小林湖底作 ; 楊佳慧譯 . -- 1 版 . -- 臺北市 : 城邦文化事業股份有限公司尖端出版 : 英屬蓋曼群島商家庭傳媒股份有限公司城邦分公司發行 , 2023.10-
冊 ;　公分
譯自 : ひきこまり吸血姫の悶々
ISBN 978-626-356-980-5 (第 7 冊 : 平裝)

861.57　　112011741

浮文字

家裡蹲吸血姬的鬱悶7

（原名：ひきこまり吸血姫の悶々7）

著　者／小林湖底　繪　者／りいちゅ　譯　者／楊佳慧
執 行 長／陳君平　美術總監／沙雲佩　文字校對／施亞蒨
榮譽發行人／黃鎮隆　美術編輯／陳姿學　內文排版／謝青秀
協　理／洪琇菁　執行編輯／石書豪
總 編 輯／呂尚燁　國際版權／黃令歡、高子甯

出　版／城邦文化事業股份有限公司 尖端出版
台北市中山區民生東路二段一四一號十樓
電話：（〇二）二五〇〇—七六〇〇
傳真：（〇二）二五〇〇—二六八三
E-mail: 7novels@mail2.spp.com.tw

發　行／英屬蓋曼群島商家庭傳媒股份有限公司城邦分公司 尖端出版
台北市中山區民生東路二段一四一號十樓
電話：（〇二）二五〇〇—七六〇〇（代表號）
傳真：（〇二）二五〇〇—一九七九

中彰投以北經銷／楨彥有限公司（含宜花東）
電話：（〇二）八九一九—三三六九
傳真：（〇二）八九一四—五五二四

雲嘉經銷／智豐圖書有限公司 嘉義公司
（嘉義公司）　電話：（〇五）二三三—三八五二
傳真：（〇五）二三三—三八六三
（高雄公司）　電話：（〇七）三七三—〇〇七九
傳真：（〇七）三七三—〇〇八七

南部經銷／智豐圖書有限公司 高雄公司
電話：（〇七）三七三—〇〇七九
傳真：（〇七）三七三—〇〇八七

香港經銷／一代匯集
香港九龍旺角塘尾道六十四號龍駒企業大廈十樓 B & D 室
電話：（八五二）二七八三—八一〇二
傳真：（八五二）二七八二—一五二九

新馬經銷／城邦（馬新）出版集團 Cite（M）Sdn. Bhd.
E-mail: cite@cite.com.my

法律顧問／王子文律師　元禾法律事務所
台北市羅斯福路三段三十七號十五樓

二〇二三年十月一版一刷
二〇二三年十二月一版二刷

版權所有・翻印必究
■本書若有破損、缺頁請寄回當地出版社更換■

HIKIKOMARI KYUKETSUKI NO MONMON 7
Copyright © 2022 Kotei Kobayashi
Illustrations copyright © 2022 riichu
Original Japanese edition published in 2022 by SB Creative Corp.
Chinese translation rights in complex characters arranged with SB Creative Corp., Tokyo through Japan UNI Agency, Inc., Tokyo

■中文版■

郵購注意事項：
1.填妥劃撥單資料：帳號：50003021戶名：英屬蓋曼群島商家庭傳媒(股)公司城邦分公司。2.通信欄內註明訂購書名與冊數。3.劃撥金額低於500元，請加附掛號郵資50元。如劃撥日起 10～14日，仍未收到書時，請洽劃撥組。劃撥專線TEL：(03)312-4212、• FAX：(03)322-4621。E-mail：marketing@spp.com.tw